Debra Webb

Des histoires, Debra Webb en écrit depuis l'âge de neuf ans. Mais après s'être mariée, être devenue mère de deux petites filles et avoir occupé des professions aussi prenantes que directrice de restaurant et assistante de direction à la NASA, elle n'a plus guère trouvé le temps de faire vivre ses personnages dans de longs romans... Jusqu'à ce qu'elle décide d'écrire des romans policiers pour Harlequin – pour le plus grand plaisir de ses lectrices.

D0306267

Soupçons en héritage

DEBRA WEBB

Soupçons en héritage

INTRIGUE

éditions Harlequin

Cet ouvrage a été publié en langue anglaise
sous le titre :
THE BODYGUARD'S BABY

Traduction française de
PIERRE VANDEPLANQUE

HARLEQUIN®

est une marque déposée du Groupe Harlequin
et Intrigue® est une marque déposée d'Harlequin S.A.

Photos de couverture
Mère et enfant : © RUBBERBALL PRODUCTIONS / GETTY IMAGES
Etang : © ROYALTY FREE / CORBIS

Prologue

Le bureau de la direction, sombre et tout en longueur, était situé au septième étage. Debout, appuyé contre la baie vitrée, Nick Foster contemplait le spectacle de la rue, en contrebas. Sur le seuil de la porte, Victoria l'observait. Les cheveux de Nick, noirs, coupés court, mettaient en valeur la finesse de ses traits, son visage harmonieux. Son complet gris, classique et sobre, témoignait d'un évident souci d'élégance et seyait à son ample carrure. Il ressemblait davantage à un acteur de cinéma qu'à un détective privé. Ce charme naturel représentait un atout non négligeable dans le champ d'activité qui était le leur. De surcroît, Nick avait une réputation de perfectionniste, tant dans sa vie professionnelle que personnelle.

Victoria était de la même trempe : elle avait travaillé dur pour hisser l'Agence Colby à son zénith. Elle poursuivait ainsi le rêve de James, son défunt et vénéré mari, le rêve qu'il avait porté, et qui, désormais, comptait seul pour elle.

L'Agence Colby offrait des prestations beaucoup plus intéressantes que celles d'un cabinet d'enquêtes ordinaire. Certes, le personnel était réduit au strict minimum, mais chacun était expert dans son domaine. Victoria savait s'entourer de collaborateurs exigeants, qui alliaient à l'intuitivité de rigueur dans cette profession une énergie hors du commun.

Elle s'éclaircit la gorge pour s'annoncer et, d'un pas assuré, enfonça ses escarpins dans l'épais tapis berbère qui recouvrait le sol de la pièce. Elle savait que le jeune homme avait perçu sa présence dès l'instant où elle était sortie de l'ascenseur : aucun détail n'échappait à Nick. Elle alla droit à son bureau et prit place dans un fauteuil aux dimensions imposantes, digne d'un président.

— Bonjour Nick, lança-t-elle, affable.

Il se retourna vivement et s'approcha du fauteuil club que Victoria lui désignait. Un pli d'inquiétude était apparu sur son front. Il ne put réprimer une grimace de douleur en s'asseyant face d'elle.

— Bonjour, Victoria, articula-t-il, reprenant son souffle. Vous vouliez me voir ?

— Oui.

Victoria appréhendait cet entretien depuis le début de la matinée, mais ne pouvait plus le différer. Depuis quelque temps, elle avait remarqué la mine livide que Nick affichait et les cernes noirs qui obscurcissaient désormais son beau regard vert. A l'évidence, ce garçon irait droit dans le mur, si elle n'intervenait pas.

Aussi Victoria était-elle décidée à entrer dans le vif du sujet sans tergiverser :

— Nick, nous travaillons ensemble depuis cinq ans, et je vous suis trop attachée pour feindre d'ignorer votre état. Je vous ai vu changer radicalement en deux ans. Vous n'êtes plus le même depuis que...

— Je fais mon boulot, me semble-t-il.

— Oui, reconnut-elle. Vous êtes l'un de nos meilleurs détectives. Vous savez parfaitement que vous faites bien davantage que votre *boulot*.

Victoria avait, elle aussi, traversé cette épreuve. Elle savait ce qu'il ressentait. Après la mort de James, elle avait réagi comme Nick, et s'était jetée à corps perdu dans le travail.

— Et je suis sûre, reprit-elle, que vous comprendrez que moi-même, je ne fais ici que *mon* boulot…

Elle observa une pause, afin de le préparer à ce qui allait suivre.

— A compter de ce jour, vous êtes en congé. Interdiction de remettre les pieds dans cet immeuble, ou de mener une quelconque activité liée de près ou de loin à l'agence, et ce pour une période de quinze jours.

Nick fronça les sourcils.

— Ce n'est pas nécessaire, Victoria. Je suis prêt à…

— Non, coupa-t-elle. Jusqu'à maintenant, je me suis toujours fiée à votre jugement, Nick. Cette fois, c'est impossible. J'ai trop longtemps espéré que les tourments de votre conscience s'estomperaient peu à peu ; or, ce n'est pas le cas. Vous continuez à vous battre contre des démons que vous ne vaincrez pas en vous enfermant de la sorte.

Victoria était vive, intuitive. Elle leva une main pour couper court aux protestations que Nick allait lui opposer. Elle ne connaissait que trop bien l'attachement que son meilleur détective portait à l'agence. Et accabler ainsi celui qu'elle considérait comme son bras droit lui déchirait le cœur, mais elle n'avait pas le choix. Elle le vit se raidir et serrer la mâchoire, las.

— Vous ne pouvez pas vous fuir éternellement, Nick. Vous vous consumeriez de l'intérieur, ou peut-être vous feriez-vous tuer en voulant prouver je ne sais quoi. Je ne veux pas vous perdre. Tant que je serai à la tête de cette entreprise, je refuserai d'assister sans mot dire à l'instigation de ce processus d'autodestruction. Rentrez chez vous, prenez un peu de bon temps. Trouvez-vous un hobby… Et, pourquoi pas, une femme. Dieu sait que les deux vous feraient le plus grand bien.

Nick releva les sourcils.

— Je ne me souviens pas avoir vu de catégorie « vie privée » sur ma carte professionnelle.

L'irritation que ce sarcasme provoqua chez Victoria balaya aussitôt ses remords.

— Vous voyez ce bureau ? dit-elle en tapotant du bout des ongles le meuble laqué qui avait jadis appartenu à son mari. Il marque la limite de vos prérogatives. En rentrant chez vous ce soir, vous pourrez remercier Dieu du cadeau qu'il vous a fait en vous laissant la vie ce jour-là. Mais ici, c'est moi qui décide. Et en dépit de votre ancienneté dans cette maison, le dernier mot me revient. Vous êtes en congé, M. Foster. Ai-je été assez claire ?

Nick resta de marbre.

— Absolument.

— Bien.

Il se leva, serrant les dents sous la douleur, mais ne laissa rien voir de ce que cet effort lui coûtait.

— Deux semaines, Nick, répéta-t-elle, tandis qu'il s'éloignait vers la porte en boitillant ostensiblement. Vivez. A votre retour, je veux voir un autre homme.

Il marqua une pause et se retourna, son habituel sourire ravageur aux lèvres. Victoria ne put s'empêcher de songer qu'il avait dû faire chavirer bien des cœurs.

— Oui, m'dame, conclut-il ironiquement en quittant la pièce.

Deux semaines.

Bon sang ! Comment allait-il occuper ces deux semaines ? D'un geste agacé, il jeta son dernier rapport dans un panier posé sur son bureau. Victoria n'avait décidément rien compris. Sa vie était ici. Ses yeux parcoururent l'agréable pièce qu'il occupait depuis toujours, lui semblait-il. Un bureau sans doute un peu étriqué, mais confortable. Son métier était toute sa vie. Peu lui importait l'avis des psys. Nick Foster n'avait besoin de rien d'autre que de son travail.

Et surtout pas d'une femme.

Une colère sourde lui noua l'estomac tandis qu'il se remémorait les termes de l'entretien. Oui, il avait toujours brillamment rempli les missions qu'on lui avait confiées. En particulier la dernière. Victoria pouvait compter sur lui en toutes circonstances. Nul dans l'agence ne pouvait se prévaloir d'autant de persévérance et de conscience professionnelle. Et, contrairement à ses collègues, à qui les responsabilités pesaient parfois, lui n'y pensait pas.

Il n'avait rien à perdre.

S'il avait été tué, cette fois-là, à qui aurait-il manqué ?

Il éluda la réponse, se leva péniblement et serra encore les dents tant la douleur irradiait dans sa cuisse, depuis le genou jusqu'à la hanche. Décidément, il n'y avait rien de tel que l'aiguillon du passé pour vous rappeler à la réalité.

Celle-ci l'avait aimablement frappé trois ans plus tôt, lui laissant un genou en charpie alors qu'il protégeait un client. Malgré ce handicap, il continuait d'assumer sa tâche avec une constante exigence. Durant ses nombreuses années de service au sein de l'Agence Colby, ses missions avaient toutes été couronnées de succès. Excepté une. Il chassa bien vite ce souvenir. Un tel échec ne se reproduirait pas.

Lorsqu'on n'attend plus rien de la vie, qu'a-t-on à perdre ?

D'un geste décidé, il décrocha son pardessus du porte-manteau, l'enfila et empoigna son porte-documents. Après tout, depuis combien de temps n'était-il pas parti camper, ou tout simplement pêcher ? Peut-être une quinzaine de jours en pleine nature rendrait-elle à ses réflexes engourdis une nouvelle jeunesse.

Son genou droit se rappela à lui tandis qu'il contournait son bureau en pressant le pas. Réprimant un juron, il s'efforça de ne plus penser à l'entretien désagréable dont il sortait. Il avait survécu à bien pire.

Un voyant s'alluma sur le bureau, interrompant le cours de ses pensées. Il s'immobilisa et, perplexe, baissa les yeux sur la petite lampe rouge clignotante. Tout le monde avait déserté l'agence, y compris Victoria. Il était le seul à demeurer si tard dans les locaux. Pourquoi se donnerait-il la peine de répondre ? Victoria ne lui avait-elle pas signifié son congé immédiat ?

D'un geste vif qui le surprit lui-même, il décrocha le combiné.

— Foster, grogna-t-il.

— Nick ? Ray Ingle.

Il fronça les sourcils et son pouls s'accéléra. Non, il avait dû mal comprendre. Son esprit lui jouait des tours. Peut-être aurait-il dû écouter les psys, après tout…

— Ray ?

— Cela fait un bail, mon vieux !

Sa voix trahissait une vague intonation de reproche.

— Ouais, répondit Nick. Un sacré bail…

Il appuya sa hanche gauche contre le bureau, de manière à reporter son poids sur sa jambe valide.

— Je ne t'ai pas appelé depuis un moment, reprit Ray…

« Depuis que nous avons abandonné les recherches », songea Nick.

— … et de toute façon, comme mes derniers appels étaient restés sans réponse, j'ai jugé inutile d'insister.

— J'ai été très occupé.

L'excuse était peu convaincante, il en était conscient. La vérité était qu'il n'avait pas *voulu* prendre le temps. Ray était inspecteur de police à Natchez. Pendant de longs mois, les deux hommes avaient travaillé en étroite collaboration sur une affaire sans obtenir le moindre résultat. Nick en conservait un amer sentiment de culpabilité.

— Bien sûr. Je sais, concéda Ray d'une voix calme.

Nick se raidit.

— Ecoute, Ray. Je m'apprêtais à quitter le bureau. Est-ce que tout va bien ?

Il s'en voulait de prétendre ainsi couper court à la conversation, mais la voix de son ami réveillait des souvenirs qu'il n'était pas disposé à affronter, à ce moment précis.

— Je l'ai vue, Nick.

Le détective sentit passer un frisson sur sa nuque, tandis qu'un flot d'adrénaline inondait son corps.

— Tu as vu… Laura ? souffla-t-il, incrédule.

Le simple fait de prononcer ce nom lui transperçait le cœur. Si Ray l'avait vue… Cela signifiait qu'elle était toujours vivante, ce dont il n'avait jamais réellement douté.

— Si ce n'était pas elle, c'était sa sœur jumelle.

Nick se mordit la lèvre.

— Où ?

— J'étais en train de suivre un témoin potentiel dans une affaire d'homicide, à Bay Break, et…

— Es-tu certain que c'était elle ?

— Absolument. Bon Dieu, Nick ! Nous avons fouillé tout le vieux Sud de fond en comble pour la retrouver. Et voilà que je l'aperçois, à quelques mètres de moi. Ce qu'elle faisait là, je l'ignore. Mais c'était bien elle, aucun doute sur ce point. Je n'en ai encore parlé à personne. Difficile de mettre le gouverneur dans tous ses états à la veille d'une élection.

Il marqua une pause et soupira.

— J'ai pensé que tu voudrais avoir la primeur de l'information. Mais tu n'as que quelques heures devant toi pour prendre une décision. Ensuite, je serai obligé de le mettre au courant.

La gorge serrée par l'émotion, Nick déglutit avec peine.

— J'arrive, annonça-t-il d'une voix rauque.

1.

Elle était suivie, c'était certain.

La panique gagna Laura Proctor. Le vent de novembre rabattait ses cheveux sur son visage, les dernières feuilles d'automne virevoltaient autour d'elle dans la rue à moitié vide. Elle pressa le pas et sentit les veines de ses tempes battre à tout rompre. Vite, il fallait faire vite.

Elle bifurqua brusquement au coin de l'avenue et s'avança vers la grand-place, parcourant les enseignes des yeux, cherchant le magasin le plus proche. Instinctivement, elle se glissa parmi un groupe de piétons qui passaient devant elle. Si seulement elle avait pris le temps de se grimer... Mais la priorité n'était plus de ne pas être reconnue. Il fallait trouver un endroit où se cacher avant tout. N'importe où.

Elle devait fuir. Aller chercher son bébé.

Non, elle ne pouvait pas se faire prendre. Pas maintenant.

La petite foule agglutinée à l'entrée est du palais de Justice attira son attention.

C'était un jour d'élections, se rappela-t-elle, fébrile.

Sans plus attendre, elle se précipita dans la cohue bruyante des électeurs qui attendaient leur tour. Arrivée devant l'escalier, elle se laissa porter par le flot humain jusque dans l'immense hall de marbre, avant de se frayer un chemin vers la cage d'escalier. Là, elle dévala en toute hâte les marches qui menaient aux bureaux du sous-sol, manquant trébucher à chaque pas.

Si elle parvenait à accéder à l'aile ouest, elle pourrait regagner le rez-de-chaussée, sortir de l'autre côté de la place et rentrer chez elle en toute sécurité. Il fallait réussir. Elle se mordit la lèvre, déterminée à se tirer d'affaire. Dans le cas contraire…

« N'y pense pas, n'y pense pas, s'enjoignit-elle. Réfléchis, Laura. Vite ! »

Après avoir lancé un coup d'œil rapide derrière son épaule, elle s'engagea dans le couloir désert, à l'éclairage faiblard. Voyons, en empruntant la ruelle qui longeait le magasin Patterson's, puis en rejoignant Vine Street par les arrière-boutiques, elle ne serait plus qu'à une centaine de mètres de la maison. Celle de Mme Leeton. Là où était son enfant. Bon sang, il fallait récupérer Robbie !

Arrivée devant la cage de l'escalier ouest, elle s'arrêta net.

— Oh non, gémit-elle.

Une bande jaune en interdisait l'accès. Un panneau écrit à la main annonçait : « Fermé. Peinture fraîche. ». Laura crispa frénétiquement ses deux mains sur la poignée, refusant d'admettre l'évidence.

Le piège se refermait.

Elle inspira profondément, ferma les yeux et s'efforça de recouvrer sa lucidité.

Des bruits de pas, lents, inexorables, résonnaient dans le silence du sous-sol… Laura pivota aussitôt. Dans quelques secondes, il serait là…

Pour elle.

Dieu du ciel ! Elle devait se cacher. Maintenant ! Elle se rua vers la première porte du couloir, mais elle était verrouillée.

De même que la suivante, et la suivante encore. Pourquoi, pourquoi tous les bureaux étaient-ils fermés ?... Bien sûr, c'était un jour d'élections : seules les salles réservées au scrutin étaient ouvertes. La jeune femme sentit un frisson d'angoisse lui parcourir l'échine. Restait une dernière option.

Dieu merci, la porte des toilettes pour dames s'ouvrit sous sa poussée. Elle s'avança à pas de loup devant la rangée de cabines vides, avant de pénétrer dans la dernière, dont elle referma aussitôt la porte. Le loquet était cassé, constata-t-elle, affolée. Elle grimpa alors sur la cuvette, posa un pied de chaque côté de celle-ci et s'accroupit au-dessus. Ses lèvres psalmodiaient une prière silencieuse.

Bien que secouée de tremblements, elle s'efforça de ne pas bouger. Son cœur battait violemment. Comment avait-il fait pour la retrouver ? Elle s'était montrée si prudente depuis son retour à Bay Break. Ravalant les larmes qui lui montaient aux yeux, elle se demanda combien son frère pouvait payer les hommes qu'il lançait à ses trousses.

Quand donc le cauchemar se terminerait-il ? Pourquoi ne la laissait-il pas tranquille ?

Et que deviendrait Robbie, si elle était tuée ?

« Idiote ! Idiote ! Comment as-tu pu te montrer aussi imprudente... »

Jamais elle n'aurait dû quitter la maison à visage découvert. Mais Mme Leeton lui avait annoncé que le Dr Holland avait besoin d'elle à la clinique, qu'il s'agissait d'une urgence. Après tout ce que ce médecin avait fait pour son fils, elle n'avait pas pu refuser. Le temps lui avait manqué. De nouveau, ses yeux la brûlèrent.

Une porte claqua et Laura sentit son cœur s'arrêter. Une brusque paralysie la saisit, tandis que sa brève existence défilait devant ses yeux.

Elle avait perdu.

Elle avait gâché sa vie.

Elle n'avait pas su protéger le seul homme qu'elle eût jamais aimé.

Et par-dessus tout, elle n'avait pas su préparer l'avenir de son enfant, dans l'éventualité de ce qui allait se produire — de ce qui se produisait, justement, en cet instant.

Elle allait mourir.

Qu'allait devenir Robbie ? Qui prendrait soin de lui ? Qui l'aimerait comme elle l'aimait ?

La réponse lui déchira les entrailles. *Personne* : elle n'avait personne vers qui se tourner, personne sur qui compter. Une larme, une seule, perla sous ses longs cils, avant de rouler le long de sa joue. C'était la fin.

Soudain, un instinct animal se réveilla au plus profond de son être. Non, ce n'était pas fini.

Elle se battrait encore, elle ne céderait pas !

Peu à peu, son pouls reprit son rythme. Un pas lourd résonna sur le sol carrelé et la porte de la première cabine se referma bruyamment sur la cloison. Puis la deuxième. Et la troisième… Les gonds couinaient les uns après les autres, précédant le choc des panneaux métalliques contre les parois. Méthodiquement, inexorablement, son poursuivant approchait de sa misérable cachette. Elle était acculée.

Des larmes brûlantes rougissaient maintenant les paupières de Laura, et inondaient son visage sans qu'elle pût les retenir. Elle revit Robbie, trottinant vers elle d'un pas hésitant, le visage rayonnant de son sourire innocent.

Son sang ne fit qu'un tour à l'instant où elle sentit l'inconnu s'arrêter devant la porte couverte de graffitis qui, seule, les séparait. Devinait-il sa présence ? Avait-il flairé la peur que sa proie exhalait ? Entendait-il les cognements sourds de son cœur ?

Laura plaqua ses deux mains sur les murs et serra les dents. C'était maintenant ou jamais. Elle asséna un violent coup de pied à la porte qui s'ouvrit à toute volée. Un gémissement rauque lui confirma qu'elle avait atteint sa cible — en plein visage, avec un peu de chance. Avec la rapidité et l'agilité d'un félin, elle se glissa sous la cloison et parvint dans la cabine voisine. De sombres imprécations se fracassaient en écho sur les cloisons métalliques. Tremblante mais portée par sa peur, elle rampa d'une cabine à une autre afin de rester invisible. Coûte que coûte elle devait sortir de là, fuir ! Retrouver Robbie !

La porte du réduit où elle venait de se tapir s'ouvrit brutalement.

— Ne bouge pas ! entendit-elle.

Cette voix... Laura fronça les sourcils. Ce timbre grave lui semblait familier. Elle était collée à terre. Alors, comme dans une séquence au ralenti, son regard s'éleva lentement sur des boots noirs, puis sur un jean serré, pour s'immobiliser enfin sur le canon menaçant d'un revolver pointé sur elle. Elle cligna un instant des yeux. Son esprit flottait au-dessus de son corps. Enfin, elle se décida à affronter le visage de la mort.

Nick.

C'était Nick !

— Ne me fais pas regretter d'avoir rangé mon arme, murmura-t-il, penché près de son oreille.

Comme s'il avait été frappé à l'estomac, une bouffée de désir l'envahit lorsqu'il respira le parfum subtil et capiteux qui n'appartenait qu'à elle. Il attrapa le bras de la jeune femme, le serra vigoureusement et la guida vers la sortie. La voiture qu'il avait louée était garée devant le tribunal.

Quant au Beretta, il ne lui avait servi que pour la forme. Laura Proctor n'avait pas pris de sac à main ; il n'y avait guère de chance pour qu'elle fût armée. Mais Nick ne voulait prendre aucun risque. La dernière fois, elle n'avait pas d'arme non plus.

Une douleur lancinante lui traversa la jambe droite, mais il décida de l'ignorer. Il avait retrouvé Laura, bien vivante, et c'était tout ce qui importait en cet instant.

La chance était de son côté. Les rues de Bay Break étaient quasiment désertes. La plupart des habitants s'étaient rendus aux urnes, ou réunis autour d'une table de restaurant, conjecturant les résultats à venir. Nick ne s'intéressait guère à la vie politique du Mississippi ; mais il était soumis, comme ses concitoyens, au martelage médiatique dont James Edward Proctor faisait l'objet. Impossible d'échapper à la brillante personnalité du gouverneur affichée à tous les coins de rue. Et à en croire les journaux, les candidats au Congrès ou au Sénat bénéficiant de son soutien avaient toutes les chances d'être élus.

Le vent de novembre, cinglant, le piqua à son tour. Il n'avait pas eu le temps de se raser. Après le vol en avion de nuit, son long trajet en voiture et sa traque fastidieuse dans les rues de la ville, il savourait cette brise froide, qui avait maintenu ses sens en alerte et lui avait ainsi permis de localiser la jeune femme.

Nick avait espéré trouver à Bay Break un climat plus doux que celui de Chicago et il en était pour ses frais. Selon les prévisions d'un quarteron de vieilles gens attroupées devant l'épicerie-bazar, le ciel annonçait un temps neigeux. Nick n'avait pas l'intention de rester assez longtemps pour s'en assurer. Grâce aux effets conjugués d'une abondante consommation de caféine et des embruns précoces de l'hiver, il se sentait étonnamment bien pour un homme qui n'avait pas dormi depuis près de trente heures. Mais après la route jusqu'à Jackson, après les cavalcades de la journée, nul doute qu'une vraie nuit de sommeil serait la bienvenue. Sans compter, songea-t-il avec ironie, le repos forcé que Victoria lui avait imposé !

Laura secoua son bras pour se libérer de l'emprise de Nick. Il se retourna et la considéra soudain d'un œil circonspect. Il y avait en elle un je-ne-sais-quoi de différent, qu'il ne parvenait pas à définir. Elle semblait plus douce que dans son souvenir. Il se rembrunit aussitôt : il connaissait trop bien ce que cachaient la douceur et la délicatesse de Laura Proctor. Il fallait avoir un cœur plus dur que la pierre pour abandonner sur le pavé un homme qui se vidait de son sang.

— Tu ne peux pas faire cela ! protesta-t-elle avec véhémence, tout en jetant autour d'elle des regards de détresse. Comment oses-tu ? Tu n'es pas flic, que je sache. J'ai des droits !

La colère de Nick effaça instantanément le trouble stupide qui l'avait saisi. Il s'arrêta net, puis la tira vers lui d'un geste brusque. Laura lâcha un cri de douleur — ou de peur — qui ne le fit pas frémir.

— Le jour où j'ai pris cette balle dans la poitrine et que tu es partie, me laissant à l'article de la mort, tu as perdu tous tes droits vis-à-vis de moi !

Plusieurs secondes s'écoulèrent durant lesquelles Laura le toisa d'un air offensé, les yeux brouillés de larmes sous ses longs cils. Elle pouvait tout aussi bien éclater en sanglots, il s'en moquait : en cet instant, elle ne lui inspirait aucune compassion. Refusant de se laisser émouvoir, il la fixa d'un regard glacial. L'expression de défiance qu'elle affichait s'évanouit aussitôt.

La question réglée, il la reconduisit d'une main ferme vers sa voiture. Après avoir ouvert la portière côté chauffeur, il la poussa à l'intérieur. Dans l'opération, la longue chevelure blonde de la jeune femme lui caressa la main. Nick sentit sa détermination flancher un court instant, et un picotement familier lui chatouilla l'aine. Il serra les poings et réprima ce réveil malvenu de sa libido. Il était venu ici pour la ramener chez elle, non pour reprendre leur histoire là où ils l'avaient laissée. Laura Proctor ne se jouerait plus de lui. Cette fois, c'était lui qui l'abandonnerait à son sort.

Comme il l'avait prévu, elle se précipita sur le siège passager. Le sourire aux lèvres, il se glissa derrière le volant et lança le moteur. Laura étouffa un cri lorsqu'elle s'aperçut que sa portière refusait de s'ouvrir.

— Espèce de salaud, s'indigna-t-elle, le regard sombre, la poitrine dressée. C'est du kidnapping !

Le sourire de Nick s'élargit.

— Appelons plutôt cela une arrestation citoyenne.

Sans lui laisser le temps de manœuvrer, Laura se jeta sur lui. Nick ramena le levier de vitesses au point mort. Après quelques secondes de bataille acharnée au cours de laquelle il reçut une longue griffure dans le cou, il parvint tant bien que mal à maîtriser la jeune femme.

— Ecoute-moi, je n'ai aucune intention de te faire du mal.

— C'est cela ! railla-t-elle. Tu ne veux pas me faire de mal, tu veux juste me tuer !

L'espace d'un bref instant, Nick *sentit* sa peur. Deux ans auparavant, elle avait été victime d'agressions répétées. Se pouvait-il qu'elle fût encore en danger ? Aujourd'hui encore, malgré ce qu'elle lui avait fait subir, son cœur se serrait à cette pensée. Sa vie, cependant, avait-elle été réellement menacée ? Selon les rapports auxquels il avait eu accès à l'époque, Laura se comportait souvent de manière imprévisible. De plus, elle était dotée d'une imagination débridée. Son frère aîné, le respectable gouverneur du Mississippi, passait son temps à la sortir des mauvais pas où elle se fourrait. Qui pouvait affirmer que toutes ces histoires n'étaient pas inventées de toutes pièces ? Quant à son petit ami de l'époque, il s'était laissé dépasser par les événements. Nick doutait que les choix sentimentaux de Laura Proctor se fussent améliorés avec le temps.

L'imaginer avec un autre homme lui étreignait l'estomac. L'aimait-il encore ? Non… malgré l'arrière-goût acide que ce mensonge lui laissait dans la gorge.

— Tu n'as aucune raison de t'inquiéter, Laura. Je te ramène à la maison. Ton frère…

— Mon frère ? s'écria-t-elle en s'écartant brusquement de lui. Je ne peux pas retourner là-bas ! Tu ne comprends donc pas ? Je n'y serais pas en sécurité !

Nick la dévisagea froidement. Une lueur de panique brillait dans ses yeux, et sa lèvre inférieure tremblait. Non, il ne se laisserait pas attendrir par ce visage à la fois plein d'innocence et de terreur.

Mais, bon sang, comment pouvait-il encore éprouver des sentiments pour elle ? !

— Tu n'as pas le choix. Dois-je te rappeler que la dernière fois que tu étais soi-disant en danger, c'est moi qui ai failli être tué.

Les mots lui avaient échappé. Quelque chose qui ressemblait à un regret voila son regard. Mais c'était trop tard. Beaucoup trop tard.

Sans la quitter des yeux, il enclencha la marche arrière.

— Attache ta ceinture, ma jolie. Nous partons.

Laura Proctor était en route pour une nouvelle confrontation avec son frère, avec la loi et avec son passé. Nick avait la ferme intention de lever, une fois pour toutes, le voile sur ce qui s'était passé deux ans plus tôt, lors de ce qui avait été leur dernière journée ensemble, dans le chalet de son frère. Sa mission avait alors été d'assurer sa sécurité et de l'escorter jusque chez le gouverneur fraîchement nommé. Mais les choses avaient mal tourné, et Laura dissimulait toujours au moins une partie de la vérité.

Par exemple, le fait qu'elle avait reconnu l'homme qui avait tiré sur lui. Celui avec lequel, manifestement, elle était partie le jour même. Décidément, le sort se montrait parfois bien ironique en lui faisant retrouver Laura aujourd'hui. Laura qu'il allait ramener à son frère juste après une élection… mais deux ans plus tard.

Silencieuse, Laura réfléchissait. Elle n'entendait pas se laisser faire. Elle devait agir. Nick, en crétin arrogant, ne se rendait même pas compte qu'il la jetait dans la gueule du loup. Du coin de l'œil, elle observa son profil. Il était toujours d'une beauté à couper le souffle ! Parce qu'elle connaissait le dessous des cartes de toute cette histoire, il lui était presque douloureux de contempler ce visage qui n'avait cessé de hanter ses rêves depuis deux ans. Dans une succession de flashes, des fragments de souvenirs lui revinrent à la mémoire. La façon dont il la tenait dans ses bras… Dont il lui faisait l'amour… Une intense émotion lui oppressa la poitrine. Sans hésiter, cet homme avait jadis offert sa vie pour la protéger.

Mais elle ne pouvait pas lui faire confiance. Il ne voyait pas plus loin que le bout de son nez. Il était trop courageux, trop honnête… et naïf. Impossible de tout lui révéler. Et pas question de se laisser piéger en retournant à Jackson.

Bien sûr, Nick n'était pas un tueur. Mais le soulagement de Laura, lorsqu'elle l'avait reconnu, quelques instants plus tôt, avait fondu comme neige au soleil dès qu'il lui avait exposé les raisons de son intervention aussi miraculeuse qu'inattendue. Il tenait à terminer le travail qui lui avait été assigné deux ans auparavant : la ramener chez son frère.

C'était bien, du reste, la raison pour laquelle elle s'était interdit de l'appeler à la rescousse : l'honnêteté foncière de Nick le conduisait à respecter ses engagements vis-à-vis de James Ed, envers et contre tout. C'était un homme d'honneur. Doté d'une telle conscience professionnelle, Nick ne prendrait jamais le parti de la petite sœur contre celui de son mandataire.

Seul Nick avait eu les moyens de la retrouver. S'il s'en était donné la peine, il aurait pu être à ses côtés, deux ans auparavant, elle le savait. Mais il ne l'avait pas voulu. Alors pourquoi maintenant, après tout ce temps ? La question était pour le moment inopportune. Laura devait réfléchir, et vite. Son regard tomba sur le logement vide du loquet de sécurité, puis sur la poignée sabotée de la portière. Nick Foster se montrait un peu trop malin.

Mais qu'importait ! Pour avoir pu échapper aussi longtemps aux limiers de son frère, n'avait-elle pas elle-même déployé des trésors d'ingéniosité ? Cette fois encore, elle trouverait le moyen de s'échapper. Retourner chez James Ed revenait à se suicider. Et elle ne pouvait permettre à personne — surtout pas à Nick — de découvrir son secret. Il fallait protéger Robbie. A tout prix.

Jamais elle ne laisserait quiconque s'en prendre à son enfant.

Comment faire en sorte que le docteur apprenne ce qui lui était arrivé ? Mme Leeton serait-elle capable de prendre soin de Robbie, en son absence ? Cette pensée la bouleversa. S'arrachant à sa méditation, Laura s'aperçut qu'ils venaient de quitter la ville et de prendre la direction de Jackson.

Un profond désespoir l'envahit.

Elle devait auparavant retourner chez Mme Leeton. Voir son fils. Pas question de disparaître ainsi sans ménager les arrangements nécessaires.

Non, c'était impossible.

— Nous devons faire demi-tour, avertit-t-elle d'une voix crispée.

— Pas question, répondit Nick, le regard fixé sur la route.

Un de ses muscles maxillaires se comprima comme pour confirmer sa résolution.

Affolée, Laura cherchait une explication plausible pour justifier sa requête. En vain. Une angoisse froide s'empara d'elle.

« Réagis, Laura, pour l'amour du ciel ! Maintenant ! »

— Mon bébé ! s'exclama-t-elle, au moment où ils dépassaient le panneau « Merci de votre visite. A bientôt. ». Je dois récupérer mon bébé !

Nick lui lança un regard suspicieux, quoique dérouté.

— Ton bébé… quel bébé ?

— Le mien, je… j'ai un fils, avoua-t-elle à contrecœur.

Ses forces la quittaient. Comment parviendrait-elle à protéger son enfant, désormais ?

Nick oscillait de la méfiance à l'incrédulité.

— Tu ne me prendras pas à ce petit jeu-là, Laura.

Un flot d'émotions contradictoires s'empara d'elle, et elle se mit à trembler. Les larmes qu'elle ne pouvait plus réprimer ruisselèrent sur ses joues. Elle les essuyait maladroitement, d'un revers de main. Bon sang, pourquoi pleurait-elle ainsi ? Elle était censée être forte. Elle *devait* l'être.

— Je t'en prie, Nick, supplia-t-elle. Retournons à Bay Break. Je ne peux pas abandonner mon enfant.

Une émotion indéfinissable passa sur le séduisant visage de l'homme qui se tenait à ses côtés. Une vague expression de douleur y était encore discernable. Laura n'ignorait pas combien il avait souffert par sa faute. Il avait failli mourir, se rappela-t-elle, soudain bouleversée. Mais elle devait réprimer

26

ses élans de compassion. Assurer la sécurité de son fils passait avant tout. Et elle ne pouvait pas prendre le risque de laisser Nick découvrir la vérité.

Mon Dieu, quelle serait sa réaction s'il apprenait qu'il avait un fils !

L'estomac noué, Nick gara la voiture devant la petite maison blanche que Laura lui désignait. Que lui importait le fait qu'elle fût tombée enceinte depuis leur dernière rencontre ? Voire même peu de temps après qu'il l'eût connue, ou à n'importe quel moment, d'ailleurs ?

Il s'en fichait. Royalement.

Elle ne comptait pour lui à l'époque que parce qu'elle était liée à son engagement professionnel. S'il avait su garder la tête sur les épaules, il n'aurait jamais échoué dans sa mission.

Et s'il la ramenait aujourd'hui chez son frère, c'était uniquement pour honorer un contrat. Laura Proctor était l'unique échec de sa carrière, et Nick avait bien l'intention de ne pas laisser cette erreur entacher son brillant palmarès.

Au moment où sa main se posait sur la poignée de la portière, Laura lui agrippa le bras. Il contempla la fine main blanche qui le retenait, puis releva les yeux vers son visage angoissé.

— Quoi encore ? maugréa-t-il.

— Ne fais pas cela, Nick, supplia-t-elle. S'il te plaît, pars. Fais comme si tu ne m'avais pas retrouvée.

La bouche sèche, elle fit passer sa langue sur ses lèvres et ferma les yeux pour retenir les larmes qui lui brouillaient la vue.

— Je t'en prie, oublie-nous.

— Tu te fatigues inutilement, Laura…

Nick serra la mâchoire. Les veines de ses tempes battaient la chamade. Il devait tenir bon : « Ne te laisse pas apitoyer, Nick. Tu as un jour baissé ta garde, et cela a failli te coûter la vie. »

— Rien de ce que tu pourras dire ne me fera changer d'avis, ajouta-t-il brutalement.

— Tu ne comprends pas, insista-t-elle en s'agrippant à sa manche. Il nous tuera, moi-même et peut-être mon fils aussi.

Elle renversa la tête en arrière, avant de soupirer :

— Oh, Seigneur, que puis-je faire ?

Nick lutta pour ignorer l'instinct de protection viril qui se réveillait en lui. Une émotion qu'il ne voulait pas identifier lui oppressait la poitrine. Détournant les yeux, il se souvint du jour où il s'était réveillé seul dans une chambre d'hôpital.

— Qui te tuera, Laura ? Le type que tu as regardé me descendre avant de t'enfuir ?

Il lui jeta un regard dur et contempla avec une satisfaction cruelle le désespoir qui apparaissait dans ses yeux baignés de larmes.

— Jusqu'où étais-tu prête à aller pour attirer des ennuis à ton frère ? De quoi s'agissait-il ? D'un jeu pervers ?

Laura pleurait en silence. Quelle bonne comédienne ! L'image parfaite de l'innocence et de la candeur. Nick se retint d'éclater de rire. Apparemment, le joli cœur avec lequel elle avait eu une liaison, deux ans auparavant, lui avait légué un cadeau inattendu. Peut-être même cet homme et son agresseur, celui qui l'avait laissé pour mort, ne faisaient-ils qu'un… Pour admirables qu'ils fussent, les talents d'actrice de Laura Proctor ne pesaient pas grand-chose en regard d'un enfant illégitime. Et ce n'était pas son problème. Même si cette idée suscitait en lui une jalousie de mâle venue du fond des temps.

— Alors ? demanda-t-il, les doigts tambourinant d'impatience sur le volant. Nous y allons, ou nous repartons pour Jackson ?

Laura s'essuya la joue d'une main lasse.

— Je dois récupérer mon fils, murmura-t-elle, prostrée sur son siège.

— Dans ce cas, allons-y, répliqua-t-il, tout en s'efforçant de repousser l'image de Laura au lit avec un autre homme.

Bon sang ! En quoi cela lui importait-il ?

Il descendit de voiture en jurant. Vine Street était une impasse, bordée d'une demi-douzaine de petites maisons blanches à colombages. Un chien aboya dans l'un des jardins, rompant la quiétude du lieu. Seuls deux véhicules étaient visibles dans les allées de garages. Cette Mme Leeton n'en possédait pas, ou elle s'était absentée, songea-t-il après avoir jeté un bref coup d'œil à la maison. Glissant une main sous sa veste, il vérifia la position de son arme dans sa ceinture. Après tout, rien ne laissait deviner quelles étaient les intentions de Laura.

La jeune femme descendit de voiture et se faufila entre la portière et le bras qui la retenait. Il fallut cinq bonnes secondes à Nick pour réaliser la force de sa réaction lorsqu'elle le frôla. Tout son corps vibrait. Leurs regards se croisèrent, et il lut la même confusion que la sienne dans ses yeux bleus. Un juron lui échappa. Détournant les yeux, Laura recula, comme s'il venait de la gifler. Nick s'intima l'ordre de conserver son sang-froid. Seule importait sa mission, même si ses élans masculins ne se laissaient pas manœuvrer si aisément.

— Je sais que tu ne me croiras pas, dit Laura, résignée. Mais les choses ne se sont pas passées comme tu le penses.

Elle avait l'air terriblement vulnérable dans son blouson trop grand, les mains dépassant à peine des manches remontées en larges revers. Mais son jean épousait la plénitude de ses hanches et son T-shirt sali révélait le galbe de ses seins ; cette féminité épanouie le troublait au-delà du raisonnable.

Il déglutit avec peine, puis leva les yeux sur ce visage qu'il avait souhaité ne plus jamais revoir, tout en espérant le croiser à chaque coin de rue. Plusieurs mois après la disparition de Laura, son pouls s'affolait encore à la vue d'inconnues arborant la même chevelure dorée, la même démarche féline. Et chaque fois, une intense déception le saisissait lorsqu'il constatait sa méprise. A présent, elle était là devant lui, bien vivante et aussi belle que le premier jour où il avait posé les yeux sur elle. Aurait-il pu la retrouver plus tôt, s'il l'avait vraiment voulu ? Ou avait-il cédé à la facilité en acceptant l'idée qu'elle était à jamais perdue ?

Victoria lui avait ordonné de cesser toute recherche la concernant. Son propre frère l'avait cru morte. Mais Nick n'en avait jamais été totalement convaincu. Il avait néanmoins obtempéré. Si elle était en vie et refusait tout contact avec lui, pourquoi se serait-il accroché ? Et puis, il y avait eu ce coup de fil de Ray, et le désir de prendre sa revanche avait effacé tout le reste.

Une mèche indocile vint se plaquer sur la joue de Laura. Nick résista au désir d'y porter la main, d'enrouler ces fils d'or autour de ses doigts, de caresser du pouce la ligne sensuelle de ses lèvres…

— S'il te plaît, Nick. Ne me force pas à retourner là-bas.

La voix suppliante le ramena aussitôt à la réalité.

Non, se raisonna-t-il. Elle n'éprouvait pour lui aucun des sentiments qui le dévoraient, lui. Les actes sont souvent plus éloquents que les mots. Et deux ans auparavant, ceux de Laura Proctor avaient été sans ambiguïté. Elle l'avait abandonné à la mort.

30

— Si tu veux récupérer ton fils, rétorqua-t-il, contenant sa colère, je te suggère de le faire avant que je ne perde patience.

— Oui, murmura-t-elle. Je veux le récupérer.

Elle détourna les yeux, puis dégagea de la main les cheveux rabattus sur son visage.

La cicatrice qui marquait l'intérieur de son poignet attira soudain son attention. Il lui saisit aussitôt la main, afin d'y regarder de plus près. C'est alors qu'il se souvint. Quelques semaines avant leur rencontre, elle avait prétendument tenté de mettre fin à ses jours. Mais la jeune femme qu'il avait connue dans ce chalet tranquille au bord du fleuve n'aurait jamais fait cela. Elle était alors trop éprise de la vie et plongée dans les élans de leur passion.

Cette femme-là ne serait jamais partie non plus en le laissant à l'agonie… Et c'était pourtant ce qu'elle avait fait.

Là était le nœud du problème : elle ne méritait plus sa confiance.

Lui serrant la main à lui faire mal, il la guida vers le porche de la maison silencieuse. La petite impasse semblait morte, désertée. Nick observa Laura du coin de l'œil. S'il s'agissait d'un coup fourré, elle le regretterait amèrement. Il acquiesça, répondant à sa question muette, et la jeune femme, retenant son souffle, frappa à la porte.

Mme Leeton était une infirmière sexagénaire retraitée, affligée de rhumatismes chroniques. Laura attendit patiemment que la vieille dame parvînt jusqu'à la porte. Trois ans plus tôt, elle avait quitté le service du Dr Holland, auquel elle avait consacré presque toute sa vie. Lorsque Laura s'était présentée chez le médecin, la semaine précédente, celui-ci avait demandé à son ancienne assistante d'héberger la mère et l'enfant. Mme Leeton avait immédiatement accepté. Ce matin, pourtant, Laura n'avait pas beaucoup aimé l'idée de laisser Robbie seul avec son hôtesse. Mais qu'aurait-elle pu faire d'autre ? Selon la vielle dame, le bienveillant docteur la réclamait de toute urgence.

Le cliquetis de la serrure se fit enfin entendre. Laura se crispa. Nick reconnaîtrait-il son propre enfant ? Exigerait-il qu'elle le lui rende ? En deux ans, l'homme avait beaucoup changé. Il était devenu plus dur, plus froid.

Lui enlèverait-il Robbie pour se venger ? Ou l'emmène-rait-il avec lui, simplement par égard pour son équilibre ? C'était là une des raisons pour lesquelles elle s'était toujours refusée à lui demander son aide, en dépit des dangers qui la menaçaient. James Ed avait convaincu son entourage que sa sœur souffrait de troubles mentaux. Jamais Nick n'eût autorisé une telle femme à élever son fils. Il n'aurait pas hésité à le lui retirer, elle le savait.

Oh, Seigneur, commettait-elle une erreur en revenant ici ? Pourquoi n'avait-elle pas laissé Nick l'emmener à Jackson, sans évoquer Robbie ? Le Dr Holland aurait pris soin de l'enfant jusqu'à ce qu'elle eût trouvé le moyen de s'échapper…

La porte s'entrebâilla, et le visage de Mme Leeton apparut dans l'interstice. Laura fronça les sourcils devant son regard méfiant. Ne la reconnaissait-elle pas ? C'était impossible. Elle et Robbie vivaient là depuis une semaine. L'idée était absurde. Le stress lié aux derniers événements devait avoir affecté son jugement.

— Mme Leeton, annonça-t-elle d'une voix qu'elle parvint à contrôler, mes projets ont changé. Je m'en vais. Soyez gentille de prévenir le docteur pour moi. Je suis juste passée prendre Robbie.

Elle jeta un coup d'œil du côté de Nick, avant d'ajouter :

— Nous partons tout de suite.

— Qui êtes-vous et que voulez-vous ?

La question, inattendue, l'alarma aussitôt.

— Mme Leeton, c'est moi Laura. Je suis revenue pour emmener Robbie. Laissez-moi entrer, s'il vous plaît.

Nick se rapprocha d'elle. Elle ne quittait pas des yeux la vieille infirmière. Quelque chose ne collait pas, mais pas du tout.

— Je ne sais ni qui vous êtes ni ce que vous voulez, mais si vous ne partez pas d'ici, j'appelle la police.

— Laissez-moi voir mon fils ! s'écria-t-elle, saisie de panique, avant de forcer le passage et de pénétrer de force dans la maison.

Nick la suivit jusque dans le séjour. Sa voix lui parvint, assourdie, tandis qu'il tentait d'apaiser la vieille dame qui criait.

— Robbie ! appela Laura, en courant d'une pièce à une autre, le cœur battant.

« Oh, mon Dieu, mon Dieu, mon Dieu ! Il n'est pas là ! »

L'implacable réalité, glaciale, s'insinua dans ses veines. Elle secoua la tête. « Non, c'est impossible ! » Elle l'avait laissé moins d'une heure auparavant. « C'est impossible… »

Plantée au milieu du séjour, elle regardait autour d'elle, éperdue, examinant le sol, puis les meubles à la recherche de son enfant.

Rien. Pas une trace. Ni un jouet, ni une couche. Pas le moindre indice indiquant qu'il ait jamais été là.

Il était bel et bien parti.

Son absence était palpable.

Au bord de la crise de nerfs, elle pressa un poing sur sa bouche, avant de se tourner d'abord vers Nick, qui l'observait avec perplexité, puis vers l'infirmière. Les mains croisées sur sa poitrine, elle tenta de reprendre sa respiration, entre les spasmes, puis demanda :

— Mme Leeton, *s'il vous plaît*. Où est mon bébé ?

Les yeux de la vieille dame se plissèrent, et quelque chose de foncièrement mauvais brilla dans ses yeux.

— Comme je l'ai déjà dit, je ne vous connais pas, et il n'y a pas de bébé ici. Il n'y en a jamais eu.

2.

— Il est inutile d'appeler la police, Mme Leeton, assura Nick devant la propriétaire des lieux hors d'elle.

Il lança à Laura un regard noir.

— De toute évidence, nous avons fait erreur.

La jeune femme dégagea son bras d'un geste brusque.

— Je ne partirai pas d'ici sans mon fils !

Saisissant soudain l'infirmière par les épaules, elle la força à la regarder dans les yeux.

— Mme Leeton, pourquoi faites-vous cela ? Où est Robbie ? Qui l'a emmené ?

— Sortez ! hurla la vieille dame d'une voix stridente. Sortez, ou j'appelle la police !

— Nous partons, déclara Nick.

D'une main prudente mais ferme, il écarta Laura de sa proie.

— Tout de suite, ajouta-t-il, voyant qu'elle résistait.

— Je ne partirai pas sans mon enfant ! Elle ment ! Elle sait où il se trouve.

Agrandis par la panique, ses yeux faisaient danser le tourbillon d'émotions qui la tourmentait. Comment Nick pouvait-il ne pas la croire ?

Autrefois, il lui avait fait confiance...

— Je vous prie de nous excuser pour cette intrusion, Mme Leeton, dit Nick posément.

Il attrapa le bras de Laura qui tentait de se libérer.

— Nous ne vous importunerons plus.

Cette fois, il glissa son bras autour de sa taille et la maintint de force contre lui. D'un regard menaçant, il lui fit comprendre qu'elle ferait mieux de l'écouter.

— Nous partons maintenant, insista-t-il, détachant chacun de ses mots.

Le corps de Laura se relâcha, brisé par la défaite.

— Si cette folle s'avise de remettre les pieds dans ma propriété, cria Mme Leeton derrière eux, j'appellerai la police !

Nick ne répondit pas à la menace. Il n'avait nullement l'intention de revenir. Si Laura avait un enfant, il n'était pas dans cette maison. Ce point, au moins, était clair.

Désespérée, Laura s'accrocha à lui tandis qu'ils regagnaient la voiture. La violence de ses sanglots secouait Nick, lui faisant oublier les élancements aigus dans son genou. Il baissa les yeux sur la jeune femme. Qu'elle eût un enfant ou non ne le concernait pas, se rappela-t-il, ignorant les protestations indignées de son cœur. Son unique tâche était de la conduire chez son frère. Car Laura avait un frère, un homme influent, qui pourrait l'aider à résoudre ses problèmes — réels ou imaginaires.

Il lui ouvrit la portière, pressé de reprendre le volant. Du reste, il faisait bien trop froid pour entamer toute discussion dehors. Tenter de la calmer serait moins malaisé dans la chaleur de l'habitacle. Comprenant soudain qu'ils s'en allaient, elle fit volte-face et fixa Nick droit dans les yeux.

— Je dois… retrouver Robbie, balbutia-t-elle. Il faut me croire, Nick. Je… je l'ai laissé chez Mme Leeton il y a à peine une heure.

Nick la serra de nouveau contre lui dans un geste de réconfort, tout en s'efforçant de garder la tête froide, de ne pas céder à l'envie de prendre son visage entre ses mains et de lui faire des promesses inconsidérées.

— Présente-moi une preuve de l'existence de cet enfant, Laura. Convaincs-moi.

Le temps d'un battement de cœur, elle plongea son regard dans le sien. Le bleu de ses yeux était devenu presque transparent, et son visage trahissait un sentiment qu'il était bien en mal d'identifier.

— Il existe, soupira-t-elle, effleurant ses lèvres de son souffle, lui donnant envie de resserrer son étreinte, de goûter à sa bouche.

— Prouve-le, se contenta-t-il de répondre. Montre-moi une photo, un certificat de naissance, un vêtement, n'importe quoi confirmant que tu as un enfant.

Elle se retourna entre ses bras. Le frottement de ses seins contre son torse fit monter le désir en lui, un désir ardent.

— Mon sac…

Les sourcils froncés, elle tourna la tête vers la maison de Mme Leeton.

— J'ai oublié mon sac, ainsi que les quelques vêtements que nous avions apportés.

Nick suivit son regard, et étudia un moment la petite maison blanche.

— Pas question d'y retourner, opposa-t-il fermement. Je ne veux pas d'une intervention de la police.

Il reporta son attention sur la jeune femme.

Celle-ci s'écarta de lui, les traits crispés.

— Non, bien sûr que non ! répliqua-t-elle sèchement. Nous ne voudrions rien faire qui puisse attirer l'attention sur les agissements du tout-puissant gouverneur du Mississippi, n'est-ce pas ?

— Monte dans la voiture, ordonna-t-il, irrité. Tout de suite.

Le regard toujours incendiaire, Laura s'approcha du véhicule, avant de s'immobiliser.

— Le médecin ! s'exclama-t-elle. Le Dr Holland m'appuiera. Il te confirmera, pour Robbie.

Peu désireux de l'accabler davantage, Nick poussa un long soupir.

— Qui est-ce ?

— Mon médecin traitant, expliqua-t-elle. Robbie était très malade. C'est pour le voir que je suis revenue ici. Je savais que je pouvais compter sur lui.

Elle se glissa derrière le volant, avant de se faufiler sur le siège passager.

— Allons-y !

Nick posa un avant-bras sur le toit de la voiture, puis se pencha pour la regarder. Devait-il la croire ? Après quelques longues secondes d'indécision, il se redressa pour examiner de nouveau le lotissement, puis son regard revint sur la maison qu'ils venaient de quitter. Quelque chose sonnait faux. Peut-être l'histoire de Laura contenait-elle une part de vérité. Il avait toujours suivi son instinct. Et celui-ci ne l'avait jamais trompé… excepté une fois.

— Dépêche-toi, Nick. Nous perdons un temps précieux.

Toujours hésitant, il se laissa tomber sur son siège et tourna la clé de contact, puis jeta à sa passagère un regard glacial.

— Si jamais tu essaies de me rouler, Laura, je te promets que tu t'en mordras les doigts.

Laura fixait l'affichette collée sur la vitre du cabinet médical. Dans l'air froid de la rue, un petit nuage de vapeur s'échappa de ses lèvres, tandis qu'elle lisait les deux phrases qui ruinaient ses derniers espoirs. « Le docteur est en déplacement. Le cabinet est provisoirement fermé. » Ce n'était pas possible. Elle secoua la tête, tentant de toutes ses forces de conjurer l'impitoyable destin.

Non, ce n'était pas possible...

Un bourdonnement lui vrilla les tympans. Elle ferma les yeux et serra les poings. « Robbie, pria-t-elle. Où es-tu ? Oh, mon Dieu, faites que personne ne touche à mon petit. Je vous en supplie, que personne ne lui fasse du mal. »

— Voilà qui est bien commode, observa sèchement Nick.

Laura se plaqua une main sur la bouche pour contenir le hurlement qui montait dans sa gorge. Comment pourrait-elle convaincre Nick, à présent ? Mme Leeton mentait, ou était devenue folle, ou peut-être les deux. Le Dr Holland avait disparu. Où donc était sa nouvelle infirmière ? Laura savait qu'elle travaillait à mi-temps chez un autre médecin, dans une petite ville voisine. Mais où ? Elle ne se souvenait plus de ce que le médecin lui avait dit. Quant à sa fidèle secrétaire, elle avait pris sa retraite plusieurs mois auparavant et s'était installée en Floride. Il n'en avait pas recruté de nouvelle, préférant se charger lui-même des corvées administratives. Qui pouvait-elle encore contacter ? Personne. Elle ferma de nouveau les yeux, réprimant un sanglot. Il lui fallait conserver son sang-froid. Et garder l'esprit clair.

Qui pouvait avoir enlevé Robbie, et pourquoi ?

La réponse la frappa brutalement.

James Ed.

Ce ne pouvait être que lui. Ou l'un de ses sbires. Ils avaient découvert l'existence de Robbie, et l'avaient kidnappé pour l'amener à se découvrir, la forcer à revenir à Jackson. C'était deux ans auparavant, lors de l'épisode du chalet, qu'elle avait compris que son frère avait formé le projet de la tuer, sans toutefois savoir pourquoi. Mais elle avait fini par en deviner le mobile : l'argent. Il convoitait le capital qui lui avait été légué en fidéicommis. Pour arriver à ses fins, il était prêt à la tuer. Et aujourd'hui son enfant était devenu un enjeu.

Le Dr Holland participait-il à ce complot ? Sa soudaine disparition faisait-elle partie du plan ? Impossible. Le médecin lui vouait une réelle affection, et elle lui accordait toute sa confiance. Mais où était-il allé ? Il avait averti Mme Leeton d'une urgence. Avait-il appris que quelqu'un la cherchait ? Peut-être avait-il voulu la prévenir. Peut-être même avait-il emmené Robbie avec lui pour le mettre en sécurité ?

Elle pria pour que ce fût le cas. Mais comment s'en assurer ? Pouvait-elle quitter la ville sans savoir ce qu'il était advenu de son enfant ?

Non. Elle devait absolument le trouver.

— Je sais que le docteur est là, déclara-t-elle soudain. Il doit être là.

— Partons, Laura. Je suis las de ton petit jeu.

Lentement, elle se retourna pour faire face à celui qui était à l'origine de toute cette histoire. L'homme qu'elle aimait toujours, au fond de son cœur. L'homme qui lui avait donné ce petit être dont la perte était inconcevable. Mais à qui elle ne pourrait jamais avouer la vérité.

Une lueur accusatrice brillait dans ses yeux verts.

Sa gorge se serra. On lui avait enlevé son enfant, et personne ne voulait — ou ne pouvait — lui venir en aide. Elle était seule, comme elle l'avait toujours été depuis la mort de ses parents, quand elle avait dix ans.

Son frère aîné ne l'avait jamais considérée que comme un fardeau. Très tôt, elle avait compris qu'il ferait tout ce qui était en son pouvoir pour se débarrasser d'elle. Après le lycée, James Ed avait tenté de lui faire épouser le fils d'un de ses associés, mais elle avait refusé. Alors avait commencé la série d'attentats contre sa vie.

Depuis son plus jeune âge, James Ed n'avait manifesté à sa sœur qu'hostilité. Mais en tant qu'homme public, digne et responsable aux yeux de tous, il avait offert à Laura un sauf-conduit « honorable » : épouser Rafe Manning. Celui-ci était jeune, beau garçon, et riche. Que voulait-elle de plus ? Pourquoi ne pouvait-elle se comporter en bonne petite sœur obéissante ?

La réponse était simple : elle n'éprouvait aucun sentiment pour Rafe Manning. Ni pour un autre. Du reste, elle se sentait encore trop jeune et indéterminée pour lier sa vie à qui que ce soit.

Elle avait donc opposé à son frère une fin de non-recevoir. Celui-ci avait alors fomenté un autre plan pour se débarrasser de son encombrante sœur cadette. Peut-être même avec l'aide de Rafe. Un accident de la route était si vite arrivé… James Ed avait toujours opté pour des méthodes simples et efficaces. Payer quelque brute pour accomplir ses basses besognes lui ressemblait bien.

Avec un brin de cynisme, Laura se demanda si sa brusque réapparition serait bienvenue. James Ed avait probablement déjà mis la main sur l'héritage qu'elle serait bientôt en droit de revendiquer, puisqu'elle allait fêter son vingt-cinquième anniversaire. Ce serait sans doute le point d'orgue de ces retrouvailles familiales. D'une manière ou d'une autre, James Ed veillerait à ce qu'elle en fût privée.

La silhouette de Nick qui s'approchait l'arracha à sa rêverie.

Robbie avait disparu, ainsi que le Dr Holland. Rien d'autre n'importait. Elle devait les retrouver tous les deux. Une nouvelle onde glacée lui parcourut l'échine. Sous le coup d'une impulsion irrépressible, elle bondit vers l'entrée du cabinet médical qui faisait également office de logement privé et cogna du poing sur la porte. Il était là, forcément. Il ne pouvait avoir disparu. Elle tenta de tourner la poignée, mais en vain. La porte était verrouillée.

Pourtant, le médecin ne fermait jamais son cabinet.

— Ce n'est pas normal, marmonna-t-elle.

Laura s'approcha de la fenêtre de la salle d'attente et plaça ses mains en visière contre la vitre. Tout semblait en ordre à l'intérieur. Décidément, c'était étrange.

— Il ne serait pas parti ainsi…

Délaissant la façade, elle courut vers la cuisine située sur le côté de la maison et jeta un coup d'œil par la fenêtre. Comme à l'ordinaire, la pièce était nette et bien rangée.

Mais quelque chose n'allait pas, elle le sentait. Elle connaissait bien le vieux médecin. Il n'aurait pas disparu ainsi avec Robbie sans laisser ne fût-ce qu'une note.

— Ils s'en sont pris également à lui, murmura-t-elle.

Laura luttait pour ne pas céder à l'abattement. Elle se hissa sur le rebord de la fenêtre voisine, puis sur les autres.

Elle se sentit sombrer dans le gouffre abyssal qui s'était ouvert sous ses pieds, en présence de Mme Leeton.

— Il n'y a personne, Laura, dit la voix de Nick derrière elle.

Les larmes aux yeux, elle se tourna vers lui.

— Mais il doit être là !

Son cœur ne supportait pas l'idée que son bébé fût entre des mains étrangères, à la merci de mauvais traitements. Ni que le docteur eût subi des violences.

— Tu ne comprends pas ? Sans lui…

Elle s'interrompit : sa gorge était trop contractée pour qu'elle puisse terminer sa phrase.

Nick haussa un sourcil et la considéra d'un œil froid.

— Partons, maintenant. Fini, la chasse aux fantômes.

Sans lui laisser le temps de réagir, il la saisit par le bras.

— Ne rends pas les choses plus difficiles qu'elles ne le sont.

« Difficiles » ? Laura le dévisagea sans mot dire, tandis qu'il l'emmenait vers la voiture. Etait-ce là son appréciation de la situation ? Alors que l'on venait de lui arracher le cœur ? Son enfant avait été enlevé ! Elle devait le retrouver, à n'importe quel prix.

Elle songea soudain à une dernière possibilité : la cabane de pêche du docteur. Peut-être s'y était-il rendu pour y cacher Robbie. Son pouls se remit à battre. C'était plausible. Devant la voiture, elle s'immobilisa et ferma les yeux. « Seigneur, pria-t-elle de nouveau, je vous en supplie, faites que je retrouve mon bébé. »

Restait encore à convaincre Nick de l'emmener jusque-là. Elle rouvrit les yeux et réalisa qu'il la fixait de son regard vert, si intense. En dépit des circonstances, le feu du désir se réveilla en elle. L'heure était peut-être venue de lui avouer la vérité, de retrouver sa confiance. Mais elle s'en sentait incapable. Si son fils n'était pas à la cabane, elle lui fausserait compagnie. Et se rendrait chez James Ed. Seule. Par n'importe quel moyen, elle le forcerait à lui rendre son enfant.

Nick gara la voiture devant la rustique cabane de pêche et descendit ouvrir la portière de Laura. La petite construction de bois était loin de tout, entourée d'une forêt dense sur trois côtés et bordée, sur le quatrième, par l'onde capricieuse du Mississippi. Celui-ci était si proche, songea-t-il, que la cabane devait être inondée à chaque crue. A en juger par son aspect extérieur, le cabanon n'était pourvu ni de l'eau courante ni de l'électricité. De toute évidence, ce n'était qu'un modeste abri pour l'exercice occasionnel de la pêche ou la chasse. Aussi une petite inondation ici ou là portait-elle peu à conséquence.

Maintenant qu'il s'était fait une vue d'ensemble de l'endroit, il était quelque peu surpris qu'une route permît d'y accéder. Tout baignait dans une profonde quiétude. Seuls les clapotis de l'eau contre une jetée rudimentaire brisaient parfois le silence, tandis que le soleil entamait sa course descendante vers l'ouest.

Il lui donnait cinq minutes pour visiter les lieux, puis ils reprendraient la route pour Jackson. Ils avaient déjà perdu trop de temps. Durant le court trajet qu'ils venaient de faire, Laura n'avait ouvert la bouche que pour lui indiquer le chemin à suivre. Il observa à la dérobée son visage grave. Que se passait-il sous ce joli crâne ?

Laura franchit d'un bond gracieux les marches disjointes du petit perron et courut vers la porte. Nick la suivit d'un pas tranquille, lui laissant ainsi le temps de découvrir ce qu'il pressentait. Rien aux alentours n'indiquait une présence récente, ni empreintes de pas, ni traces de pneus. Il en avait déduit que la cabane n'avait pas servi depuis longtemps. La douleur dans son genou lui arracha une grimace au moment où il gravit la dernière marche.

Au diable sa blessure, et au diable cet endroit ! jura-t-il pour lui-même, avant de reporter son poids sur sa jambe gauche.

Une bourrasque fit bruisser la cime des arbres, couvrant le rythme régulier des vaguelettes. Tandis qu'il examinait l'épais sous-bois, puis les eaux troubles du fleuve, une curieuse sensation de malaise s'empara de lui. Peut-être parce que ce coin isolé lui rappelait l'endroit où Laura et lui s'étaient aimés, deux ans auparavant. Ou qu'il fallait en finir au plus vite.

— Le médecin n'est pas là. Il n'y a personne.

Il se tourna vers elle. Laura le regardait, le visage défait. Elle essuya d'un revers de la main un nouveau sanglot. Elle avait l'air si vulnérable, si fragile… Il avait envie de la prendre dans ses bras, de la rassurer, de lui promettre que tout irait bien dès lors qu'ils seraient à Jackson. Mais s'il se trompait ? Si elle était vraiment menacée ?

Et s'il était le plus grand imbécile que la terre eût jamais porté ? « Ne mords pas à l'hameçon, Foster ! se dit-il. Tu as déjà entendu cette chanson-là dans le passé. »

— Partons, dit-il d'une voix plus dure qu'il ne l'aurait souhaité.

La jeune femme battit des cils et recula d'un pas.

— Je ne viens pas avec toi, Nick, répliqua-t-elle en secouant la tête. Je dois retrouver Robbie. Je… Je ne peux pas l'abandonner. Si tu ne veux pas m'aider, je le chercherai seule.

Sans la quitter des yeux, Nick s'approcha d'elle avec douceur.

— Ne fais pas cette bêtise, Laura. Si tu dis que tu as un enfant, je suis disposé à te croire. Mais dans ce cas, je vois mal pourquoi quelqu'un te l'aurait enlevé. A propos, où est le père ?

Une expression d'animal traqué passa un court instant sur son visage. Elle fit demi-tour et disparut dans la cabane. Elle avait presque traversé l'unique pièce et atteint la porte du fond, quand Nick la rattrapa, avant de la coincer contre une planche qui tenait lieu de comptoir de cuisine. Plus que la colère et la douleur, c'était une haine jalouse qui le guidait, qui le mettait hors de lui. Une jalousie envers un homme qu'il n'avait jamais vu.

— Rafe sait-il qu'il a un fils ? jeta-t-il méchamment. Ou existe-t-il un autre amoureux malchanceux qui se demande encore ce qu'il est advenu de sa chère petite Laura ?

Laura se recroquevilla sur elle-même.

Avait-elle seulement conscience des ravages qu'elle infligeait à ses sens ? Comment pouvait-elle encore lui faire autant d'effet ? Son parfum le rendait fou de désir, lui intimait de la toucher, de retrouver les gestes d'une lointaine nuit d'amour. Tout son corps se durcit, tandis que son imagination couvrait de nouveau la jeune femme de caresses. Et lorsqu'elle leva vers lui un regard anxieux et suppliant, sa résolution faiblit.

— Il ne sait pas, pour Robbie.

Elle se passa la langue sur les lèvres, et une larme perdue glissa lentement le long de sa joue.

— Je n'y arriverai jamais toute seule, Nick. S'il te plaît, aide-moi.

Nick sentit sa résolution s'effondrer tout à fait.

Il leva un doigt vers son visage et suivit le tracé humide de la larme sur la peau satinée. Ce geste fit naître une sensation dont il n'avait cessé de rêver depuis de longs mois, court-circuitant toute pensée.

Lentement, déjà tiraillé par le remords, il inclina la tête. Les lèvres de Laura tremblaient lorsqu'il s'en empara. Leur goût était resté le même que dans son souvenir — doux, innocent, d'une suave délicatesse. Telle une rose sous les premiers rayons du soleil, Laura s'ouvrit à lui. Et lorsqu'il insinua sa langue dans la tiède intimité de sa bouche, le passé se volatilisa. Seul demeurait l'instant… Il lui caressa la nuque, savoura son baiser, la serra davantage contre son lui.

Ses doigts entourèrent sa nuque, s'immisçant dans la texture soyeuse de sa longue chevelure blonde.

— Laura, murmura-t-il contre sa bouche.

Elle répondit par un silence consentant, empoignant le devant de sa chemise pour l'attirer vers elle. Son corps se mêla au sien, ses courbes épousant les formes de ses muscles tendus, tandis qu'il approfondissait son baiser, étourdi de désir.

Son envie d'elle battait dans ses tempes au rythme accéléré de son cœur. Ses paumes se mirent à explorer les contours voluptueux de son corps, s'attardant sur ses seins. Puis elles

46

descendirent plus bas, vers les fesses, qu'il empoigna afin de mieux unir leurs corps enfiévrés. Laura parvint néanmoins à immiscer une main entre eux, qu'elle glissa le long de son torse, puis, plus bas, vers l'érection emprisonnée sous le jean. Comme traversé par une onde électrique, Nick émit un gémissement rauque.

Leurs langues se cherchaient, s'enroulaient l'une à l'autre, tandis qu'elle prenait à présent l'initiative, frottant de haut en bas son membre durci. Il sentit sa poitrine se coller sur son torse, ses tétons se dresser sous le mince tissu du T-shirt. Un besoin impérieux de lui faire l'amour le submergea, tandis que de sa seule main, et en dépit des vêtements qui les séparaient, elle attisait le feu qui menaçait de les dévaster.

C'est alors qu'un choc inattendu, porté sur sa tempe, le déséquilibra brutalement.

Il chancela. Laura en profita pour bondir vers la porte tandis que Nick contemplait, incrédule, les tessons d'un lourd mug de faïence sur le plancher de bois brut. Secouant la tête, il se dirigea en titubant sur les traces de la jeune femme. Dès qu'il lui mettrait la main dessus, se promit-il, il lui tordrait le cou.

Elle avait déjà pris place dans la voiture lorsqu'il gagna tant bien que mal le perron, encore sonné par le coup qu'il avait reçu. Il caressa la zone endolorie, puis examina ses doigts. Pas de sang. Une jolie bosse, en revanche, commençait à se former. Un chapelet d'insanités lui échappa tandis qu'il titubait vers le véhicule, mettant, à chaque pas qu'il faisait, son genou à la torture. Oh oui, elle regretterait son geste.

A son expression horrifiée, il s'aperçut qu'elle venait de comprendre : les clés n'étaient pas restées sur le contact. Le croyait-elle stupide à ce point ? Dans un ultime effort pour se protéger, elle baissa les loquets de sécurité.

Souriant tel l'idiot qu'il avait conscience d'être, il plongea une main dans sa poche et en sortit le trousseau, qu'il agita sous ses yeux.

— Tu vas quelque part ?

L'œil goguenard, il glissa une clé dans la serrure de la portière avant et l'ouvrit.

— On ne dirait pas, ajouta-t-il, avant de passer sa tête dans l'habitacle.

Laura tenta de basculer sur la banquette arrière, mais il la retint par la taille.

— Laisse-moi partir ! cria-t-elle, giflant, griffant, lançant des coups de pieds affolés. Je dois trouver mon enfant !

— Tu n'as qu'une alternative, déclara-t-il, le regard noir. Soit tu restes bien tranquille sur ton siège pendant que je te conduis jusqu'à Jackson, soit je te ligote et je te jette dans le coffre. A toi de choisir.

3.

Laura demeura absolument immobile, tandis que Nick garait la voiture à l'arrière de la propriété de James Ed, suivant les consignes de sécurité qui lui avaient été données. Rêveuse, elle chassa de son esprit le flot de sensations qui persistaient à la troubler : le contact de ses longues mains, l'ardeur de son baiser, ses bras refermés sur elle…

Elle se concentra sur la nouvelle tournure que prenait le cauchemar qui la poursuivait et leva les yeux vers l'imposante résidence dressée devant elle. La villa exhalait un luxe ostentatoire qui lui donna la nausée. Le meilleur, rien que le meilleur pour James Edward Proctor, songea-t-elle avec dégoût.

Dans quelques heures, la façade serait bordée de dizaines de Mercedes, Cadillac et autres limousines, tandis que son frère célébrerait sa victoire officielle. A en juger par la conversation téléphonique que Nick avait eue avec lui et dont elle avait pu saisir quelques bribes, Laura devait entrer par l'arrière de la maison, de sorte que personne ne la vît — ni invité zélé, ni domestique vacataire. James Ed soignait sa réputation.

Mais Laura était plongée dans une sorte d'hébétude et se moquait de tout cela. L'idée qu'elle pouvait ne jamais revoir Robbie, l'éventualité de sa propre mort, lui ôtaient toute énergie. Elle se sentait vide, inutile.

Elle releva les yeux sur la demeure éclairée, et considéra quelques instants ce qui semblait rendre son frère heureux. L'argent. Et le pouvoir. Les deux seules choses qui importaient pour lui. Il pouvait puiser dans son héritage, peu lui importait. Elle voulait juste retrouver son fils. Mais James Ed se moquait de ce qu'elle voulait. Jamais il ne lui avait montré la moindre affection. Sinon, pourquoi aurait-il envoyé des tueurs à ses trousses après qu'elle eut disparu, plutôt que de la laisser en paix ?

Pourtant, il ne pouvait plus lui faire aucun mal : il lui avait déjà pris tout ce qui comptait pour elle.

Détournant le regard, elle sentit Nick se pencher sur elle pour déboucler sa ceinture de sécurité. Ses lèvres bougeaient, mais elle n'entendit rien. Comme en pilotage automatique, elle se glissa sur le siège conducteur puis sortit du véhicule dans l'air frigorifiant de la nuit. La lumière d'un lampadaire détourait en clair-obscur le beau visage du détective. Nick était quelqu'un de bien. Mais comme tout le monde, il s'était laissé aveugler par le charisme de son frère. Rien de tout cela n'était sa faute, du moins pas vraiment. Il agissait selon ce qui lui semblait juste, et ne faisait que son travail.

Robbie lui ressemblerait-il en grandissant ? A quinze mois seulement, il possédait déjà son diabolique regard vert et ses épais cheveux noirs.

Oui, décida-t-elle, le fils serait en tout point aussi séduisant que le père. Elle fronça les sourcils, et sa gorge se dessécha soudain. Un père qu'il ne connaîtrait jamais... et une mère dont il ne se souviendrait pas. Elle cligna des yeux, mais trop tard : des larmes brûlantes venaient de sourdre sous ses paupières.

— Ils nous attendent, dit Nick, l'arrachant à ses pensées.

Laura déglutit, mais en vain. Du dos de la main, elle s'essuya les joues, puis inspira profondément pour se donner du courage. Autant en terminer au plus vite. Inutile de faire traîner les choses.

— Je suis prête, répondit-elle d'une voix blanche.

— Bien, dit-il en souriant.

Son cœur faiblit. C'était la première fois aujourd'hui qu'elle le voyait sourire. Et comme dans sa mémoire, son sourire était simplement dévastateur. Robbie en hériterait-il aussi ?

— Par ici, monsieur Foster.

Surprise, Laura se retourna. La voix qui venait de l'apostropher était celle d'un homme en costume noir au visage inexpressif. Un agent de sécurité, conclut-elle après une brève inspection. Un minuscule écouteur était fixé à son oreille, relié à un fil qui disparaissait sous le col amidonné de sa chemise blanche.

Nick saisit Laura par le bras avant d'emboîter le pas à l'appariteur. Ils ne dirent pas un mot en traversant la véranda et se dirigèrent vers les portes à claire-voie de l'arrière de la maison. Instinctivement, Laura enregistra chaque détail. Son frère n'avait pas regardé à la dépense pour l'éclairage extérieur du domaine. Evidemment, ce n'était pas un détail si se profilait une tentative de fuite. Mais les possibilités d'évasion étaient sans doute proches de zéro, et la silhouette noire qui les précédait semblait vouloir le confirmer.

Soutenue par une rangée de colonnades blanches, une mezzanine courait sur toute la longueur de l'étage. Laura y remarqua trois doubles portes à claire-voie, identiques à celles du rez-de-chaussée. Au moins l'endroit offrait-il plusieurs issues possibles. Un vague espoir commençait à poindre en son for intérieur. Peut-être, peut-être seulement, vivrait-elle assez longtemps pour *tenter* de s'échapper.

Ils traversèrent une salle à manger vide et très élégante, puis pénétrèrent dans une immense cuisine, dont le verre et l'acier composaient l'essentiel du mobilier. De délicieux effluves y flottaient, arômes mélangés d'entrées alléchantes et de plats au four. Laura se rappela qu'elle n'avait rien avalé de la journée, mais son estomac n'était pas disposé à recevoir quelque nourriture que ce fût. Du reste, elle n'avait aucune intention de partager son dernier repas avec son frère, ni de manger dans cette maison.

Plusieurs marmites mijotaient sur les plaques de la cuisinière. Le personnel de cuisine avait, semblait-il, été évacué avant leur arrivée. Dès que le feu vert serait donné, la pièce bourdonnerait de nouveau telle une ruche, afin de se consacrer à l'appétit des invités.

James Ed ne laissait passer aucune occasion de donner des réceptions. Ni d'étaler ses nombreuses qualités.

Le ventre de Laura se crispa. Elle songeait avec effroi à la haine que son frère lui vouait. Peut-être s'agissait-il d'autre chose. L'attrait de l'argent, par exemple.

Peut-être…

Se pouvait-il que Robbie fût ici ? se demanda-t-elle, de nouveau en proie à la nervosité. James Ed pouvait fort bien s'être fait amener l'enfant dans le but de l'utiliser comme moyen de pression.

Nick affermit sa prise sur son bras droit, comme s'il percevait le changement intervenu dans ses émotions. Elle devait s'éloigner de lui. Il lisait trop bien en elle. Des scénarios d'évasion se succédèrent dans son esprit, tandis qu'ils s'engageaient dans l'escalier de service. Oui, elle y arriverait. Elle mettrait tout en œuvre pour retrouver son fils et s'échapper. James Ed ne gagnerait pas.

— Le gouverneur vous prie d'attendre ici.

Nick remercia l'homme, avant de faire entrer Laura dans ce qui s'avéra être le cabinet de travail du maître des lieux. Un feu crépitait dans la cheminée, apportant un surcroît de chaleur aux teintes mordorées des lambris couvrant les murs.

Un vaste bureau en acajou et son siège de cuir capitonné occupaient un côté la pièce, adossés à une bibliothèque murale remplie d'ouvrages juridiques. Plusieurs autres fauteuils de cuir faisaient face au bureau. A proximité, un buffet marqueté présentait flacons de cristal et carafes ouvragées contenant des liqueurs de différentes couleurs. Personne ne pouvait accuser James Ed de manquer de goût. Non, ce qui lui manquait, c'était le sens moral.

La poitrine oppressée, Laura respirait difficilement. Elle devait se concentrer. Parviendrait-elle à échapper à la surveillance de Nick ? A trouver Robbie ? Leur serait-il possible de fuir sans être pris ? Nick la regarda en plissant les yeux, comme s'il avait une nouvelle fois deviné ses pensées. L'homme était beaucoup, beaucoup trop intuitif.

— Calme-toi, Laura, dit-il d'un ton rassurant. Ton frère saura prendre soin de toi.

Elle secoua la tête, désespérée.

— Tu ne comprends décidément pas, répondit-elle, un sourire amer sur les lèvres. Les choses auraient été tellement plus simples si tu m'avais tué toi-même.

Jamais elle n'oublierait le visage qu'il lui offrit alors. Les émotions qu'il reflétait étaient aussi limpides que de l'eau de roche : Nick était déchiré entre ses sentiments pour elle et sa loyauté envers James Ed. Comme tout le monde, il faisait confiance au brillant politicien. A lui ; pas à elle. Car elle l'avait profondément blessé. Il croyait — légitimement — qu'elle l'avait laissé mourir... mais il se trompait. Et maintenant il ne saurait jamais ce qui était réellement arrivé. Pire, il ne connaîtrait jamais son enfant.

— Laura, je suis sûr que...

— Laura ?

Cette voix. Laura sentit un courant d'air sur sa nuque.

Nick se retourna aussitôt pour saluer le gouverneur. Grand, mince et séduisant, James Ed n'avait pas beaucoup changé, sauf les quelques cheveux gris qui striaient ses tempes blondes. Une coquetterie artificielle censée lui donner une allure distinguée, songea la jeune femme, cherchant vainement à percer à jour le visage que lui présentait son frère. Lorsqu'il s'approcha d'elle, elle recula vers le bureau, terrorisée.

— Laura, doux Jésus ! Je ne pensais pas te revoir un jour. Je croyais... Je te croyais... Seigneur, tu es bel et bien vivante !

Telle une biche prise dans les feux d'une voiture, elle se figea lorsqu'il ouvrit les bras pour la serrer contre lui. A plusieurs reprises, il lui murmura combien il était heureux de la retrouver. Réprimant un haut-le-cœur, elle fermait les yeux et espérait un miracle.

De la part de son frère, ce comportement la stupéfiait, ajoutant à l'angoisse qui lui tenaillait le cœur. Il n'était pas dans sa nature de se montrer affectueux ni démonstratif, se rappela-t-elle, choquée. Il ne s'agissait que d'un simulacre d'effusions à l'intention de Nick. James Ed prétendait lui exprimer sa gratitude pour lui avoir rendu sa petite sœur. Lorsqu'il s'écarta, elle vit une larme sur sa joue bronzée aux U.V., nouvelle preuve de sa duplicité. Un politicien, jusqu'au bout des ongles...

Lorsque enfin il la relâcha, Laura s'affaissa contre le bureau, anéantie. Comment faire comprendre à Nick qu'il venait de la livrer à son bourreau ? Certes, il ne faisait que son job. Il travaillait pour James Ed. Elle avait toujours su qu'il agirait ainsi le jour où il la retrouverait, tout comme elle savait qu'il lui enlèverait son fils s'il découvrait qu'il était également le sien.

Laura admit soudain l'évidence qu'elle n'avait cessé de refuser toute la journée. La partie était finie. Elle avait perdu.

Robbie était perdu.

Elle ferma les yeux, et le sourire innocent de son bébé lui revint à l'esprit.

— Je ne vous remercierai jamais assez de nous l'avoir rendue, Nick.

Celui-ci accepta la main que le gouverneur lui tendait.

— Oh, je n'ai fait que boucler une mission qui m'avait été assignée il y a deux ans. Et…

Il hésita à poursuivre. Pourquoi donc tout cela lui faisait-il penser à une mauvaise comédie ?

— Vous êtes un homme de parole, reprit James Ed en lui secouant la main. J'aime ça. S'il y a quoi que ce soit que je puisse faire pour vous, n'hésitez pas à me le demander.

Nick scruta le visage du gouverneur. Il s'était toujours considéré comme un fin connaisseur de la nature humaine, et la frayeur de Laura ne s'accordait guère avec ce qu'il lisait dans les yeux émus de son frère. Il ne s'y reflétait ni haine, ni fourberie. Pourtant, la jeune femme semblait sincèrement paniquée.

— Il reste néanmoins un problème à régler…, commença-t-il, hésitant à offenser son hôte, mais soucieux de clarifier les choses.

Il fut inopportunément interrompu : Sandra, la femme de James Ed, avait littéralement survolé la pièce pour étreindre sa belle-sœur.

— Laura ! Ma chérie, je suis tellement heureuse de te voir de nouveau parmi nous ! Si tu savais comme ton frère et moi avons prié le ciel pour que tu sois en vie et que tu nous reviennes.

Nick éprouvait le plus grand mal à accorder la tension de Laura avec le spectacle de ces retrouvailles. Quelque chose n'allait pas, dans cette histoire. Une chose élémentaire, qu'il ne parvenait pas à déterminer.

— Vous disiez, Nick ? fit James Ed, dont le sourire éclatant démentait davantage à chaque seconde les craintes de Laura.

Nick hésita. Il savait que ce qu'il s'apprêtait à dire jetterait un froid sur ces retrouvailles familiales. A côté de lui, une pétulante Sandra accablait d'attentions Laura qui restait hébétée. Au diable les scrupules ! Il avait toujours été du genre direct. Pourquoi changer maintenant ?

D'une voix très calme, il poursuivit :

— Laura croit que vous êtes responsable des attentats perpétrés contre sa vie, il y a deux ans, ainsi que récemment.

Pendant les dix secondes qui suivirent, on eût pu entendre une mouche voler, tandis que l'expression de James Ed passait de l'incrédulité à l'horreur. En cet instant, Nick eût misé sa vie sur son innocence. Il était impossible qu'il fût coupable de ce dont Laura l'accusait. L'homme se tourna lentement vers sa sœur, laquelle restait sans réaction, comme anesthésiée par trop d'émotions intenses et contradictoires.

— Laura, tu ne peux quand même pas croire une telle chose ! Dieu du ciel, je suis ton frère !

— Ma chérie ! intervint Sandra. James Ed n'a cessé de se faire un sang d'encre depuis le jour de ta disparition. Comment peux-tu imaginer une seule seconde qu'il ait pu te vouloir du mal ?

Telle une mère prenant soin de sa fille, elle caressa d'une main tendre la longue chevelure blonde. Laura demeurait interdite. Nick, en dépit de tout ce que cette femme lui avait fait subir, ressentait le besoin de la réconforter, de lui prodiguer lui aussi ses soins…

Laura se redressa brusquement, repoussant la main de Sandra. Elle s'écarta du bureau qui l'avait jusque-là empêchée de s'effondrer. D'un pas chancelant, elle s'approcha de son frère et le fixa dans le blanc des yeux. Nick tressaillit au souvenir du mug avec lequel elle l'avait à moitié assommé. Heureusement, aucun objet dangereux ne se trouvait à sa disposition.

— Si tu penses vraiment ce que tu dis, cher grand frère, alors rends-moi un service.

Elle parlait à voix basse, remarqua Nick, avec une dureté qui le surprit. Il se préparait à intervenir, au cas où elle tenterait de frapper James Ed. L'œuf de pigeon qui lui ornait la tempe témoignait de la sauvagerie dont la jeune femme savait être capable.

— Laura...

Elle sursauta lorsque son frère posa les mains sur ses épaules.

— Je ferai tout ce que tu voudras, assura-t-il. Tu n'as qu'à demander, ma chérie.

— Je veux que tu me rendes mon fils, asséna-t-elle en tremblant de tout son corps.

Ses jambes se dérobèrent sous elle. En un instant, Nick fut à côté d'elle. L'enlevant aux mains d'un James Ed médusé, il la soutint par les épaules d'un bras solide.

— Chhh, Laura. Tout va bien, murmura-t-il, posant une joue caressante sur ses cheveux.

Des sanglots trop longtemps contenus lui secouaient la poitrine.

— Mais de quoi diable parle-t-elle ? s'écria le gouverneur, les mains levées au ciel.

— A quoi rime cette histoire ? s'inquiéta Sandra en se précipitant aux côtés de son mari, l'air aussi éberlué que lui.

— S'il te plaît, Nick, supplia Laura, serrant des poings les revers de sa veste. Fais-le parler. Je me fiche de ce qu'il peut me faire, mais ne le laisse pas s'en prendre à mon enfant.

Devant l'angoisse et la douleur qui déformaient son visage gracile, la gorge de Nick se serra.

Pour la première fois de sa vie, il ne savait comment se comporter. Il avait beau avoir conscience qu'elle faisait probablement fausse route, il voulait de toutes ses forces croire en elle, l'emmener loin de cette maison, la protéger.

— Pour l'amour du ciel, j'aimerais comprendre ! poursuivit James Ed. De quel enfant s'agit-il ?

Serrant Laura dans ses bras réconfortants, Nick fit au gouverneur un bref résumé des événements qui s'étaient déroulés à Bay Break.

— Elle affirme avoir un fils, répondit-il. Je n'ai trouvé aucune preuve corroborant ses dires, mais… Elle n'en démord pas.

— C'est la vérité ! s'écria-t-elle en frappant du poing sur son torse. Il s'appelle Robbie, et il…

— Laura, coupa James Ed, d'une voix calme et apaisante en dépit de ce qu'il venait d'entendre.

La jeune femme fit volte-face dans les bras de Nick. Celui-ci l'empêcha in extremis de se jeter sur son frère.

— Tu m'as volé mon bébé ! Comment oses-tu prétendre le contraire ?

— Voyons, Laura ! chapitra gentiment Sandra. Cela n'a aucun sens. Quel bébé ?

— Pose-lui la question ! rétorqua-t-elle.

Nick resserra son bras autour de ses épaules, guidé par un puissant instinct protecteur. L'attirance qui les avait liés était toujours là ; il eût été vain de le nier.

— Donc, vous ne détenez pas son enfant ? insista-t-il, l'œil rivé sur le gouverneur.

James Ed ferma les yeux et se pinça l'arête du nez. De longues secondes s'écoulèrent, puis il rouvrit les yeux et soupira.

— C'est pire que ce que je croyais.

58

— Puis-je savoir ce que tu entends par là ? s'insurgea Laura, les nerfs à vif.

Son frère lui adressa un regard attristé.

— Laura, il est impossible que tu aies eu un bébé…

D'une main levée, il coupa court à ses protestations.

— Ecoute-moi, s'il te plaît.

Une lueur de défaite dans les yeux, elle se blottit contre le torse de Nick. Celui-ci se demanda combien de temps elle serait encore capable de tenir sur ses pieds avant de s'effondrer.

— Laura, reprit James Ed, hésitant, Jusqu'à ce que tu t'échappes, avant-hier, tu étais internée dans un établissement psychiatrique de La Nouvelle-Orléans. Et cela depuis dix-huit mois.

La jeune femme retint un cri.

— C'est un mensonge !

James Ed se massa les tempes, comme s'il était pris d'une soudaine migraine.

— Apparemment, tu aurais atterri dans cette ville après ta disparition, il y a deux ans. Quelques mois plus tard, on t'a retrouvée dans une ruelle et tu as été hospitalisée.

Il observa une pause et baissa les yeux au sol.

— Amnésie traumatique et schizophrénie. Tel a été le diagnostic. D'après le médecin, tu n'as pas réagi de manière satisfaisante aux médicaments, mais il reste un espoir.

Laura secoua la tête.

— Mensonges. Je n'ai jamais mis les pieds à La Nouvelle-Orléans.

— Laura, ma chérie, dit Sandra d'une voix douce. Ecoute donc ton frère.

— Tu n'avais ni argent, ni pièces d'identité. Ils en ont déduit que tu étais une SDF, et n'ont pas vraiment cherché à savoir d'où tu venais. Tu es restée là-bas depuis lors. Si tu ne t'étais pas échappée, nous n'aurions peut-être jamais su que tu étais toujours en vie.

Son regard s'adoucit. Il était empreint de compassion.

— Ils considéraient que tu étais dangereuse pour toi-même… ainsi que pour les autres.

Un lourd silence suivit.

— C'est l'inspecteur Ingle qui t'a repérée hier, ajouta-t-il, avant de se tourner vers Nick. Ray m'a prévenu que vous m'amèneriez Laura. Il avait reçu de La Nouvelle-Orléans une copie de la fiche signalétique d'une Mlle X, échappée quelques heures plus tôt. Il ne lui a pas fallu longtemps pour additionner deux et deux. Nous avons contacté l'hôpital. Le médecin en charge nous a faxé son rapport.

Laura se retourna vers Nick.

— Il ment, Nick. Il faut que tu me croies !

Le détective fouilla le regard de la jeune femme, cherchant la vérité derrière la panique et l'angoisse.

— Pourquoi mentirait-il, Laura ?

Toutes les cartes jouaient contre elle. Nick ne voyait pas pourquoi James Ed voudrait nuire à sa sœur. Et celle-ci n'était en mesure de fournir aucune preuve pour étayer ses affirmations.

— Ma chérie, jamais je ne te mentirais, reprit James Ed en s'approchant d'elle. Je suis tellement navré de tout ce qui est arrivé. Si nous avions su, il y a dix ans, à quel point tu étais malade, peut-être aurions-nous pu prévenir cette grave crise…

— Pourquoi fais-tu cela ? s'écria-t-elle. Je ne suis pas folle. Je veux juste récupérer mon fils !

— Je crois qu'il est temps d'appeler le Dr Beckman, suggéra Sandra.

— Qui ?

Le corps de Laura tremblait si fort que seuls les bras de Nick la maintenaient encore debout. Celui-ci sentit sourdre en lui une inquiétude.

— Un instant, intervint James Ed.

Il se tourna vers Laura, qu'il dévisagea quelques instants avant de poursuivre :

— Très bien, Laura. Dis-nous où tu étais, si ce n'est pas à La Nouvelle-Orléans.

— Chéri, protesta Sandra. Est-il bien nécessaire de retourner le couteau dans la plaie ?

James Ed hocha la tête.

— Je veux entendre la version de Laura. Que l'on ne me reproche pas plus tard de ne pas l'avoir écoutée. Je veux savoir où elle *croit* avoir été.

— Tu sais très bien où j'étais ! s'insurgea-t-elle. Tu as payé quelqu'un pour me traquer, comme du gibier.

— Voyons, Laura, imagines-tu vraiment que...

Il tendit la main vers elle, mais elle s'écarta aussitôt.

— Ne me touche pas !

— Je suis certaine, dit Sandra d'un ton mielleux, que nous éclaircirons tout cela demain matin, une fois que Laura aura passé une bonne nuit de sommeil. Nous avons tous les nerfs à vif. Ne rendons pas les choses plus difficiles en la harcelant de la sorte. Ta sœur est visiblement très fatiguée...

Elle posa une main sur le bras de son mari.

— Et nos invités doivent bientôt arriver. A moins que tu ne préfères tout annuler.

— Tu as raison, bien sûr, soupira James Ed. Laura a besoin de repos. Et annuler le dîner serait peut-être également avisé, j'aurais dû y penser plus tôt. Nous sommes tous un peu secoués.

— Je vais chercher le médecin, déclara Sandra en se dirigeant d'un pas vif vers la porte.

Laura se raidit aussitôt.

— Je n'ai pas besoin de médecin.

— Ma chérie, c'est pour ton propre bien, assura James Ed. Nous avons fait venir le Dr Beckman, un ami proche, lorsque nous avons appris… ce qui est arrivé. Il a pu parler au médecin de La Nouvelle-Orléans, et connaît ton dossier. Il te donnera quelque chose pour que tu puisses dormir, et nous reparlerons de tout cela demain matin.

— Non ! s'écria-t-elle en tentant de se libérer des bras de Nick. Ne fais pas cela, James Ed, je t'en prie !

Nick n'aimait pas beaucoup la tournure que prenaient les événements. Mais il n'eut pas le temps de protester : Sandra venait de revenir dans la pièce, suivie d'un petit homme âgé portant une sacoche noire.

— Je t'en supplie, Nick. Ne les laisse pas me faire ça !

Le regard du détective passa de Laura au médecin. Celui-ci venait de sortir une seringue hypodermique de sa sacoche.

Il se tourna, hésitant, vers le gouverneur.

— Je ne sais pas si…

— N'ayez crainte, Nick, expliqua-t-il d'un ton las. Il ne s'agit que d'un sédatif. Vu son état, elle risquerait de tenter de se blesser.

Le souvenir des cicatrices sur ses poignets lui revint brusquement à la mémoire. Peut-être James Ed savait-il ce qu'il faisait. Elle était sa sœur. Si l'enfant n'existait pas, alors Laura était en proie à d'inquiétants délires. Mais…

— Non ! cria-t-elle en voyant le docteur s'approcher. Aide-moi, Nick ! Tu dois m'aider !

— Nick, vous devez *nous* aider, intervint le gouverneur, avant de tendre la main vers la jeune femme. Ne voyez-vous pas qu'elle a absolument besoin d'un sédatif ?

Serrant davantage Laura contre lui, le détective lança à James Ed un regard qui l'arrêta net.

— Je n'aime pas beaucoup cela…

— Le produit est inoffensif, assura le médecin. Il est urgent qu'elle se repose. Dans son état, il ne peut lui arriver que des ennuis.

Nick se sentait perdu. Tout un côté de son crâne lui faisait un mal de chien, et l'image des estafilades sur les poignets de la jeune femme ne quittait pas son esprit. Il hésitait. Son cœur lui commandait une chose, sa tête une autre. Il baissa les yeux vers la créature agitée de tremblements qu'il tenait dans ses bras. Quelle était la meilleure décision à prendre ? Les cernes sombres sous ses grands yeux bleus et la pâleur cadavérique de son visage arrêtèrent finalement son choix. Elle avait besoin de repos. Elle avait besoin d'une aide qu'il ne pouvait lui procurer.

Mais cela ne lui plaisait pas du tout.

Sandra s'approcha à son tour de Laura.

— Non, déclara-t-il d'un ton cassant. Je ne pense pas que…

— Votre travail est terminé, Nick, coupa-t-elle d'une voix calme, patiente. Laissez-nous à présent faire le nôtre.

— C'est pour son bien, Nick, ajouta James Ed d'un air navré.

— Monsieur Foster, je vous prierai maintenant de sortir.

Tournant la tête, Nick regarda par-dessus son épaule l'homme qui venait de parler. Le costume noir indiquait son appartenance au service de sécurité de James Ed. Il serra les dents. Totalement accaparé par le sort de Laura, il ne l'avait pas entendu entrer.

— Du vent ! répliqua-t-il d'un ton menaçant.

— Ne rendons pas les choses plus déplaisantes qu'il n'est nécessaire, monsieur, répondit l'homme d'une voix égale.

Nick soutint quelques instants son regard dans un silence pesant, puis, à contrecœur, relâcha Laura. Il ne tenait pas à aggraver les choses… Du moins pas maintenant.

Au moment où Sandra et le Dr Beckman prirent en main la jeune femme, le regard désespéré qu'elle lui adressa lui transperça le cœur.

— S'il te plaît, ne les laisse pas faire de mal à mon bébé, geignit-elle, avant de frissonner lorsque l'aiguille pénétra dans la peau délicate de son épaule.

Nick se tourna vers James Ed, saisi d'une rage aussi soudaine que brutale.

— Si vous m'avez caché quelque chose…

Le gouverneur secoua la tête avec gravité.

— Faites-moi confiance, Nick.

4.

— Elle ne va pas bien, murmura Sandra.
— Je sais.
— Que comptes-tu faire ?
— Je ne sais pas, soupira James Ed, hésitant.

Il poussa un long soupir et poursuivit :

— Mais il faut trouver une solution. Je ne peux pas la laisser ainsi.

— Que veux-tu dire ? Laura est ta sœur. Maintenant qu'elle est revenue, la situation a changé…

Il se détourna pour soupirer encore.

— Crois-tu que je considère cela comme un détail ?
— Excuse-moi. Bien sûr que non.

Laura luttait pour suivre la conversation. L'obscurité l'enveloppait, menaçant d'engloutir son esprit dans les abîmes de l'inconscient. Son corps inerte lui semblait plus lourd que du plomb. Remuer ne fut-ce que le petit doigt était au-dessus de ses forces. Avant l'arrivée de James Ed et de Sandra dans la chambre, elle n'avait pu entrouvrir les paupières qu'une ou deux fois.

Depuis combien de temps était-elle là ? Assez longtemps, en tout cas, pour que les effets du sédatif aient commencé à se dissiper. Si son esprit était encore embrumé, les choses s'éclaircissaient pourtant peu à peu. Elle ne pouvait être restée très longtemps endormie. Vingt-quatre heures ? Les effets secondaires de la substance non identifiée qu'on lui avait injectée lui étaient familiers. Ce produit était puissant et agissait longtemps. On le lui avait déjà administré... des années auparavant... Avant qu'elle ne se fût sortie une première fois des griffes de son frère. Avant qu'elle ne fût tombée amoureuse de Nick, et tombée enceinte.

Une douleur diffuse mais aiguë lui traversa le corps, lui arrachant un gémissement. Où était Robbie ? Etait-il en sécurité ? Oh, elle devait retrouver son bébé. Mais si elle ouvrait les yeux maintenant, ils sauraient qu'elle avait repris conscience, qu'elle les entendait. Pourquoi Nick ne l'avait-il pas aidée ? Parce qu'il était avec eux, se rappela-t-elle. Il avait toujours été de leur côté. Personne ne la croyait. Personne ne viendrait à son aide.

— Elle se réveille, avertit James Ed. Où sont les médicaments laissés par le Dr Beckman ?

— Va plutôt te coucher, conseilla Sandra. Avec l'arrivée de Laura, tu n'as pas beaucoup dormi la nuit dernière. Je m'occupe d'elle et je te rejoins.

— Très bien, soupira-t-il.

Dès que Laura entendit la porte se refermer derrière son frère, son cœur se mit à battre la chamade. Elle devait agir. Sandra la croirait peut-être. Elle ouvrit alors les yeux sur le visage flou de sa belle-sœur, dont elle devinait les traits fins et sombres dans la lumière dorée de la lampe de chevet. La gratifiant d'un sourire, celle-ci s'installa à côté d'elle sur le lit. Laura remonta d'une main faible le drap jusqu'à son cou, comme pour se protéger, pitoyablement. Elle devait quitter cet endroit. Par n'importe quel moyen.

— Aide-moi, murmura-t-elle.

— Allons, ne t'inquiète pas, répondit Sandra en lui caressant les cheveux. Tu n'as rien à craindre. Ne sois donc pas aussi effrayée. James Ed et moi n'agissons que pour ton bien, ma chérie, ne le comprends-tu pas ?

Peinant à garder les yeux ouverts, Laura redoubla d'efforts pour ne pas céder aux effets du sédatif. « Ne te rendors pas, s'enjoignit-elle. Reste éveillée ! Pour Robbie... » Oh, Dieu ! Reverrait-elle un jour son enfant ? Et Nick ? L'avait-elle également perdu ?

Sandra attrapa un objet posé sur la table de nuit. Un flacon d'hypnotiques ? Après avoir dévissé le bouchon, elle fit tomber deux gélules dans la paume de sa main. Laura fronça les sourcils, tentant d'y voir clair dans le brouillard qui l'enveloppait. Encore ! Non, elle ne voulait plus de médicaments.

— Voilà, dit Sandra en plaçant les pilules contre ses lèvres. Avale ça et repose-toi. Nous voulons que tu te rétablisses au plus vite.

Laura pinça les lèvres et détourna la tête. Elle ne prendrait plus rien. Elle devait se réveiller. Les larmes lui brûlaient les paupières, et son corps protestait, tant elle déployait d'efforts pour résister.

Sandra secoua la tête et lui lança un regard apitoyé.

— Voyons, ma chérie. Si tu ne prends pas ce médicament, James Ed me demandera simplement de rappeler le docteur. Est-ce cela que tu veux ?

Un sanglot se bloqua dans sa gorge. Lentement, les lèvres tremblantes, elle se résigna à ouvrir la bouche. Sa vision se brouilla tandis que sa belle-sœur y introduisait les pilules. Acceptant le verre que cette dernière lui présentait, elle avala un peu d'eau.

— A la bonne heure ! soupira Sandra, avant de se relever. Repose-toi, à présent. Je suis au bout du couloir.

Laura l'observa, tandis qu'elle refermait la porte derrière elle. Puis elle recracha les deux pilules dans sa main, frissonnant sous l'arrière-goût amer qu'elles lui laissaient dans la gorge. Elle écrasa ensuite la matière à demi décomposée dans son poing, tout en se maudissant pour sa propre stupidité. Serrant les dents, elle se redressa péniblement pour se mettre en position assise. Un nouveau frisson la parcourut, puis un haut-le-cœur.

Elle prit une profonde inspiration et examina la pièce d'un regard circulaire. Elle devait sortir d'ici. Mais comment ? Elle ne ferait pas un pas dans le couloir sans être interceptée. Les hommes de James Ed devaient surveiller les abords de sa chambre. Deux fenêtres et une double porte s'ouvraient sur un côté. Le balcon, se souvint-elle. Le balcon qui flanquait tout l'arrière du bâtiment, en prolongement de la mezzanine. Pouvait-elle s'échapper par-là ? De l'autre côté, une petite porte était entrouverte. Laura était toujours vêtue de la tenue qu'elle portait la veille. Elle se mit debout avec difficulté, puis s'avança d'un pas chancelant vers ce qu'elle espérait être une salle de bains. Ses jambes étaient en coton, sa tête aussi lourde qu'une boule de bowling, comme prête à tomber. La froideur d'un carrelage mexicain succéda bientôt au moelleux de la moquette sous ses pieds. Elle soupira, soulagée, en constatant que la porte donnait effectivement sur une salle de bains. Avisant le lavabo, elle s'en approcha d'une démarche incertaine, avant de baisser la tête sous le robinet. De l'eau fraîche… Un soupir de bien-être lui échappa lorsque le flot lui éclaboussa les lèvres, la langue, avant de s'écouler dans sa gorge sèche. Après s'être rincé la bouche, elle fit disparaître de sa main les résidus granuleux des pilules. Le gargouillis de l'eau lui réveilla également les sens. Elle frissonna, reprenant soudain conscience de l'urgence.

Désaltérée, elle se lava les mains, puis contempla son reflet dans le miroir. La faible clarté provenant de la chambre ne l'éclairait qu'en contre-jour, mais elle distinguait avec netteté son extrême pâleur, ainsi que ses yeux rouges et gonflés. Elle s'aspergea plusieurs fois le visage, puis se démêla grossièrement les cheveux d'une main. Restait encore à rassembler assez d'énergie pour se glisser sur le balcon. Où étaient ses chaussures ? se demanda-t-elle, sentant le froid qui lui gagnait la plante des pieds.

Elle retourna dans sa chambre, chercha dans le placard, sous le lit, dans chaque recoin, en vain. Epuisée, elle se laissa tomber sur le rebord du lit. Il lui fallait ses chaussures. Il faisait bien trop froid dehors pour se lancer dans une cavale pieds nus.

« Réfléchis, Laura », lui ordonna son esprit embrumé. Ils devaient les lui avoir ôtées en même temps que sa veste. Baissant les yeux sur son T-shirt sale, elle tenta de se souvenir. Dans quelle pièce se trouvait-elle à ce moment-là ? Le cabinet de travail, ou cette chambre ? Le sort de Robbie dépendait d'elle. Elle devait s'en aller. Mais il lui fallait d'abord explorer la maison. Son fils y était peut-être retenu. Songeant au temps qui s'était écoulé depuis qu'elle l'avait laissé, son cœur s'emballa. Plus de vingt-quatre heures, si ses calculs étaient justes, la chambre ne disposant ni d'horloge ni de réveil. Elle ferma les yeux.

« Oh, Seigneur ! pria-t-elle, veillez sur mon bébé. Peu m'importe de mourir cette nuit, s'il ne lui arrive rien. »

Affaiblie et tremblante, elle se laissa tomber sur les mains et les genoux, prête à se recroqueviller pour laisser couler ses larmes. Mais elle se reprit aussitôt, refusant de fermer les yeux et de se laisser happer par le néant. Elle devait retrouver ces maudites chaussures. Lentement, elle fouilla chaque centimètre carré de la pièce, à quatre pattes sur le sol. Rien. Trop lasse pour se remettre au lit, elle appuya sa tête contre le mur et ferma les yeux. Se reposer, juste une minute ou deux… Non. Elle se passa une main sur le visage. Pas question de dormir !

Ses chaussures…

Robbie…

Elle avait juste besoin d'un peu de repos.

L'obscurité s'abattit sur elle, tandis qu'elle s'abandonnait à l'inéluctable.

Laura ignorait combien de temps elle était restée inconsciente lorsqu'elle se réveilla. Des heures, sans doute, à en juger par les crampes qui lui tendaient le corps : elle n'avait pas quitté sa position fœtale. Il faisait encore nuit. Une vague luminescence lui parvenait, à travers ses paupières mi-closes. Elle bougonna, se redressa et s'étira avant de faire rouler ses épaules, l'une après l'autre. Puis, les sourcils froncés, elle tenta de se souvenir de ce qu'elle était censée faire. Ses chaussures…

— C'est cela, marmonna-t-elle…

Elle avait besoin de ses chaussures. Mais elle devait d'abord se lever. Au prix d'un immense effort, elle parvint à ouvrir les yeux, puis à percer la semi-obscurité qui régnait dans la chambre.

Deux bizarres yeux roses la fixaient à travers une cagoule de skieur. Laura ouvrit la bouche pour hurler, mais une main gantée la bâillonna aussitôt.

— Ah ! La Belle au bois dormant s'est réveillée !

La voix grinçante de l'homme lui donna la chair de poule.

Elle voulut reculer, mais le mur l'empêcha de battre en retraite. Une main étrangère et froide lui écrasa la bouche. Elle secoua la tête, voulut implorer, mais ses mots ne franchirent pas le gant de cuir.

— Petite garce, reprit la voix avec dégoût, tu m'as assez compliqué la vie.

70

Un long objet acéré se posa sur son cou. Le cœur de Laura lui martela sans pitié la cage thoracique. Un couteau ! Un cri s'étrangla dans sa gorge, tandis que l'homme la relevait de force. Les dernières brumes de son cerveau se dissipèrent instantanément. Il était venu pour la tuer. Elle allait mourir.

Non ! hurla-t-elle silencieusement. Elle devait retrouver Robbie !

Se raidissant sous la poigne de son assaillant, elle se rendit compte que malgré sa force, il était de taille moyenne. Si elle rassemblait assez d'énergie…

— Ne bouge pas, gronda-t-il à son oreille, tandis que la pointe du couteau perçait la peau de sa gorge.

Laura réprima un violent tremblement. Un filet de sang coula jusqu'à sa clavicule. Non, elle ne devait pas céder à l'hystérie. Son regard se tourna, affolé, vers la double porte ouverte. Il s'était probablement introduit dans sa chambre par le balcon. S'il y était parvenu, elle pouvait emprunter le même chemin pour s'échapper. Tout ce qu'elle avait à faire était de se débarrasser de lui… et du couteau.

— C'est l'heure de mourir, princesse, murmura-t-il, avant de lui lécher la joue.

L'odeur fétide de son haleine lui inspira une brusque nausée.

Prise de panique, Laura déglutit, puis ferma les yeux pour se concentrer sur l'image de son bébé. Son enfant chéri. La pointe du couteau glissa sur l'un de ses seins.

— Dommage que tu aies refait surface, dit l'homme en lui relevant le menton.

Des éclairs de haine brillaient dans ses yeux.

Laura respirait de plus en plus difficilement. Il s'apprêtait à la tuer, et personne ne venait à son secours. Personne. Nick ne la croyait pas. Et son propre frère… avait probablement payé cet homme !

71

— Le moment est venu.

Otant un instant de sa bouche la main qui la bâillonnait, il couvrit aussitôt la sienne : la laine rêche de la cagoule lui irritait les joues. Elle voulut se débattre, mais la lame revint aussitôt se poser sur sa gorge.

Quelque chose se rompit en elle lorsqu'elle sentit la langue de son agresseur forcer le barrage de ses lèvres. Des larmes perlèrent sous ses paupières closes, tandis que l'écœurante intrusion lui convulsait tout le corps. Enfin, une rage telle qu'elle n'en avait jamais ressentie s'empara d'elle. Elle ouvrit grand les yeux, et, de toutes ses forces, mordit la langue de l'homme. La pointe du couteau lacéra sa poitrine au moment où la tête de son agresseur basculait en arrière. Profitant du répit, Laura s'arracha à ses griffes et bondit vers le balcon.

Fuir...

— Reviens ici, espèce de traînée ! grogna-t-il d'une voix pâteuse.

Laura rabattit les deux battants derrière elle à toute volée, puis opposa tout le poids de son corps à l'assaut de l'intrus. L'un de ses pieds patina sur le sol glissant du balcon. Une main jaillit aussitôt de l'intérieur et l'agrippa par les cheveux. Elle hurla. L'écho de son cri se répercuta dans la nuit autour d'elle. Rassemblant toute l'énergie qui lui restait, elle claqua violemment la double porte sur le bras de son agresseur. Etouffant un juron, l'homme la relâcha et rentra vivement sa main.

Trop faible pour se maintenir debout une seconde de plus, elle s'affaissa sur les genoux, appuyée contre le panneau, les mains crispées sur les poignées. D'un instant à l'autre, elle n'en doutait pas, quelqu'un viendrait. Les hommes de James Ed assuraient la sécurité de la maison vingt-quatre heures sur vingt-quatre. Si l'un d'eux surgissait en cet instant, elle tiendrait enfin une preuve confirmant ses déclarations. Les secondes s'égrenaient les unes après les autres. Quelqu'un allait, *devait* arriver ! Une boule de détresse lui obstruait la gorge. Elle était si lasse. Et personne ne venait. Personne ne s'inquiétait de son sort.

Un cri d'horreur lui échappa lorsqu'un coup brutal porté à la porte lui fit lâcher prise. La panique emplissait son esprit de confusion et elle rampa aussi loin qu'elle pouvait de la mort qui la menaçait. Il lui fallait sortir de là, retrouver son enfant…

— Laura !

Elle se figea. Etait-ce la voix de Nick ? Un espoir ténu germa dans son esprit. Il était revenu.

— Laura, répéta James Ed, accroupi auprès d'elle. Que s'est-il passé ?

Elle leva les yeux vers son frère, en proie à une profonde déception. Ce n'était pas Nick. Elle avait rêvé.

— S'il te plaît, aide-moi, geignit-elle.

— Doux Jésus ! s'écria-t-il. Laura, mais tu es blessée !

Elle baissa les yeux sur son T-shirt. Il était maculé de sang. Son sang. Un vertige la saisit, et elle lutta de nouveau pour ne pas perdre connaissance. Elle saignait. Le couteau…

Son regard se reporta sur son frère.

— Il… il a tenté de me tuer, marmonna-t-elle.

James Ed secoua la tête, le front plissé.

— Qui a tenté de te tuer, Laura ? Il n'y a personne ici.

Regardant par-dessus son épaule, elle examina la chambre où elle venait, de justesse, d'échapper à la mort. Toutes les lampes y étaient allumées. Un homme en costume noir se tenait au milieu de la pièce. Un agent de sécurité. Celui qu'elle avait vu la veille, lors de son arrivée. Elle fronça les sourcils. Les sbires de James Ed devaient avoir aperçu l'intrus. Qu'il eût franchi le barrage d'une équipe de sécurité professionnelle était simplement impossible. Etait-il tapi quelque part dans la maison ? Pourquoi ne le cherchaient-ils pas ?

Sandra était entrée dans la pièce.

— Rentrons dans la chambre, et examinons ces blessures que tu t'es infligées.

— Non, corrigea Laura en secouant la tête. Il y avait un homme. Il a cherché à me tuer… Avec un couteau.

— Allons, Laura, soupira James Ed, tout en lui saisissant le bras pour l'aider à se relever. Ne complique pas les choses une fois de plus…

— J'ai trouvé ceci, monsieur.

L'agent tenait un grand couteau de cuisine entre le pouce et l'index. Du sang — son sang, comprit-elle — se coagulait sur la pointe de sa lame.

Sandra plissa les yeux.

— Il vient de notre cuisine, déclara-t-elle en se tournant vers son mari.

— Seigneur, soupira-t-il.

Malgré les effets persistants du sédatif, Laura comprit immédiatement ce que ce constat impliquait.

— Non ! protesta-t-elle. Il y avait quelqu'un dans la chambre. Il…

— Ça suffit, Laura, coupa James Ed avec dureté.

Elle écarquilla les yeux, surprise.

— Nous avons eu notre lot d'émotions pour ce soir, reprit-il d'une voix radoucie. Maintenant, recouche-toi et voyons ces blessures.

Laura secoua la tête et libéra son bras d'un geste sec.

— Tu ne peux pas me garder ici, grogna-t-elle en s'écartant. Je dois retrouver mon fils.

James Ed se contenta de la dévisager avec attention. Une vague lueur de sympathie éclairait ses yeux bleus. L'espace

74

d'un court instant, Laura se demanda si elle ne s'était pas trompée à son sujet. Avant de se raviser.

— Mademoiselle Proctor, je me vois obligé de vous demander d'obéir au gouverneur.

Elle se retourna lentement pour faire face à l'agent de sécurité. Toujours le même. Son regard d'acier posé sur elle, il lui tendait une main courtoise. Laura contempla celle-ci sans réagir, avant de se tourner vers son frère, puis vers Sandra, éperdue. Une terreur soudaine la saisit, et elle déglutit avec peine. Comment pouvait-elle lutter seule contre tous ?

Son regard revint se poser sur l'homme en noir.

— Ils ont l'intention de me tuer, vous savez, déclara-t-elle d'une voix blanche, les yeux mouillés de larmes.

— Laura, voyons, ne dis pas de telles choses ! la rabroua gentiment Sandra. Je t'en prie, allonge-toi et laisse-moi prendre soin de toi. Tu t'es blessée.

Laura secoua la tête, résignée.

— Ce n'est pas grave...

Oubliant l'agent, elle regagna le lit, se glissa entre les draps et ferma les yeux.

— Allez-vous-en, murmura-t-elle... Laissez-moi... Seule.

Un long silence plana, avant que sa requête fût exaucée.

— Verrouillez la porte, cette fois, ordonna James Ed en s'éloignant. Je veux un homme en faction devant sa chambre. Je ne tiens pas à ce qu'elle se blesse de nouveau.

— Nous devrions peut-être appeler le Dr Beckman, suggéra Sandra sans se départir de son quant-à-soi.

— Il est trop tard pour cela. Et ce qui vient de se produire dépasse de beaucoup ses compétences.

— Excusez-moi, monsieur, intervint une nouvelle voix. Il y a en bas une personne qui désire vous parler.

— A cette heure-ci ? Qui est-ce ?

— Je crois qu'il serait préférable que vous veniez voir par vous-même, Gouverneur.

Nick se tenait au beau milieu du cabinet privé du gouverneur Proctor, ivre de colère. Il ignorait tout de ce qui s'était passé quelques instants plus tôt, mais il avait nettement vu Laura terrorisée sur le balcon. Un mélange d'appréhension et de fureur lui tordait l'estomac. Si c'était ainsi que James Ed prenait soin de se sœur, il se fichait du monde. Pour le moins.

Et Nick n'avait aucune intention de laisser Laura à la merci de sa désinvolture ou du hasard.

Victoria avait peut-être raison. Sans doute manquait-il de recul. Lorsqu'il l'avait informée par téléphone de sa décision de ne pas lâcher l'affaire, elle avait voulu confier celle-ci à Ian Michaels, arguant du fait qu'il avait grand besoin de vacances. Mais il était parvenu — en dépit du bon sens le plus élémentaire — à la convaincre de n'en rien faire.

Quelle mouche l'avait donc piqué ? se demanda-t-il avec un soupir. Il aurait dû prendre le premier avion pour Chicago, la veille, au lieu de chercher les ennuis en rôdant ainsi autour de la résidence des Proctor. S'il avait été arrêté par le service de sécurité, quelle raison eût-il avancée pour justifier sa présence ? Après vingt-quatre heures de surveillance, il s'était presque décidé à abandonner lorsqu'il avait vu Laura surgir sur le balcon en hurlant. A présent, il se fichait de ce que penserait James Ed.

Les yeux fermés, il secoua la tête. Ne laissait-il pas l'histoire se répéter… A ses dépens ? Une première fois, Laura Proctor avait failli le faire tuer. Aujourd'hui, il s'immisçait de nouveau dans sa vie comme si rien ne s'était jamais passé entre eux. Il jura à voix basse, maudissant sa propre stupidité.

Mais il ne pouvait l'abandonner à son sort.

— Nick, désolé de vous avoir fait attendre.

Le gouverneur venait d'entrer dans le bureau, flanqué d'un de ses gardes du corps.

— Je vous croyais en route pour Chicago. Que se passe-t-il ?

— J'allais vous poser la même question, répliqua Nick en s'avançant pour lui serrer la main. J'ai aperçu Laura sur le balcon. Je l'ai appelée, mais elle ne m'a pas entendu. Comment va-t-elle ?

— Je ne suis pas bien sûr de le savoir moi-même, soupira James Ed, le visage contracté.

Un muscle se crispa dans la mâchoire du détective.

— Où est-elle ?

— Dans sa chambre, sous sédatifs. L'épisode de ce soir m'a donné froid dans le dos. J'ai craint un moment...

Il déglutit, avant de terminer :

— Qu'elle ne tombe du balcon.

Nick reçut ces mots comme un direct à l'estomac.

— Comment va-t-elle ?

— Physiquement, bien : elle n'a rien. Mais elle est convaincue que quelqu'un cherche à la tuer.

— Et vous ne la croyez pas ?

De profondes rides de fatigue marquaient le visage de James Ed. Nick détourna les yeux.

— Vous êtes certain qu'elle n'a rien ? Je l'ai entendue crier, puis je l'ai vue s'acharner à bloquer les portes du balcon, comme pour se protéger de quelqu'un.

— C'était moi. Dans une minute, je vous conduirai là-haut, et vous pourrez juger par vous-même.

Il secoua la tête, l'air découragé.

— En toute franchise, Nick, je ne sais plus que croire. Il faut que je fasse quelque chose, je le sais. Mais j'ai d'abord besoin de réfléchir.

Il lui désigna l'un des sièges destinés aux visiteurs.

— Asseyez-vous donc, offrit-il, avant de contourner le bureau pour prendre place dans son fauteuil.

Nick n'eut pas besoin de se retourner pour savoir que l'agent de sécurité se tenait immobile près de la porte. Lentement, il s'approcha du siège et posa les mains sur le dossier, refusant de s'asseoir.

— Je ne sais pas ce qui se passe ici, James Ed, déclara-t-il en étudiant son visage. Apparemment vous ne croyez pas votre sœur. Il y a deux ans, pourtant, c'était le contraire. C'est d'ailleurs la raison pour laquelle vous aviez fait appel à mes services.

— Oh, cela ! répondit-il, soutenant son regard. A la vérité, elle échappait à tout contrôle, et j'étais désespérément à la recherche d'une personne susceptible de la prendre en mains.

— Et l'homme qui m'a tiré dessus ? Etait-ce également un effet de son imagination ?

Le gouverneur ferma les yeux et soupira.

— Je n'en sais rien, répondit-il calmement. Ce que je sais, en revanche, c'est qu'elle est vivante et qu'elle a besoin d'aide…

Il rouvrit les yeux. Ses iris étaient du même bleu transparent que ceux de sa sœur.

— Le genre d'aide que je ne peux lui fournir, ajouta-t-il. De vous à moi, je crains qu'elle n'attente à sa propre vie.

De nouveau, l'image des cicatrices sur les poignets de la jeune femme s'imposa à l'esprit de Nick. Ce qui se passait ici le laissait songeur. James Ed était en droit de s'effrayer de ce que Laura pouvait tenter contre elle-même, mais rien n'était certain. Depuis qu'il l'avait laissée, la veille, il n'avait cessé de se tourmenter, aussi n'avait-il pu se résoudre à partir. Quelque chose clochait. Quelque chose qu'il ne parvenait pas à cerner. Peut-être devait-il chasser Laura de ses pensées. L'oublier, ainsi que les démons du passé.

— Demain, reprit James Ed, je téléphonerai à une clinique que m'a recommandée le Dr Beckman. Je ne vois pas d'autre solution. Chaque fois qu'elle se réveille, elle divague à propos de cet enfant. Et voilà qu'elle prétend maintenant que l'on a tenté de la tuer. Je suis totalement dépassé.

— Et si elle disait la vérité ?

Le gouverneur se saisit d'un document posé sur son bureau, et le lui tendit.

— Voici le rapport du Serenity Sanitarium, l'hôpital de Louisiane. Regardez vous-même.

Nick survola le document faxé au Dr Beckman. Ses conclusions étaient édifiantes. Si la moitié d'entre elles étaient fondées, alors Laura était réellement très malade.

— Je ne suis toujours pas convaincu, répondit-il en posant le rapport.

James Ed porta une main à son front d'un air las

— Dans ce cas, que suggérez-vous, Nick ? Je veux juste l'empêcher de s'en prendre à elle-même, trouver un moyen de lui venir en aide.

Se redressant soudain, il frappa du poing sur le plateau poli du bureau.

— Bon sang ! J'aime ma sœur et je veux la voir heureuse ! Si ces docteurs sont impuissants à l'aider, quel choix nous reste-t-il ?

Pendant quelques interminables secondes, un silence de plomb s'abattit.

— Laissez-moi passer quelque temps avec elle, suggéra Nick. Que l'on soit seul à seul. Je crois être en mesure de communiquer avec elle, d'évaluer au plus juste ses allégations.

James Ed le considéra d'un œil étonné.

— Je vous écoute.

— Deux semaines. Je choisis l'endroit. Aucune immixtion de votre part, ni de qui que ce soit.

— Quelle sorte de requête est-ce là ? s'emporta-t-il aussitôt. Elle est ma sœur, que diable !

— Qu'avez-vous à perdre ? objecta Nick d'un ton posé.

S'il voulait en avoir le cœur net au sujet de Laura, il ne pouvait le faire que dans une totale intimité. Sans perturbation ni ingérence d'aucune sorte.

Le gouverneur repoussa son fauteuil, puis se leva, l'air contrarié.

— Très bien. Mais si j'accepte, c'est en désespoir de cause et parce que je vous fais confiance. J'espère que vous me comprenez, Foster. Maintenant, où comptez-vous l'emmener ?

— Dans votre maison familiale de Bay Break, si vous me le permettez. L'endroit est calme et isolé. Laura m'a confié y avoir eu une enfance heureuse.

James Ed cligna des yeux, puis détourna le regard.

— Certes. Laura a toujours adoré cette maison…

Il ferma un instant les paupières, avant d'ajouter :

— Et elle y sera à l'abri de ces paparazzi qui me suivent partout.

Nick considéra son interlocuteur avec perplexité. Le gouverneur se souciait-il davantage du sort de sa sœur que de son image ? Il se reprocha aussitôt cette interrogation. Les accusations de Laura devaient avoir faussé son jugement. Un point était clair, cependant. Cette fois, en quittant la jeune femme, il saurait exactement à quoi s'en tenir. Même s'il devait s'avérer qu'elle avait tout inventé.

— Quand souhaitez-vous partir ? demanda James Ed.

— Pourquoi pas tout de suite ?

— D'accord. J'appelle Rutherford pour qu'il prépare la maison.

Il s'interrompit, le regard perdu dans les papiers qui encombraient son bureau.

— Sandra lui préparera un sac avec quelques effets personnels.

— Parfait, dit Nick, avant de se retourner pour quitter la pièce et rejoindre Laura.

— Euh, Nick…

Il pivota sur lui-même, faisant de nouveau face au gouverneur.

— Oui ?

— Prenez bien soin d'elle, O.K. ?

Debout au pied du lit, Nick regardait Laura dormir. Il ferma les yeux, luttant contre une terrible envie de la prendre dans ses bras. Elle était si frêle, si vulnérable. Et plus que tout, il éprouvait le besoin de la protéger. Rouvrant les yeux, il contempla l'auréole dorée de ses cheveux sur l'oreiller. Oui, il voulait la serrer contre lui. Mais avait-il seulement le droit de la toucher ? Il avait lu le rapport de ses propres yeux. Elle était peut-être très malade.

Mais quelque chose ne fonctionnait pas, dans cette histoire. Si James Ed donnait certes l'image d'un frère aimant et attentionné, Laura semblait aussi saine d'esprit que n'importe qui.

Il se rembrunit aussitôt. Elle prétendait avoir un enfant. Aux dires de James Ed, et selon le rapport de l'hôpital, c'était

81

impossible. Parfait. Il disposait de deux semaines pour établir la vérité. Et l'unique moyen d'y parvenir était de garder la tête bien vissée sur les épaules. D'une manière ou d'une autre, il finirait par la découvrir. Il se le devait à lui-même… et il le devait à Laura. Le visage douloureux de la jeune femme, lorsqu'il l'avait quittée, ne cessait de le hanter. Une boule se forma dans sa gorge. Non, il ne pouvait pas partir ainsi, sans un dernier regard derrière lui. Peu importait le passé. Il ne le pouvait pas, tout simplement.

S'avançant le long du lit, il s'assit à côté d'elle et la regarda, fasciné. Elle était si belle… Bon sang ! Il n'était pas censé se laisser aller à la contempler. Il approcha sa main vers son visage pour écarter une mèche de cheveux. Il hésita, puis effleura du bout des doigts la peau délicate de sa joue. Ce simple contact fit courir dans ses veines une onde presque électrique.

— Laura, murmura-t-il d'une voix tendue. Réveille-toi, Laura.

Les paupières de la jeune femme tremblèrent, avant de s'ouvrir sur ses immenses et magnifiques yeux bleus. Pendant quelques secondes, elle sembla ne pas le voir. Les effets du sédatif, se souvint Nick. James Ed l'avait averti qu'on lui en avait administré une forte dose.

— Nick ? s'étonna-t-elle, visiblement assommée.

— Tout va bien, Laura.

Tandis qu'elle se redressait difficilement, le regard de Nick tomba sur le T-shirt maculé de sang. Celui-là même qu'elle portait lorsqu'il l'avait amenée ici.

— Seigneur, que s'est-il passé ? s'enquit-il d'une voix douce.

Sans lui laisser le temps de s'attarder sur la question, Laura jeta les bras autour de son cou et enfouit sa tête au creux de son épaule.

— J'ai tant prié pour que tu reviennes, gémit-elle, avant d'étouffer un sanglot.

D'un geste hésitant, Nick glissa un bras sur son épaule et l'attira contre lui.

— Tout va bien. Je suis là, maintenant. Et cette fois je ne partirai pas sans toi.

De sentir ce corps fragile et tremblant se blottir contre lui, il eut envie de crier, de hurler. Comment la vie pouvait-elle se monter aussi injuste ?

Laura s'écarta d'un mouvement maladroit, le regard flou.

— Nick, je voudrais juste que tu fasses une chose pour moi.

— Oui ? répondit-il, tout en balayant la pièce du regard, cherchant ce qui avait pu faire verser tout ce sang.

L'idée que quelqu'un avait pu la blesser le rendait fou.

— S'il te plaît, Nick, murmura-t-elle. Trouve mon bébé.

5.

— Cet enfant ne me semble pas avoir été négligé, fit observer Elsa, tout en caressant la petite tête brune endormie. Où l'a-t-on trouvé ?

— Ton travail n'est pas de poser des questions.

— Je dis simplement qu'il n'a rien d'un enfant abandonné. Il dort comme un ange, ne pleure quasiment jamais et mange comme quatre.

— Qui te demande ton avis ?

— J'ai tout de même le droit d'avoir une opinion !

— Tu as également le droit de rester à ta place et de garder tes opinions pour toi.

— N'es-tu pas curieuse de savoir d'où il vient ?

Comment sa vieille amie pouvait-elle ne pas réaliser que le petit n'était pas à sa place ici ?

— Non. Et si tu tiens à éviter les problèmes, je te conseille de te mêler de ce qui te regarde. Il est certaines choses qu'il vaut mieux ne pas savoir.

Le regard d'Elsa se posa de nouveau sur l'enfant endormi. Après tout, peut-être son amie avait-elle raison.

En attendant le transfert de son appel au bureau de Ian, Nick examinait la photographie encadrée de Laura enfant.

Perchée sur la selle d'un poney couleur sable, elle rayonnait devant l'objectif, le sourire éclatant. Elle ne devait pas avoir plus de cinq ans. Ses longs cheveux blonds flottaient autour de son visage, lui retombant sur les épaules telle une cape de lumière. Son grand frère, James Ed, alors âgé d'une vingtaine d'années, tenait la monture par la bride, le même sourire aux lèvres.

Nick fronça les sourcils. Que s'était-il passé, s'interrogea-t-il, entre ce jour-là et maintenant, pour que leur vie ait changé de manière aussi absolue ? Il soupira profondément et reposa le cadre sur le manteau de la cheminée. James Ed avait-il été un frère affectueux ? Avait-il aimé sa sœur autant qu'il se plaisait à l'affirmer ? Laura semblait penser le contraire.

L'accent sudiste de Ian résonna à son oreille, l'arrachant à ses réflexions.

— Oh ! Bonjour, Ian. C'est Nick. J'ai un ou deux petits services à te demander.

Il observa une pause, afin de laisser le temps à son collègue de se munir d'un stylo.

— J'aimerais que tu remettes le nez dans l'affaire Laura Proctor, s'il te plaît. Vois si tu peux dénicher quelque chose de neuf...

Passant la main sur son menton rugueux, il fronça les sourcils. Il n'avait pas eu le temps de se raser. Après avoir installé Laura dans la maison de campagne des Proctor, il l'avait veillée jusqu'au petit matin.

— Je n'ai rien trouvé en étudiant les antécédents de son frère, il y a deux ans.

Un pli soucieux apparut sur son front. Il était, à l'époque, passablement déprimé. Peut-être était-il passé à côté de quelque chose d'important.

— Je veux que tu épluches de nouveau son dossier. Un détail m'a peut-être échappé. Je flaire quelque chose de pas très catholique, là-dedans.

Ian mentionna plusieurs organismes susceptibles de livrer des informations, s'il creusait un peu.

— Parfait, agréa Nick. Maintenant écoute. Vois également ce que tu peux glaner sur cet hôpital de Louisiane, où Laura est censée avoir séjourné ces dix-huit derniers mois. Je veux savoir quel genre de traitement elle y a reçu, les médicaments qu'on lui a donnés… Bon sang ! Je veux tout connaître, jusqu'au contenu de chacun de ses repas.

Il réprima un sourire en entendant Ian évoquer le meilleur moyen d'obtenir ces brûlantes informations.

— Sois discret, recommanda-t-il. Et appelle-moi dès que tu auras quelque chose.

Nick raccrocha et rangea son portable dans la poche de sa veste. Et maintenant quoi ? Que pouvait-il faire en attendant la réponse de son collègue et ami ? Continuer à veiller sur Laura. Et, bien sûr, tenter d'obtenir d'elle qu'elle lui dise la vérité. Mais avant cela, retourner s'assurer qu'elle allait bien.

La maison de campagne des Proctor était une bâtisse de style ranch, d'une surface d'un hectare, qui tenait plus du manoir que de la simple habitation : parquets de chêne cirés, lambris sombres et murs blancs en composaient le décor. Le mobilier, en revanche, était un assortiment éclectique d'antiquités et d'éléments contemporains, que venaient compléter de riches tapis orientaux. L'endroit était entretenu avec le plus grand soin. Carl Rutherford était d'un naturel méticuleux. Sur les instructions de James Ed, le gardien avait pris soin de régler le chauffage à une température agréable, et avait rempli le réfrigérateur à l'intention du couple. Le vieil homme s'était donné beaucoup de mal à une heure avancée de la nuit. Il avait également laissé une note où était inscrit son numéro de portable, en cas de besoin. Nick doutait qu'il lui fût d'une réelle assistance, mais il avait apprécié ce geste.

Quittant le vestibule, il emprunta le couloir ouest, qui conduisait à la chambre de Laura. Chacune des ailes de la maison comportait deux chambres, équipées de salles de bains. Celle qu'occupait la jeune femme était la plus éloignée du corps central, tandis que lui même s'était vu attribuer la chambre lui faisant vis-à-vis, dans le couloir.

Il ouvrit la porte sans faire de bruit et traversa à pas feutrés l'épais tapis, pour s'approcher du lit où Laura dormait. Elle n'avait pas bougé depuis sa dernière visite, et cela le chiffonnait. A son égard, la jeune sœur du gouverneur ne manifestait aucune violence. Il esquissa un sourire : sauf lorsqu'elle était armée d'un mug de faïence ! Ils ne l'en avaient pas moins droguée comme si elle était un fauve dangereux.

Nick avisa la coupure superficielle sur sa poitrine, et la petit marque rouge sur son cou. Qu'elle se fût elle-même infligée ces deux blessures était hautement improbable. Personne ne les avait soignées, se rappela-t-il, furieux. Il avait dû lui-même s'en charger, avant de remplacer le T-shirt taché par l'un de ceux fournis par Sandra. Oh, oui, cette dernière s'était confondue en excuses, arguant de la mauvaise volonté de Laura qui avait refusé qu'on la touche. Nick n'était pas certain de la croire, mais cela n'avait désormais plus d'importance.

Pour le moment, Laura était hors de danger. Lorsqu'elle y serait disposée, il exigerait des réponses à ses questions. Mais il lui fallait d'abord éclaircir l'énigme des dix-huit mois écoulés : où elle se trouvait, et ce qu'elle avait fait.

Son regard fut soudain attiré par le flacon de pilules que lui avait remis Sandra. Nick s'assit sur le bord du lit pour en examiner la posologie, inscrite à la main sur l'étiquette. Une à deux toutes les douze heures. Le pharmacien contacté le matin même n'avait pas caché sa surprise, indiquant qu'il s'agissait là d'une prescription extrême pour ce type de médicament, la prise habituelle étant d'une par vingt-quatre heures. Nick reposa le flacon sur la table de nuit en soupirant. Pas étonnant qu'elle n'eût pas remué un cil.

Ainsi qu'il l'avait fait à maintes reprises la nuit précédente, il la contempla longuement. Puis il ferma les yeux, refusant de céder au désir de la toucher. Cette fois, il devait garder la tête froide. Il se releva, la mâchoire crispée, puis quitta la pièce sans se retourner. En se réveillant, elle aurait faim. Un rapide inventaire de ce que la cuisine avait à offrir l'occuperait un moment. S'il manquait quoi que ce fût, il appellerait le gardien.

Au moment où il pénétrait dans la spacieuse cuisine, deux petits coups furent frappés à la porte. Un bref coup d'œil par la fenêtre lui révéla un homme d'une soixantaine d'années qui attendait sur le perron, vêtu d'une salopette et de bottes de travail.

— Bonjour, mon garçon, lança-t-il, dès que Nick lui eut ouvert la porte. Je suis Carl Rutherford. Je passais seulement pour m'assurer que vous n'aviez besoin de rien.

— Bonjour, monsieur Rutherford. Je suis Nick Foster.

Il lui serra la main, un sourire cordial aux lèvres.

— Ravi de vous rencontrer, monsieur Foster.

— Je vous en prie, appelez-moi Nick. Et merci d'avoir rendu cette maison aussi accueillante.

Le vieux gardien rayonna de fierté.

— Je prends soin de cet endroit depuis près de trente ans, annonça-t-il, avant de se rembrunir : comment va Mlle Laura, ce matin ?

Nick hésita un court instant, puis s'écarta d'un pas.

— Entrez, monsieur Rutherford. J'allais me servir une deuxième tasse de café.

— Vous pouvez m'appeler Carl.

Dès qu'il fut entré, Nick lui désigna une chaise, puis verrouilla la porte derrière lui.

— Comment le prenez-vous, Carl ? Noir ?

Le vieil homme s'installa à la table, un peu gêné.

— Non, mon garçon. Avec un peu de crème, s'il vous plaît.

— Aucun problème. Mais vous me demandiez comment allait Laura...

Sortant deux tasses d'un placard situé près de l'évier, il les posa sur le comptoir. Un premier pot de café avait déjà été vidé. Le deuxième venait de se remplir.

— Elle dort encore, termina-t-il en emplissant leurs tasses. Quant à savoir si elle va bien, je suis bien en peine de vous répondre.

Le gardien émit un grognement d'indignation.

— Cette petite n'a jamais causé le moindre souci du temps où elle vivait ici.

Nick lança un regard curieux au vieil homme, tout en versant de la crème dans sa tasse.

— Parlez-moi d'elle... avant, risqua-t-il d'un ton prudent. Peut-être en tirerai-je quelque indication quant à son état actuel, expliqua-t-il, devant son regard suspicieux.

Carl croisa les bras et se renversa en arrière, soulevant les deux pieds de sa chaise.

— C'était une gosse adorable, vraiment. Tout le monde l'aimait. Un ange, un cadeau du ciel, voilà ce qu'elle était !

Oui, se dit Nick. Il y avait en elle quelque chose d'angélique, en effet. D'angélique et de fragile.

— Jamais de problèmes à l'école ?

Déposant les deux tasses sur la table, il prit place à son tour, face à son visiteur.

Carl secoua vivement la tête.

— Non, monsieur, répondit-il, avant de faire un geste vague de la main. Oh, certaines mauvaises langues racontent qu'elle était un peu… agitée, avant de partir à la faculté. Hum… C'est la raison pour laquelle James Ed s'est empressé de l'envoyer dans cette université huppée, là-bas dans le Nord.

— Et vous pensez que ce n'était pas le cas.

— Grands dieux, non !

Les deux pieds de la chaise retombèrent bruyamment sur le sol.

— Elle avait son caractère, voilà tout. Elle refusait de suivre la voie que lui traçait James Ed… Pour ça, elle était bien comme son père.

— Comment cela, comme son père ?

L'intérêt de Nick était à présent tout à fait éveillé. Il sirota son café, tout en prêtant une oreille attentive à son interlocuteur.

— Voyez-vous, j'ai travaillé pour son grand-père, James senior, lorsque je suis arrivé dans ce pays. Son fils, James junior, le père de James Ed, était devenu, disons, un peu sauvage en quittant le lycée.

Nick haussa les sourcils.

— Qu'entendez-vous par là ?

Le vieil homme haussa les épaules.

— Oh, vous savez, il fréquentait les mauvais milieux. Il aurait même entretenu une liaison avec une jeune marginale.

— Une rebelle, comme Laura ?

— C'est ce que l'on raconte, répondit-il en hochant la tête.

— Que s'est-il passé ensuite ?

— Eh bien, bizarrement, James junior est allé s'inscrire dans l'une de ces grandes écoles. Euh… Harvard, je crois. Sa décision a fait des gorges chaudes, à l'époque. Vous comprenez, les gros bonnets d'ici sont tous passés par *Ole Miss*, l'université du Mississippi. James senior y compris.

— Mais pas le père de James Ed.

— Non.

Il marqua une pause, et avala une longue gorgée de son café.

— A sa sortie, James junior a rejoint le cabinet juridique de son père, avant de se marier avec une jeune fille correspondant mieux à son standing, si vous voyez ce que je veux dire.

Nick réfléchit quelques instants, avant de demander :

— Qu'est devenue l'autre fille ?

— Je ne saurais vous le dire.

— Donc, vous pensez que James Ed aurait envoyé Laura poursuivre ses études à Boston afin de lui éviter des ennuis ici.

— Ouaip.

Il fixa Nick droit dans les yeux.

— Mais pour ma part, je crois plutôt qu'il était bien trop accaparé par ses affaires et ses ambitions politiques pour perdre du temps à s'occuper d'une adolescente difficile.

Ses joues se colorèrent, comme s'il se rendait compte trop tard qu'il en avait trop dit. Repoussant soudain sa chaise, il se leva.

— Merci pour le café, Nick. Je dois vous laisser, à présent. J'ai du pain sur la planche.

Arrivé à mi-chemin de la porte, il se retourna et croisa une dernière fois son regard.

— Présentez mes respects à Laura, voulez-vous ?

— Je n'y manquerai pas.

Dès la sortie du gardien, Nick se mit à arpenter la pièce d'un pas nerveux. Tout en marchant, il ôta sa veste et la déposa sur le dossier d'une chaise. Pendant la demi-heure qui suivit, il tourna et retourna la conversation dans sa tête, cherchant à y trouver quelque clé, mais sans résultat. Soucieux de ne rien laisser au hasard, il donna un nouveau coup de fil à Ian et lui demanda d'ajouter le nom de James Proctor junior à sa liste.

Peut-être, s'il prenait le temps de creuser suffisamment la question, obtiendrait-il quelques éclaircissements.

Laura passa la langue sur ses lèvres sèches et déglutit avec peine, la gorge déshydratée. Ouvrant péniblement les yeux, elle tenta de clarifier sa vision. Où se trouvait-elle ? La vue des murs roses, des étagères encombrées de peluches et d'une collection de poupées lui arracha un sourire.

Chez elle.

Elle était chez elle.

Et Nick était là.

Elle frissonna, tandis que les événements des derniers jours lui revenaient à la mémoire. Son bébé ! Oh, Seigneur, où était son bébé ? Les dents serrées, elle tenta de contenir un soudain accès de tristesse. Elle devait se lever. Comment retrouverait-elle son enfant en restant au lit ?

Prenant appui sur ses bras tremblants, elle s'assit. Ses muscles étaient douloureux, et l'une de ses jambes était tout engourdie. L'estomac noué, elle se glissa hors du lit, puis se dirigea d'un pas chancelant vers la salle de bains, où elle fit quelques ablutions et se brossa les dents. Puis, les mains en coupe sous le jet, elle se désaltéra directement au robinet du lavabo, avant de s'asperger le visage d'eau fraîche. Malgré une désagréable sensation de gueule de bois, elle loua les effets du sédatif qui lui avaient évité d'être confrontée à ses habituels cauchemars...

« Pense à autre chose », se somma-t-elle, tout en fouillant les tiroirs à la recherche d'une brosse. Démêler ses longs cheveux pleins de nœuds exigea de sa part un effort supplémentaire, mais elle se sentit un peu plus présentable en sortant de la salle de bains.

Seulement vêtue d'un large T-shirt et d'une culotte trouvés dans le sac préparé par Sandra, elle décida de rejoindre Nick. Peut-être avait-il avancé dans ses recherches concernant Robbie.

Un brusque vertige la saisit soudain. Elle s'appuya quelques instants contre le mur, le temps de recouvrer ses esprits. « Seigneur, pria-t-elle, je vous en supplie. Ne permettez pas que l'on fasse du mal à mon bébé. »

Rassemblant ses forces, elle pinça les lèvres et s'écarta du mur. Elle devait se montrer solide, le sort de son fils en dépendait. Si personne n'était disposé à la croire, il lui fallait trouver le moyen de s'échapper. Elle retrouverait seule son bébé.

Oui. Mais comment ?

L'idée que Nick l'avait sauvée lui réchauffait le cœur. Peut-être la croyait-il, un tout petit peu. Cette parcelle d'espoir signifiait beaucoup plus pour elle qu'il ne pouvait l'imaginer.

Laura traversa le vestibule, avant d'inspecter le salon, puis le séjour. Pas de Nick. Elle fronça les sourcils, et pour la première fois remarqua qu'il faisait nuit dehors. Avait-elle dormi toute une autre journée ? Seigneur, depuis combien de temps son fils avait-il disparu ? Mais chaque chose en son temps. Il fallait d'abord trouver Nick.

Un fumet alléchant lui chatouilla soudain les narines, lui donnant un léger tournis. Quand avait-elle mangé pour la dernière fois ? Elle n'en avait pas la moindre idée. Suivant la direction du délicieux parfum, elle trouva Nick dans la cuisine, penché sur ses fourneaux. Elle ouvrit la bouche pour s'annoncer, mais se retint *in extremis*. Elle choisit au contraire de savourer ce moment. Elle s'appuya sur le montant de la porte et prit le temps d'admirer le père de son enfant.

Ses cheveux noirs étaient bien plus courts que dans son souvenir, nota-t-elle. Mais cette coupe lui allait bien. Nick arborait un bronzage perpétuel, un corps d'athlète. Il était de ces hommes inaccessibles aux yeux de bien des femmes. Sa peau était lisse, impeccable, sans défaut, et la ligne de ses lèvres sensuelles avait quelque chose de presque féminin. Laura inspira lentement, profondément, pour réprimer son trouble. Dès le premier jour, elle s'était sentie violemment attirée par cet homme. Elle n'avait jamais connu qu'un autre amant, mais cette unique étreinte s'était révélée plus expérimentale que passionnée.

Les choses avaient été différentes avec Nick, se rappelait-elle, les yeux fermés. Lors de leur merveilleuse nuit d'amour, un orage s'était déchaîné à l'extérieur, grondant telle une bête sauvage. Les éclairs s'étaient succédé, balayant leurs corps enlacés d'un feu d'artifice aveuglant. Elle se souvenait de ses baisers, de ses caresses, du contact enivrant de sa peau nue...

— Laura ?

Elle rouvrit aussitôt les yeux et croisa le regard envoûtant, couleur de jade, de celui qui l'avait emmenée vers les sommets de la volupté. Le père de son enfant.

— Alors, on se sent mieux ?

Un sourire hésitant se dessina sur ses lèvres. Son cœur voulait tellement lui faire confiance. Chaque particule de son être hurlait le besoin de sa présence.

— Un peu...

Ramenant ses cheveux derrière ses oreilles, elle s'avança d'un pas gauche dans la pièce. Bon sang ! Comme elle détestait cette sensation cotonneuse. Arrivée devant le comptoir, elle s'y appuya et baissa les yeux sur la casserole qui fumait sur la plaque de cuisson. De la soupe. Les paupières closes, elle en huma le riche arôme, salivant à l'avance.

— As-tu faim ? Tu as raté le déjeuner.

Le timbre profond de sa voix lui réchauffait le cœur. Il continuait à l'observer de son œil inquisiteur.

— Oui, murmura-t-elle.

Son jean et son polo moulants révélaient une musculature parfaite, dont le souvenir la faisait encore frémir.

Nick tendit la main vers un bol.

— Installe-toi. Je te sers.

Remarquant le revolver glissé dans sa ceinture, elle fronça les sourcils. Mais l'image des étranges yeux roses lui revint à l'esprit, et elle remercia le ciel qu'il fût armé.

— Assieds-toi, Laura.

Elle cligna des yeux. Ah oui, la soupe… Il voulait qu'elle se nourrisse. Quand bien même aucune nourriture ne pouvait combler le vide qu'elle ressentait au fond d'elle-même.

— As-tu appris quelque chose au sujet de mon fils ? demanda-t-elle à brûle-pourpoint.

Nick baissa les yeux sur la casserole, dont il remua le contenu.

— J'ai placé quelqu'un sur l'affaire, dit-il avant de se retourner vers elle. Mais pour répondre à ta question, non. Nous ne possédons pas plus d'informations que celles que tu m'as fournies.

Plutôt minces, s'abstint-il de préciser. Mais le ton de sa voix trahissait sa frustration.

— Je dois le retrouver, Nick. Je t'en prie, ne me garde pas prisonnière ici quand j'ignore où il se trouve.

Elle baissa la tête.

— Je dois le retrouver…

Nick éteignit la plaque, avant de lui accorder toute son attention.

— Tu n'es pas prisonnière, Laura. C'est d'ailleurs la raison pour laquelle je t'ai laissée dormir, et ne t'ai pas administré ces médicaments. Je veux que tu aies l'esprit clair. Je veux t'aider.

— Donc tu me crois ? soupira-t-elle d'une voix émue, les yeux humides.

Il la dévisagea un long moment, avant de répondre :

— Disons simplement que j'accepte d'envisager cette théorie, jusqu'à preuve du contraire… Est-ce que ça te va ?

Elle acquiesça d'un signe de tête.

— Du moment que je retrouve mon fils, tout me va.

Un éclair menaçant traversa le regard vert de Nick.

— Si tu tentes de faire cavalier seul, ou si tu me donnes un seul motif de…

— Cela n'arrivera pas. Je te le jure, Nick. Je ferai tout ce que tu me diras.

Un silence tendu s'établit dans la pièce.

— Très bien, conclut-il enfin. Maintenant assieds-toi. Ce soir, je suis à ton service.

Une lueur malicieuse brillait dans ses yeux.

Laura hocha la tête, puis s'installa à la table. S'il montrait toujours quelques réserves, il lui accordait au moins le bénéfice du doute. Au point où en étaient les choses, elle ne pouvait guère espérer mieux. Du reste, n'avait-il pas empêché James Ed de l'expédier au diable vauvert ?

Tandis qu'il s'activait dans la cuisine et dressait la table, elle ne put empêcher d'admirer l'harmonie de ses traits, et de les comparer à ceux de son fils. Robbie ressemblait tant à son père !

Que ne pouvait-elle partager son secret avec lui !

C'était hélas impossible.

Tant qu'elle n'aurait pas confirmé ses dires… et fait la preuve de sa santé mentale. Elle se renfrogna. Il lui fallait non seulement retrouver son fils, mais encore se montrer digne de l'éduquer aux yeux de l'homme qui disposait du droit légal de le lui enlever. Sa gorge se serra en songeant qu'il ne lui pardonnerait jamais de lui avoir dissimulé la vérité. Elle chassa bien vite cette pensée. Les sujets d'inquiétude ne manquaient pas pour le moment.

— Eau ou lait ? s'enquit-il.

— Eau, répondit-elle avec un sourire timide. Je… je me sens toujours un peu bizarre.

Il s'installa en face d'elle, et le sourire qu'il lui rendit lui fit battre frénétiquement le cœur.

Elle tenta de dissiper le brouillard qui s'obstinait à lui embrouiller les idées. Si son estomac daignait accepter un peu de nourriture, peut-être retrouverait-elle alors toute sa lucidité. Avaler la première gorgée de soupe s'avéra difficile, mais elle y parvint.

— J'espère que cette grimace n'est pas liée à la qualité de ma cuisine !

Un sourire contrit aux lèvres, elle secoua la tête.

— Non, c'est excellent. Simplement, je n'ai pas aussi faim que je le croyais.

Ce que confirmait la réaction de son estomac.

Nick ne la quittait pas des yeux, l'air préoccupé.

— Il faut que tu manges, Laura.

Elle but un peu d'eau, résistant à une brutale envie de se ruer à la salle de bains.

— Je sais…

Comment pouvait-elle manger, quand elle ignorait si son enfant était correctement nourri ? Elle se figea, le verre à mi-chemin de ses lèvres. Il lui échappa des mains et retomba lourdement sur la table. Elle n'avait plus la force de le tenir…

En un instant, Nick fut à ses côtés, le visage empreint d'inquiétude. Se tournant vers lui, elle plongea son regard dans ces yeux verts si semblables à ceux de Robbie. « Ne craque pas, Laura. Si tu craques, il croira James Ed et tu ne reverras plus jamais ton enfant. »

Il semblait l'aimer encore, mais était-ce suffisant ?

— Ça ira, soupira-t-elle, les poings serrés sous la table. Je n'ai pas faim, c'est tout.

Elle s'efforça de lui offrir un sourire.

— Je crois que ces médicaments m'ont coupé l'appétit.

Après une brève hésitation, Nick regagna sa chaise.

— Tu risques de te réveiller affamée au milieu de la nuit, prévint-il d'une voix douce.

Laura acquiesça, tout en luttant pour conserver son sourire. Il s'était donné tant de mal pour elle ! Le moins qu'elle eût pu faire était d'avaler quelques cuillerées.

Nick replia sa serviette, la posa de côté et la regarda d'un air grave. Elle s'humecta les lèvres, anxieuse. Savait-il quelque chose qu'il n'avait pas voulu lui confier ? Son pouls s'accéléra. S'agissait-il de Robbie ?

— Il faut que nous parlions, Laura, dit-il calmement.

Son cœur s'arrêta de battre, puis repartit sur un rythme saccadé. Le regard qu'il posait sur elle…

— Je veux que tu récapitules toute l'histoire depuis le début. J'ai besoin de tout savoir. Je dis bien *tout*. Je ne peux pas t'aider si tu omets le moindre détail.

Ce n'était pas au sujet de Robbie. Un tel soulagement l'envahit que tout son corps se mit à trembler.

— Tu as raison, Nick, soupira-t-elle. Il reste de nombreux sujets dont nous devons parler. Mais j'éprouve encore quelques difficultés à clarifier mes idées. Ne pourrait-on pas attendre demain matin ?

« Seigneur, faites qu'il dise oui. » Ses nerfs étaient encore à vif, et elle se sentait toujours vaseuse. Elle risquait de commettre un impair, de lui confier ce qu'elle ne devait pas sous l'influence pernicieuse du sédatif.

— Comme tu voudras.

Laura se leva, pressée de regagner sa chambre avant qu'il ne change d'avis.

— Je crois que je vais prendre un bain et me recoucher, annonça-t-elle.

Sur ces mots, elle se dirigea vers le couloir, attentive à poser un pied devant l'autre sans défaillir.

— Laura.

Elle s'arrêta, prit une profonde inspiration et se retourna.

— Oui ?

Nick avala une gorgée d'eau, puis se lécha les lèvres. Elle frissonna.

— Ne verrouille pas ta porte.

Elle se raidit aussitôt, blessée dans son amour-propre. Il ne lui accordait toujours pas sa confiance.

— Bien sûr que non, répondit-elle d'un ton aigre.

Laura se hâta jusqu'à sa chambre. Une fois à l'intérieur, elle se déshabilla, jeta ses vêtements sur le lit défait, puis pénétra dans la salle de bains. Non contente de refermer la porte derrière elle, elle la verrouilla à double tour. Elle était adulte, que diable ! La croyait-il incapable de prendre un bain toute seule ? s'insurgea-t-elle, tout en réglant sur « chaud » le mitigeur. L'eau brûlante détendrait ses muscles douloureux. Elle s'empara d'une serviette, qu'elle déposa sur une chaise placée près de la baignoire. Son reflet dans le miroir retint soudain son attention. Le sillon rouge qui marquait le haut de son buste lui sauta aux yeux.

Instantanément, le souvenir de l'homme qui avait tenté de la tuer chassa toute autre pensée. Les yeux roses, brillants, sous la cagoule. L'éclat de lumière sur la lame… Elle crispa les mains sur le rebord du lavabo.

« Tout va bien, tout va bien, se répéta-t-elle. Tu es en sécurité. Nick est là, maintenant. Il veille sur toi. » Elle respira à fond plusieurs fois. Elle devait rester calme. « Ce n'est qu'en parvenant à te contrôler que tu retrouveras Robbie. »

Le gargouillis apaisant de l'eau envahit finalement sa conscience. Ses doigts se détendirent, puis elle se tourna lentement vers le bain fumant. Un courant d'air frais lui caressa la peau. Elle ferma les yeux pour en savourer les bienfaits. Nick devait avoir ouvert une fenêtre. Elle inspira profondément les effluves de la nuit. Demain matin, elle se sentirait mieux et aurait l'esprit clair. Et, qui sait, peut-être aurait-elle également des nouvelles de Robbie. Forte de ce nouvel espoir, elle se glissa dans la baignoire. Plus vite elle aurait pris son bain et se serait couchée, plus vite le lendemain viendrait.

« Mon Dieu, pria-t-elle, faites que je retrouve mon bébé. »

Fermant le mitigeur, elle s'enfonça avec volupté dans l'eau chaude et ferma les yeux. Un calme absolu la berçait, seulement troublé par les rares gouttes tombant du robinet. Un gémissement de bien-être s'échappa de sa gorge, tandis qu'elle s'abandonnait à la sérénité qui l'envahissait. La tension et la douleur s'estompaient, de même que son anxiété et sa peur, évaporées dans les limbes brumeuses qui précédaient le sommeil. Elle était si fatiguée… Si épuisée…

Elle était *sous* l'eau !

Laura se débattit pour sortir la tête et respirer, mais des mains puissantes l'en empêchèrent. Des doigts d'acier s'enfonçaient dans ses épaules. Elle rouvrit les yeux, mais ne vit qu'une noirceur d'encre. Qui avait éteint la lumière ? Privés d'oxygène, ses poumons oppressés commençaient à la brûler. Impossible de hurler. Paniquée, elle tendit les bras hors de l'eau, comme pour s'aggriper à l'air… en vain… Son cerveau s'engourdissait peu à peu. « Ne perds pas conscience ! Bats-toi ! » Soudain, ses ongles entrèrent en contact avec de la peau nue. Elle les y planta de toutes ses forces. La prise se relâcha. D'une brusque poussée, elle jaillit alors hors de l'eau, et un air béni lui remplit les poumons.

Un long cri déchirant fusa de sa gorge, avant que sa tête ne fût de nouveau plongée sous l'eau.

6.

Nick chargea vaisselle et couverts dans le lave-vaisselle, puis referma la porte. Les mains posées sur le carrelage du comptoir, il contempla la nuit par la fenêtre. Demain, il veillerait à ce que Laura mange quelque chose. Elle devait reprendre des forces. Elle avait besoin de toute son énergie pour affronter les prochains jours.

Et le convaincre de sa sincérité. Lui prouver que l'on avait réellement tenté de la tuer, et que son enfant n'était pas un fantasme.

L'enfant de Laura.

Cette idée lui fit froncer les sourcils. Elle le taraudait depuis quelque temps déjà. Ils n'avaient fait l'amour qu'une fois. Si elle avait eu un enfant, et… s'il en était le père, le bébé devait avoir aujourd'hui à peu près quinze mois. Il suffisait de lui demander son âge. Non, se reprit-il en secouant la tête. Ce n'était pas possible. Si Laura avait porté son enfant, elle serait venue le trouver pour lui demander son aide, au lieu de…

Il mit aussitôt un terme à sa réflexion. Inutile de se perdre en conjectures, alors qu'il ignorait ce qui s'était réellement passé deux ans auparavant. Entre autres, les raisons qui avaient poussé la jeune femme à disparaître. Dès qu'elle serait prête, il avait la ferme intention de lui faire livrer tous les détails. S'agissant de l'enfant, il continuerait à lui accorder le bénéfice du doute. Si elle prétendait avoir un fils, c'était peut-être vrai. Quelle raison aurait-elle de mentir ?

A moins, songea-t-il avec contrariété, qu'elle ne souffrît des désordres mentaux indiqués sur le rapport médical. Il se frotta les sinus, afin de chasser un début de migraine. Et si elle s'était trouvée tout ce temps à l'hôpital, cela supprimait-il la possibilité qu'elle eût un bébé ? Impossible d'élucider cette question avant la réponse de Ian. En attendant, il devait se focaliser sur les éléments que Laura voudrait bien lui apporter. Et quant aux soins qu'il entendait lui prodiguer, il n'avait pas l'intention de lui donner ses pilules, sauf si elle les lui demandait. Leur prescription le mettait mal à l'aise. Du reste, il était indispensable qu'elle eût toute sa clarté d'esprit s'il voulait obtenir des réponses fiables.

Un travail comme un autre, se répéta-t-il pour la centième fois. Rien d'autre. Laura Proctor était une mission, qu'il était cette fois déterminé à accomplir jusqu'au bout. Débrouiller ce mystère une bonne fois pour toutes était la seule chose qui le retenait ici. Cela, et son damné sens de la justice. S'il existait la moindre chance que Laura ait dit vrai, si son frère avait monté toute l'affaire...

Mais qui espérait-il abuser ? Pendant vingt-quatre heures, il avait épié la maison de James Ed parce qu'il ne supportait pas d'abandonner la jeune femme en de telles circonstances. Pauvre idiot ! Il voulait toujours la protéger.

Au moment où il s'apprêtait à appuyer sur le bouton du lave-vaisselle, un bruit étouffé le fit hésiter. Il tenta aussitôt de l'identifier. Un cri ? Son sang ne fit qu'un tour.

Laura.

Bondissant hors de la cuisine, il l'appela d'une voix forte. N'obtenant pas de réponse, il se précipita dans le couloir, tout en faisant mentalement l'inventaire des objets avec lesquels elle pouvait se blesser dans la salle de bains. Le rasoir vint en tête. Il se maudit d'avoir négligé d'inspecter la pièce. Bon Dieu ! Pourquoi lui avait-il ainsi lâché la bride ?

Arrivé devant la porte, il voulut tourner la poignée, mais elle était verrouillé.

— Laura ! cria-t-il, tout en frappant du poing sur le panneau. Laura, réponds-moi, bon sang !

Un bruit d'éclaboussement lui parvint, suivi de raclements indistincts au sol. Il entendit alors des halètements rauques, entrecoupés de violentes quintes de toux.

— Laura !

Serrant la mâchoire, il se rua sur la porte épaule en avant, une fois, deux fois. A la troisième, le verrou céda. Trébuchant dans la pièce sombre et humide, il actionna l'interrupteur.

Nue et dégoulinante, Laura se tenait à quatre pattes devant la baignoire, luttant pour reprendre sa respiration. Le carrelage était inondé autour d'elle. Un assortiment de bougies parfumées et une coupe en argent étaient disposés sur l'un des bords de la baignoire. Aucune trace de sang. Nick soupira, soulagé. Il se saisit de la serviette posée sur une chaise, et, ignorant la douleur qui lui vrillait la jambe, s'agenouilla auprès de la jeune femme. Doucement, il en enveloppa son corps tremblant, avant de l'attirer contre lui.

Prenant ensuite place sur le rebord de la baignoire, il la fit asseoir sur ses genoux.

— Chhh, c'est fini, murmura-t-il contre ses cheveux mouillés. Je suis là.

Des mèches étaient collées sur son visage. Il les en écarta d'un geste tendre.

— Que s'est-il passé, ma chérie ? Tu t'es endormie ?

Intérieurement, il se traita de tous les noms pour ne pas avoir envisagé les effets pervers du sédatif. Ses tripes se nouèrent à la pensée de ce qui aurait pu arriver.

Secouée de hoquets, peinant à retrouver son souffle, Laura tourna son visage vers lui.

— Il... il a essayé de me noyer. J'ai... J'ai crié...

Ses yeux étaient dilatés par la peur.

— La fenêtre, reprit-elle en désignant celle-ci d'une main tremblante. Il est... sorti par la fenêtre.

Les sourcils froncés, Nick suivit son geste des yeux, avant de fixer son regard sur la fenêtre entrouverte et le rideau flottant dans la nuit.

— Pourquoi l'as-tu ouverte ? Il gèle dehors.

— Je ne l'ai pas ouverte, répondit-elle, surprise... Je croyais que c'était toi. Il a dû venir par...

— Voyons, Laura. Pourquoi aurais-je fait une chose aussi stupide ?

Elle arqua l'un de ses sourcils blonds avec irritation.

— Et tu penses que *moi*, j'aurais fait une chose aussi stupide ?

Il secoua la tête.

— Ce n'est pas ce que je voulais dire.

— Oh, que si ! rétorqua-t-elle en se relevant soudain pour s'écarter de lui.

Les mains de Nick se refermèrent aussitôt sur ses bras humides. Se levant à son tour, il riva son regard dans le sien. La proximité de son corps presque nu le troublait plus qu'il ne l'aurait voulu, mais il s'interdit d'y penser.

— Je voulais juste dire, gronda-t-il d'un ton impatient, que *quelqu'un* a ouvert la fenêtre, et que ce quelqu'un n'est pas moi.

Elle lui adressa un sourire aigre.

— Donc, bien sûr, c'était moi.

— Vois-tu quelqu'un d'autre dans cette pièce ?

Un muscle de sa mâchoire tressaillit.

Laura se dégagea d'un mouvement sec.

— Elémentaire, mon cher Watson !

D'une main nerveuse, elle ajusta la serviette sur le haut de sa poitrine, couvrant au passage la marque témoignant de sa dernière rencontre avec… Qui ?

Nick réprima un frisson. Cette fois-là non plus, il ne s'était trouvé personne dans la pièce, à part elle. L'image de sa nudité à peine couverte lui tortura de nouveau l'esprit, lui rappelant ce qu'il avait vu de ses propres yeux deux ans auparavant. Chaque centimètre carré de ce corps souple, parfait, offert à ses caresses…

Il secoua énergiquement la tête, puis, revenant à la réalité, marcha vers la fenêtre qu'il referma avec soin avant de se retourner.

— J'irai vérifier le système de sécurité, reprit-il d'une voix aussi calme que possible. Je veux savoir pourquoi l'alarme ne s'est pas déclenchée lorsqu'on l'a ouverte. En attendant, si tu m'expliquais ce qui s'est exactement passé ?

— Nous perdons du temps ! répliqua-t-elle. Ce salaud est en train de s'échapper. C'est toi qui disposes d'un revolver. As-tu l'intention de m'aider, oui ou non ?

Nick lâcha un soupir découragé.

— Laura, il n'y a personne ici.

— Très bien.

Elle pivota sur ses talons et se dirigea vers la porte. Dans sa précipitation, l'un de ses pieds glissa sur le carrelage mouillé. Nick lança aussitôt la main, mais elle retrouva son aplomb et sortit en hâte de la salle de bains.

Il laissa retomber le bras. Voilà bien, songea-t-il, la jeune femme dont il se souvenait ! Rebelle et déterminée.

Grimaçant à chaque pas, il la suivit dans la chambre. Il se figea, interdit, en la voyant enfiler un jean à même la peau de son adorable postérieur.

Il s'éclaircit la gorge.

— Hum ! Est-ce que je... peux savoir ce que tu as l'intention de faire ?

Laura passa la tête dans l'encolure d'un T-shirt extra large, qui retomba sur ses seins au moment où elle se retourna.

— Le rattraper.

Nick manqua s'étrangler. Les mains posées sur les hanches, il secoua la tête.

— Pas question.

Laura glissa les pieds dans ses tennis, s'assit sur le lit pour les lacer, sans cesser de fixer Nick d'un œil farouche.

— Essaie seulement de me retenir, dit-elle en se relevant. Je suis fatiguée d'être traitée comme une demeurée. Et écœurée de voir tout ce que j'affirme être systématiquement mis en doute.

Lançant ses cheveux par-dessus son épaule, elle marcha droit sur lui.

— Mon fils a été enlevé, déclara-t-elle, le regard incendiaire. Par la même personne qui a tenté de me tuer. Alors de deux choses l'une : soit tu m'aides, soit tu t'écartes de mon chemin !

Pendant quelques secondes, leurs regards s'affrontèrent, durs et obstinés. Comprenant qu'elle n'avait aucune intention de rendre les armes, Nick esquissa un sourire. Oh, finalement, un peu d'air frais leur ferait le plus grand bien, après cette petite prise de bec. Au souvenir de ses fesses dénudées, un pincement de désir lui taquina le bas-ventre.

— D'accord. Je me fie à toi... Pour cette fois.

Une lueur d'espoir brilla dans les yeux de la jeune femme.

— Il nous faut une lampe torche, lança-t-il en la voyant disparaître dans le couloir.

— Dans la cuisine. Je vais la chercher !

Nick secoua lentement la tête. Il devait être plus fêlé qu'il ne le pensait pour agir ainsi. Il était tard. Laura aurait dû être couchée. Son genou lui faisait un mal atroce, et après trois nuits sans fermer l'œil, ou presque, il avait grand besoin de sommeil. Mais il ne pouvait lui refuser cette faveur. Elle semblait si sûre d'elle... Et une part de lui-même voulait la croire. La même que celle qui s'était laissé séduire par sa beauté innocente et sauvage, deux ans auparavant.

— Je l'ai, annonça-t-elle en réapparaissant à la porte de la cuisine.

— Bien.

Il la suivit jusque dans le salon. Mais une fois arrivés devant la porte de la terrasse, il l'empêcha de se précipiter à l'extérieur.

— Doucement, ma jolie ! lança-t-il, une main sur son bras. C'est moi qui suis armé, l'aurais-tu oublié ?

Laura cligna des yeux.

— O.K., soupira-t-elle, tout en s'écartant pour le laisser prendre la tête des opérations.

Il se saisit du revolver glissé dans sa ceinture — davantage pour la rassurer que par acquis de conscience.

— Reste derrière moi. Et n'allume la torche que lorsque je te le dirai.

Elle acquiesça en silence.

Relevant le loquet de verrouillage, il fit coulisser la porte vitrée. Aussitôt, l'air froid lui fouetta le visage, mettant tous ses sens en alerte. Trente secondes lui suffirent pour examiner l'espace derrière la maison, puis il s'engagea sur la terrasse. Lentement, avec Laura sur les talons, il longea la façade arrière, aussi discrètement que possible, jusqu'à parvenir au niveau de la salle de bains.

— La torche, chuchota-t-il.

Elle la lui glissa dans la main. Il poussa le bouton sur « on », puis scruta avec minutie les abords de la fenêtre dans le cercle de lumière. Celle-ci fut également soumise à examen : montants, appui, ainsi que la portion de mur située au-dessous. Rien. Pas le moindre signe d'effraction. Le sol étant gelé, ils ne trouveraient non plus aucune empreinte, et les parterres étaient intacts. Nick s'accroupit et examina de plus près l'herbe rabougrie de l'hiver. Là non plus, aucun signe d'une éventuelle présence. Mais vu les conditions atmosphériques, il était impossible d'en tirer des conclusions.

— As-tu trouvé quelque chose ? demanda Laura, en frottant vigoureusement ses bras nus.

— Rentrons, dit-il. Il fait beaucoup trop froid dehors.

Au lieu de repartir vers la terrasse, elle demeura immobile, le menton levé.

— Tu ne me crois toujours pas.

— Ecoute, répondit-il en rangeant son arme dans sa ceinture. Il ne s'agit pas de savoir si je te crois ou non. Le fait est qu'il n'y a ici aucun indice, aucune trace.

Voyant qu'elle ne se décidait toujours pas à bouger, il lui saisit l'avant-bras.

— *Si* quelqu'un est passé par ici, il n'y a plus personne à présent, et…

— Va au diable, Foster.

Les doigts de Nick passèrent sur sa peau douce.

— Et rien ne permet d'affirmer, conclut-il, que quelqu'un soit passé par cette fenêtre, ni dans un sens, ni dans un autre.

— Il était là, insista-t-elle, la voix tremblant de colère contenue. Il a tenté à deux reprises de me tuer. Et tu sais quoi ? J'ai la ferme conviction qu'il reviendra à la charge jusqu'à ce qu'il soit parvenu à ses fins. Me croiras-tu à ce moment-là, Nick ?

Cette fois il la relâcha, puis la regarda disparaître par la porte de la terrasse. A quoi bon lui courir après ? se demandat-il en fermant les yeux. Pour l'assurer que rien de tel ne se produirait ? Que devait-il croire ? Tous les éléments dont il disposait montraient une Laura mentalement perturbée, voire suicidaire. Cette idée le fit tressaillir. Il n'existait pas le moindre début de preuve accréditant ses affirmations, à part le couteau dont James Ed prétendait d'ailleurs qu'elle s'était servie pour s'automutiler. Et a priori, ce dernier n'avait aucune raison de mentir.

Il rouvrit les yeux et secoua la tête. Pourquoi éprouvait-il donc un tel besoin de la croire ?

Ecœuré par ses sentiments comme par la situation, il se mit en route vers la porte restée ouverte.

Son estomac se contracta soudain, et ses cheveux se hérissèrent sur sa nuque. Il s'arrêta net. Quelqu'un les observait. Il le percevait avec autant d'acuité que les battements de son cœur. Se retournant lentement, il scruta de nouveau le jardin derrière la maison. Durant une longue minute, il fouilla chaque buisson, chaque recoin, tous les sens à l'affût, attentif au moindre mouvement.

Rien.

Nick frotta sa barbe de trois jours, tout en considérant qu'il ne pouvait peut-être plus faire confiance à son instinct. Comme l'hystérie, la paranoïa était peut-être contagieuse.

De par son expérience, il était au moins sûr d'une chose : les choses s'éclaircissaient toujours avec le temps.

Restait à souhaiter que celui-ci fût de leur côté.

— Imbécile borné ! grommela Laura en ouvrant un autre tiroir. Après en avoir retourné le contenu, elle le repoussa d'un geste sec. Elle avait besoin de se changer. De porter *ses* vêtements. Il devait forcément se trouver ici quelque chose de mettable.

Elle interrompit sa recherche pour tenter de se rappeler la dernière fois qu'elle était venue ici, et ce qu'elle avait apporté avec elle. C'était il y a deux ans. La dernière barbecue-partie de l'été. Elle se souvenait. James Ed avait insisté pour qu'elle vînt. Il avait invité Rafe. Deux mois auparavant...

Les yeux fermés, Laura tenta vainement de chasser ces souvenirs douloureux. Deux mois auparavant... elle avait rencontré Nick. Immédiatement, elle était tombée amoureuse de lui, de son assurance, de sa maturité. Il était son aîné de dix ans ; il semblait tout connaître, il pouvait affronter l'impossible. Il était si fort, et en même temps si tendre. La manière dont il lui avait fait l'amour l'avait à jamais changée. Et il lui avait donné Robbie. Ses yeux se gonflèrent de larmes. Les mains crispées sur le rebord de la coiffeuse, elle laissa passer un violent flux d'émotions. Comment ne pas se décourager, quand elle ignorait si son fils était en sécurité ? Avait-il mangé ? Lui donnait-on son bain ? Changeait-on ses couches ? Sa peine la vida soudain de toute énergie.

Non ! se reprit-elle. Non. Robbie était bien traité, et elle le retrouverait. Elle refusait toute autre éventualité. Dieu seul savait comment, mais elle partirait d'ici et ils seraient de nouveau réunis.

Ouvrant d'un geste rageur le tiroir suivant, elle poursuivit sa recherche. Il contenait quelques sous-vêtements et chaussettes, ainsi qu'un vieux pull-over rose. Elle soupira. Au moins c'était un début. Tout ce qu'elle avait à faire était de fausser compagnie à Nick. Elle retournerait ensuite au cabinet du Dr Holland, où elle se mettrait à la recherche d'indices...

— Laura.

Elle sursauta, avant de rencontrer son regard dans le miroir du meuble. Il se tenait dans l'encadrement de la porte, la mine préoccupée… mais toujours aussi attirant. Elle le maudit pour cela. Plus question de se laisser influencer par ses sentiments pour lui, quand bien même il était le père de son enfant. Elle ne voulait pas l'aimer. Il ne la croirait jamais, ne lui apporterait jamais l'aide dont elle avait besoin. Serrant la mâchoire, elle battit des cils pour laisser rouler les larmes qui lui brouillaient la vue. Elle se passerait de Nick, et se débrouillerait seule avec son bébé…

A condition de le retrouver.

— Que fais-tu ?

Il regardait d'un air surpris les effets empilés sur la coiffeuse.

Inutile de chercher à lui mentir, il était trop intelligent. Deux secondes lui suffiraient pour deviner ses intentions.

— Mon sac, répondit-elle en se retournant. Parce qu'à la première occasion, je m'en vais.

Nick s'avança de deux pas, s'arrêta, puis embrassa la pièce d'un lent regard circulaire, comme s'il voyait pour la première fois le sanctuaire de la jeune femme. Ses yeux revinrent enfin se poser sur elle, la fixant avec une sombre intensité. Elle frissonna, envahie par une chaleur aussi soudaine qu'insidieuse. Elle mourait d'envie de le toucher, qu'il la touche…

— Et tu t'imagines que je te laisserai faire.

Ce n'était pas une question. Fièrement, elle soutint son regard avec détermination.

— Il faudra bien que tu dormes à un moment ou à un autre.

Il se rapprocha de deux autres pas.

— C'est une menace ?

— Oui, dit-elle, le cœur battant. C'en est une.

— Pour le moment, je dois admettre que tu t'y prends bien.

La tête inclinée sur l'épaule, il se tut un instant et la regarda des pieds à la tête. Laura se contracta, mal à l'aise.

Savait-il l'effet que ce regard insistant produisait toujours sur sa libido ?

— Qu'as-tu l'intention de faire ?

— Retrouver mon bébé.

Il s'approcha encore un peu. Laura était hypnotisée par le mouvement de ses hanches, qui mettait en valeur ses longues cuisses musclées, mais aussi sa légère claudication. Elle provenait d'une balle destinée à un client qu'il protégeait, un an avant leur rencontre. Il en avait reçu une deuxième pour elle. A cause d'elle. Nick était ainsi fait. Et malgré le peu de confiance qu'il lui accordait, il était revenu dans le seul but d'assurer sa sécurité. Oh, Nick... Laura sentit son souffle se ralentir, devenir irrégulier, tandis qu'un regain de désir lui traversait le ventre. Pour reprendre ses esprits, elle reporta son attention sur le but qu'elle s'était fixé. Mais elle était épuisée, moralement et physiquement. Comme elle aurait aimé qu'il la prît maintenant dans ses bras ! Même s'il lui fallait, elle ne l'oubliait pas, échapper à son emprise.

— Et l'homme qui cherche à te tuer ?

Ses lèvres se mirent à trembler. Elle se les mordit aussitôt, outragée. Il doutait encore d'elle.

— J'ai pu déjouer ses plans pendant deux ans. J'y parviendrai encore.

— Il sait maintenant où te trouver, d'après toi, observa-t-il d'une voix calme.

Il n'était plus qu'à deux mètres d'elle.

— Il ne nous aurait jamais retrouvés, Robbie et moi, si tu n'étais pas intervenu, répliqua-t-elle d'un ton acerbe.

Force était de constater qu'il était à présent contre elle. Pourquoi ne la laissait-il pas tranquille ? Pourquoi était-il revenu ? Un espoir subsistait malgré tout.

— Tu considères donc que c'est ma faute.

— Exactement.

Elle s'appuya contre la coiffeuse, tandis qu'il réduisait peu à peu la distance qui les séparait.

— J'espère que cela ne t'empêche pas de vivre, ajouta-t-elle avec fiel.

Il s'arrêta à deux pas.

— Oh, je m'en accommode. Si tu le peux aussi...

Sans lui laisser le temps de comprendre le sens de ses paroles, il fit passer sa chemise par-dessus sa tête. Le sang de Laura ne fit qu'un tour. Son regard se fixa sur le torse nu. Ample, bronzé, musclé et couvert d'un léger duvet brun. Le souvenir des caresses partagées, de leurs brûlantes étreintes, lui noua l'estomac. Puis elle la vit. Une cicatrice irrégulière, bien visible sous l'emplacement du cœur. Elle s'immobilisa, pétrifiée d'effroi. Deux centimètres plus haut, il serait probablement mort.

— Mais ceci a bien failli m'empêcher de vivre, déclara-t-il avec gravité.

Un muscle de sa mâchoire carrée se crispa.

— Maintenant, reprit-il, puisque nous en sommes aux révélations, si tu me parlais du type qui m'a fait cadeau de cette balle sous tes yeux ? Celui avec lequel tu as disparu pendant que je me vidais de mon sang.

Ses doigts glissèrent doucement sur la cicatrice, mais la douceur avait déserté sa voix et son visage.

Déchirée par la peur, le remords et l'affliction, Laura parvint néanmoins à conserver son calme. Elle devait se jeter à l'eau, dire ce qui devait être dit, et ce dans leur intérêt commun. Comment pouvait-il s'imaginer qu'elle l'avait délibérément laissé mourir ?

— C'est ma faute s'il a fait feu sur toi.

Les mots avaient jailli, précipités. Les sourcils de Nick se relevèrent.

— Pas un jour n'a passé sans que je ne souhaite revivre ce moment et empêcher cela, poursuivit-elle courageusement. Mais je te le jure, Nick. Je ne suis pas partie avec lui. Il a voulu me tuer, moi aussi.

Nick la regarda, une lueur de méfiance dans les yeux.

— Mais tu l'as reconnu, Laura. Tu le connaissais, je l'ai vu dans ton regard.

D'une main tremblante, elle ramena en arrière sa chevelure encore humide. Seigneur, comment parvenir à tout lui expliquer ?

— Ecoute, commença-t-elle d'une voix lasse. J'admets avoir eu quelques problèmes à la fac... James Ed ne t'a pas menti sur ce point. Mais je sais pourquoi, maintenant : j'étais prête à tout pour qu'il s'occupe de moi.

Elle ferma les yeux.

— J'avais besoin de lui, et il n'était jamais disponible. Sa seule préoccupation était de m'éloigner de lui.

Pendant quelques instants, elle regarda ses pieds, gênée. Enfin, elle se jeta à l'eau :

— Quand j'ai obtenu mon diplôme et que je suis rentrée à la maison, il n'a rien trouvé de mieux pour se débarrasser de moi que de vouloir me faire épouser Rafe Manning.

Elle perçut l'effet causé par le rappel de ce nom sur Nick. Ressentait-il encore quelque chose pour elle ? Elle n'osait l'espérer.

— Mais tu as refusé.

Elle acquiesça.

— James Ed l'a très mal pris. Et je me suis comportée en parfaite idiote, je le reconnais. Mais je ne suis responsable ni de l'accident de voiture, ni du reste.

Elle plongea son regard sincère dans celui de Nick.

— J'ai eu beau lui expliquer que les freins avaient lâché, il n'a rien voulu savoir.

Nick attrapa sa main et caressa du pouce la cicatrice sur son poignet.

— Et ceci ?

Laura libéra sa main, avant de baisser les yeux sur la marque blanche.

— Tout ce dont je me souviens, c'est que je revenais d'une soirée. Mon frère et moi nous étions disputés avant que je ne m'y rende, et je suppose que j'ai dû boire plus que de raison. De retour à la maison, je me suis effondrée sur mon lit. Le lendemain, je me réveillais dans un hôpital en section des suicidaires.

— Tu n'as donc aucune idée de ce qui est réellement arrivé.

— Je sais simplement que je n'ai rien fait, soupira-t-elle. J'étais ivre morte. D'ailleurs, je n'avais aucune raison de vouloir mettre fin à mes jours.

Nick considéra un moment ses paroles, avant de poursuivre :

— Parle-moi de cet homme qui a tiré sur moi.

Laura tenta, en vain, de lire dans ses yeux. Croyait-il ne fût-ce qu'une partie de ce qu'elle venait de lui confier ? Croirait-il ce qu'elle s'apprêtait à lui dire ? Le plus simple était encore de lui livrer la vérité telle quelle.

— Je l'ai aperçu à deux ou trois reprises dans le cabinet privé de James Ed.

Les poings de Nick se serrèrent.

— Tu sais donc qui il est.

— Je ne le connais pas. Je l'ai seulement vu…

— Réfléchis bien à ce que tu vas dire, Laura. J'en sais plus que tu ne le penses.

Une tension émanait de son regard et sa voix trahissait une rage froide, vengeresse. Elle secoua la tête, déconcertée.

116

— Que vas-tu imaginer ? Je ne le connaissais pas à l'époque, je n'en sais pas davantage aujourd'hui.

— J'ai tout entendu, objecta-t-il d'un ton grinçant.

— Tout quoi ? s'étonna-t-elle, stupéfaite. Je ne comprends pas ce que tu veux dire.

Nick lui opposa un sourire glacial.

— Oh ! Tu es excellente, Laura. Trop, peut-être…

— Mais de quoi parles-tu ?

— Avant que je ne perde connaissance, répondit-il, cet homme a déclaré que tu n'avais plus besoin de moi. Que c'était entre toi et lui, désormais. Je l'ai clairement entendu, et tu ne l'as pas contredit. Ne viens pas le nier maintenant.

Fronçant les sourcils, Laura tenta de se souvenir. Elle avait crié à l'homme quelque chose comme : « Pourquoi avoir tiré sur lui ? » après le coup de feu. C'est alors qu'il avait dit… Oh, mon Dieu, elle se le rappelait à présent !

Nick dardait toujours sur elle un regard accusateur.

— Il ne fallait pas l'entendre dans ce sens-là, expliqua-t-elle. Ce qu'il voulait dire, c'est qu'il m'avait enfin là où il le souhaitait, c'est-à-dire à sa merci.

— Tu espères me faire avaler cela ?

— C'est la vérité, Nick. Je te le jure ! Avant cela, Je n'avais jamais vu cet homme de ma vie, sauf dans le cabinet de James Ed… C'est là le cœur du problème : mon frère voulait me voir morte !

— Tu n'as donc pas suivi le tueur de ton plein gré ?

Laura se figea, stupéfaite. Pourquoi refusait-il aussi obstinément de la croire ?

— Comment peux-tu penser que j'aie pu partir avec lui en te laissant agoniser ? Il m'a traînée de force jusqu'à la berge du fleuve, où il a essayé de me tuer. Il voulait que ma mort ressemble à un suicide.

Le visage de Nick demeura inexpressif. Elle était décontenancée. Comment le convaincre de sa bonne foi ?

— L'orage se déchaînait, reprit-elle. Il a perdu l'équilibre, nous avons tous deux basculé en contrebas. Sa tête a alors heurté un rocher et il a roulé dans le fleuve. Quand j'ai vu qu'il ne refaisait pas surface, je me suis enfuie. Le lendemain, je me suis réveillée à plusieurs kilomètres de là, totalement perdue. Il m'a fallu deux jours pour parvenir à sortir de la forêt.

— Mais tu n'es jamais revenue. Tu n'as jamais averti personne que tu étais toujours en vie, accusa-t-il.

Les épaules de Laura s'affaissèrent.

— Je te croyais mort, et je savais que mon frère cherchait à me tuer. Pourquoi revenir dans ces circonstances ?

— Mais ensuite, lorsque tu as appris que je n'étais pas mort ? Pourquoi ne pas m'avoir contacté ? J'aurais pu te venir en aide.

Elle hésita, incertaine. Il s'agissait ici de jouer serré. Elle ne pouvait se permettre de lui laisser découvrir la vérité sur Robbie.

— Tu travaillais pour James Ed. Je savais que tu me ramènerais chez lui… Et c'est exactement ce que tu as fait.

Nick garda le silence quelques instants, ses yeux verts toujours rivés dans les siens. Quelque chose qu'elle ne put déchiffrer traversa brièvement son regard.

— Même après ce que nous avions partagé, tu n'avais pas confiance en moi ?

— Et toi, avais-tu confiance en moi ? Notre relation est née de notre promiscuité, de ton désir de me protéger. Je…

Elle déglutit avec difficulté.

— J'avais tant besoin de toi ! Mais comment pouvais-je savoir s'il m'était possible de t'accorder ma confiance ?

— C'est vrai. Tu ne le pouvais pas, admit-il après une longue hésitation.

Aussitôt, il changea de sujet :

— Mais il est tard. Tu ferais mieux de te reposer un peu. Je vérifierai les portes et les fenêtres, ensuite je jetterai un coup d'œil à l'alarme. Le problème doit être lié à un contact défectueux.

Sa chemise à la main, il lui tourna le dos et se dirigea vers la porte.

Laura oscillait entre soulagement et déception, face à sa volonté de couper court à la conversation. Il avait reconnu ce qu'elle savait déjà. Deux ans plus tôt, les choses s'étaient passées si vite qu'ils n'avaient pas eu le temps de se connaître. La faute n'en incombait ni à l'un, ni à l'autre, et il en allait de même aujourd'hui. Simplement, le destin les avait réunis, puis séparés. Les yeux fermés, elle prit une longue et profonde inspiration. Elle était si lasse. Le sommeil viendrait rapidement... Un frisson la saisit soudain. Et si quelqu'un s'introduisait de nouveau dans la maison ? Trouver le sommeil ne serait peut-être pas aussi simple. Le système d'alarme était loin d'être dissuasif, et Nick ne pouvait être partout à la fois.

La main sur le bouton de porte, il se tourna vers elle :

— Oh, juste une dernière question.

Laura haussa les sourcils.

— Oui ?

— Quel âge a ton bébé ?

Il lui sembla que ses forces se vidaient d'un seul coup.

— Pourquoi me demandes-tu cela ? parvint-elle à répondre d'une voix neutre.

— Y a-t-il quelque chose que je devrais savoir à son sujet ?

Elle savait exactement ce que signifiait sa question : « Cet enfant est-il le mien ? »

— Non.

L'expression de Nick se modifia imperceptiblement.

— Non, rien, reprit-elle, les yeux gonflés de larmes. Sauf que je dois le retrouver.

Elle se mordit la lèvre inférieure.

— S'il lui arrivait quelque chose, j'en mourrais.

Nick détourna le regard.

— Dors. Nous reparlerons de tout cela demain matin.

Elle le regarda s'en aller. Oh, Dieu ! Pourquoi ne lui disait-elle pas simplement la vérité ?

Parce qu'elle ne pouvait vivre sans son fils. Et si Nick apprenait la vérité, il lui enlèverait Robbie. Ne la considérait-on pas comme mentalement perturbée ? Et elle se trouvait dans l'incapacité de prouver le contraire. Quant au dernier épisode de la soirée, il n'avait fait qu'ajouter de l'huile sur le feu. Au souvenir des mains qui la maintenaient sous l'eau, un violent tremblement la parcourut.

Comment fermer les yeux, maintenant, sachant que le tueur rôdait ?

En proie à une soudaine panique, Laura se précipita vers les fenêtres pour en vérifier les fermetures, avant de se faufiler entre les draps, l'oreiller serré contre sa poitrine.

Pas question de baisser sa garde cette nuit, quand bien même Nick dormait dans la chambre voisine.

Tout ce qu'elle avait à faire était de rester éveillée…

7.

Un sourire attendri sur les lèvres, Elsa regardait le petit garçon avaler une nouvelle cuillerée de purée de carottes. Comment croire qu'un tel ange ait pu souffrir de négligences ? Elle fronça les sourcils. L'unique raison justifiant la présence ici d'un bébé aussi sain, aussi adorable était… la mort de la mère.

Elle s'immobilisa, la cuillère suspendue en l'air. Si les deux parents étaient morts, que signifiait cette histoire d'abandon ? L'enfant protesta bruyamment et gesticula de ses petits poings. Elsa se reprocha d'avoir laissé son esprit dériver.

— Oui, oui, mon bébé… Un peu de patience, murmura-t-elle, tout en lui enfournant une nouvelle cuillerée dans la bouche. Je ne suis qu'une vieille femme, pas assez rapide avec un petit ogre tel que toi !

L'enfant babilla aussitôt de plaisir.

Elle fronça de nouveau les sourcils. Ce n'était pas normal. Durant ses longues années de service ici, elle n'avait jamais rien vu de tel. Peut-être serait-il avisé de jeter un discret coup d'œil à sa fiche. En l'absence de la directrice, la journée du surlendemain s'y prêtait à merveille.

Sa résolution prise, elle hocha la tête. Oui, c'était ce qu'elle ferait. Du moins aurait-elle l'esprit en paix.

Laura se réveilla en sursaut. La lumière du soleil filtrait dans la chambre par les volets entrouverts. Elle se frotta les yeux et rassembla ses esprits. Elle avait finalement succombé et dormi quelques heures. Des bribes de rêves flottaient encore devant ses yeux : Robbie souriant, jouant avec sa nourriture... Une douce chaleur l'envahit. Fallait-il y voir un signe du destin ?

On frappa plusieurs petits coups secs à la porte.

— Laura ! Tu es réveillée ? Dans trois secondes, j'entre.

Voilà donc ce qui l'avait arrachée au sommeil. Bondissant hors du lit, elle courut vers la porte. Elle trouverait aujourd'hui le moyen de prouver à Nick l'existence de Robbie. Peut-être consentirait-il alors à l'aider sérieusement. Dans le cas contraire, elle agirait seule.

Sa main n'avait pas encore touché la poignée que la porte s'ouvrait sur Nick. Son expression sinistre se passait de tout commentaire. Il devait avoir pris à la lettre sa menace de s'éclipser.

Bizarrement, ce constat ravit Laura.

— Bonjour, lança-t-elle, d'un ton excessivement jovial.

Nick inspecta brièvement la pièce, avant de la dévisager de son œil suspicieux.

— Qu'a-t-il de si bon, ce jour ? grommela-t-il.

Seigneur, pourquoi était-il si beau ? Ecartant d'une main une mèche de cheveux, Laura contempla l'admirable plastique de son visage. Elle pinça aussitôt les lèvres. Quelle image lui présentait-elle, les cheveux hirsutes, les vêtements fripés, et sans maquillage ? Nick, lui, lui offrait un tout autre spectacle. Un parfait cliché sur papier glacé. Pas une mèche de travers. Comme s'il attachait la plus grande importance à son apparence. Mais ce n'était pas le cas, elle le savait. Son élégance était naturelle. C'était également vrai de sa manière de faire l'amour.

Avec plénitude, sans précipitation… La bouche de Laura devint sèche. Elle chassa vite ces fantasmes malvenus.

— Nous sommes vivants, observa-t-elle. Ce que je considère comme indéniablement *bon*. Qui sait, peut-être retrouverai-je mon fils aujourd'hui.

— Il y a du café dans la cuisine, annonça-t-il d'un ton indifférent. Nous avons une conversation à terminer.

— D'accord, répondit-elle, tout aussi impassible. Donne-moi cinq minutes pour me changer.

C'était aujourd'hui sa dernière chance, lui rappela la Laura qui désirait si fort croire en lui. S'il ne l'aidait pas aujourd'hui…

Nick la détailla de la tête aux pied d'un regard impudique. Mais ses yeux reprirent leur éclat mat lorsqu'ils croisèrent les siens.

— Cinq minutes, pas plus. Bon nombre de questions attendent une réponse.

Péremptoire et sûr de lui, il lui tourna le dos et sortit.

Soulagée, Laura referma la porte en soupirant. Les hommes… Elle ne les comprendrait jamais. La victime, c'était pourtant elle ! On avait encore cherché à la tuer. Pourquoi Nick ne la croyait-il pas ?

James Ed… Les bras croisés sur la poitrine, Laura repensa à son frère, et à tout ce qu'il lui avait infligé. Il lui avait volé sa vie, son enfant et l'homme qu'elle aimait. Pourquoi ? Elle secoua la tête de dégoût. L'argent, bien sûr. Uniquement pour l'argent.

Maudit soit-il !

L'heure était peut-être venue d'emprunter ses armes. James Ed n'était pas le seul à pouvoir se monter retors. Elle serra les dents si fort que sa mâchoire lui fit mal. Oui, elle était prête à tout pour récupérer son fils.

123

Sept minutes plus tard, elle entrait dans la cuisine, vêtue d'un jean moulant sur lequel elle avait enfilé un immense pull rose. Ses cheveux étaient ramenés haut sur la nuque en queue-de-cheval, et son visage fraîchement lavé rayonnait d'espoir. Le cœur de Nick se contracta, et il dut se faire violence pour ne pas la prendre dans ses bras. Cet élan indomptable l'agaça, et il s'agita sur sa chaise. Elle n'était pas là depuis trente secondes que, déjà, son corps réagissait…

Laura glissa une tranche dans le grille-pain. Tout en sirotant son café, Nick suivit des yeux ses mouvements gracieux et assurés. Les effets du sédatif semblaient à présent tout à fait dissipés. Parfait. Cela faciliterait l'entretien. A moins, bien sûr, qu'elle ne cédât à son tempérament impulsif. Il posa sa tasse et ouvrit la bouche pour parler, mais les mots se bloquèrent immédiatement dans sa gorge : la jeune femme venait de se pencher vers l'intérieur du réfrigérateur, lui offrant une vue imprenable sur sa ravissante chute de reins.

Détournant le regard, il se passa une main sur le visage.

— Ravi de constater que tu as retrouvé l'appétit, dit-il.

— Je viens juste de me rendre compte que je mourais de faim.

Une bouteille de lait dans une main et un pot de confiture dans l'autre, Laura referma la porte derrière elle d'un gracieux mouvement de hanche.

— Je ne me souviens pas à quand remonte mon dernier repas, observa-t-elle avec un sourire mystérieux. Mais j'ai bien l'intention de combler ce retard. Enfin, en partie…

Pleine de vitalité, elle entreprit de tartiner son pain grillé de confiture.

— Cet homme, commença Nick. A-t-il expressément reconnu avoir été payé par James Ed pour te tuer ?

Il avait tourné et retourné des dizaines de fois leur conversation dans sa tête depuis la veille, et les mêmes questions lui étaient sans cesse revenues à l'esprit. Des questions qui exigeaient des réponses que seule Laura pouvait lui fournir. Une moitié de la nuit avait été consacrée à échafauder des scénarios, l'autre à lutter contre une féroce envie de la rejoindre dans son lit. Mais quand bien même elle l'y eût invité — ce qu'il n'avait osé espérer — il s'y serait refusé. Dans cette affaire, il devait demeurer objectif, rester sur son quant-à-soi. C'était le seul moyen de protéger Laura, et de connaître enfin le dessous des cartes.

Elle reposa son couteau sur le comptoir et fronça les sourcils, songeuse.

— Non, soupira-t-elle. Du moins, pas en ces termes. Mais quand je lui ai demandé pourquoi il faisait cela, il m'a répondu : « Pour l'argent, bien sûr. »

Haussant les épaules, elle le regarda droit dans les yeux.

— A qui ma mort peut-elle profiter, sinon à lui ?

— Ecoute, Laura. J'ai vérifié sa situation financière. S'il a rencontré quelques difficultés avant les élections d'il y a deux ans, il s'est refait une santé depuis. Tous les politiciens traversent des moments difficiles en périodes électorales. De toute façon, James Ed n'avait certainement pas besoin d'argent au point de vouloir assassiner quelqu'un.

Laura repoussa son assiette sur la table et se laissa tomber sur sa chaise.

— S'il n'était pas payé par mon frère, pourquoi cet homme aurait-il cherché à me supprimer ?

— Peut-être s'agissait-il d'une tentative avortée de kidnapping. C'était d'ailleurs la théorie de la police, à l'époque.

— Non, dit-elle en secouant la tête. Il était décidé à m'assassiner là, sur-le-champ. On ne demande pas une rançon en sacrifiant, dans le même temps, sa monnaie d'échange.

Certes. Elle marquait un point. S'il avait pu se rappeler la physionomie du tueur, ce dernier aurait peut-être été arrêté depuis longtemps, de même que ses éventuels complices. Mais il s'en était fallu de peu qu'il ne succombât à sa blessure et aux opérations qui avaient suivi. Il ne se souvenait de rien, à l'exception de quelques bribes de phrases. Aux dires de Laura, l'homme était mort, emportant avec lui son secret, le pourquoi de son geste.

Nick inspira profondément pour refouler la rage que réveillait en lui l'évocation de ces événements.

— Qui sait si ce n'était pas un détraqué ? Peut-être visait-il James Ed à travers toi…

Laura émit un petit rire caustique.

— Tu refuses d'admettre que mon frère ait pu tirer les ficelles de cette sinistre comédie, n'est-ce pas ? Pour se débarrasser de moi, il a voulu me marier contre mon gré, puis il a tenté de me faire passer pour une déséquilibrée. Voyant qu'il ne parvenait toujours pas à ses fins, il a utilisé les grands moyens et engagé un tueur. Réfléchis, Nick…

Le visage de celui-ci demeura impassible.

— Dix millions de dollars ! reprit-elle en détachant ses mots. Voilà de quoi motiver n'importe qui. Si le jour de mon vingt cinquième anniversaire je suis soit mariée, soit considérée comme irresponsable, soit morte, alors mon cher grand frère aura la haute main sur cet héritage. Peu m'importent les résultats de tes investigations, il veut cet argent, je le sais.

Elle se renversa sur sa chaise.

— Et il le veut plus que jamais… Si, du reste, il n'est pas déjà en sa possession.

Nick secoua la tête, perplexe.

— Pourquoi ferait-il cela ? Il est assez riche.

— Est-on jamais assez riche ?

Non, décidément, le portrait que Laura faisait de son frère ne correspondait pas avec ce que Nick savait de lui. James Ed avait montré un véritable chagrin après la disparition de sa sœur, et sa joie de la retrouver n'avait pas été feinte. Même un aveugle ne s'y serait pas trompé.

— Je ne suis pas convaincu, bougonna-t-il.

— Que puis-je dire pour que tu le sois ? soupira-t-elle. Je sais pourtant que j'ai raison. James Ed a ensuite découvert l'existence de mon fils et me l'a enlevé. Et il sait que tant que je garde l'espoir de retrouver Robbie, je ne m'en irai pas.

Son regard brilla soudain d'un éclat mystérieux, comme si quelque chose la hantait.

— Comment m'enfuir, puisqu'il tient mon cœur entre ses mains ?

Touché au plus profond de son être, Nick demeura muet un long moment. Si Laura avait réellement un enfant, alors il l'aiderait à le trouver. Et s'il s'avérait que James Ed se cachait derrière la menace qui pesait sur elle, ce dernier ne vivrait pas assez longtemps pour le regretter.

— Tu devrais manger, conseilla-t-il, voyant qu'elle n'avait pas touché à son toast.

Personne ne lui ferait plus le moindre mal, se jura-t-il.

— Non, répondit-elle. Je sens que tu as encore quelque chose à me demander. Parle, je t'écoute.

Restait en effet pour Nick une énigme de taille.

— Très bien. Comment expliques-tu le rapport de l'hôpital ? Je l'ai eu moi-même sous les yeux.

« Donne-moi une réponse recevable, s'il te plaît », la pria-t-il en silence.

Laura pinça les lèvres, puis cligna des yeux pour réprimer une brusque montée de larmes.

— Je ne comprends pas. Vois-tu, je me suis moi-même demandé si je n'étais pas folle, si je n'avais pas imaginé ces deux dernières années.

Un léger spasme lui secoua les épaules.

— Peut-être Robbie n'est-il pas réel, reprit-elle. Mais cela, je ne peux même pas l'imaginer. Il existe, Nick. Il est aussi vrai que toi et moi, et je dois le retrouver. Par tous les moyens.

Elle inspira à fond et releva la tête.

— Je ne peux pas vivre sans lui. Il est tout ce que je possède en ce bas monde. Peux-tu comprendre cela ?

De longues minutes s'écoulèrent, dans un silence et une tension tels que seuls les anciens amants connaissent.

— Prouve-le, dit-il d'une voix douce. J'ai besoin d'éléments solides, Laura.

— D'accord, répondit-elle, les lèvres tremblantes. Nous devons aller à la clinique où il est né. Ils ont forcément des archives. Cela pourra-t-il satisfaire Monsieur ?

— Tout à fait.

— Bien, dit-elle en se levant. Nous ferions mieux de nous y rendre tout de suite. Cette clinique se trouve à une bonne demi-journée de route d'ici.

— Je veux d'abord que tu manges, ordonna-t-il. Nous partirons ensuite.

Il la fixa gentiment mais sévèrement, jusqu'à ce qu'elle se laisse aller contre le dossier de sa chaise, signant ainsi sa reddition. Une larme solitaire s'écoula lentement sur le satin de sa joue.

— Montre-moi un simple début de preuve, dit-il. Et je te promets de remuer ciel et terre pour retrouver ton enfant.

« Bienvenue à Pleasant Ridge », annonçait le panneau.

Le cœur de Laura s'emballa, tandis qu'ils pénétraient dans la petite ville d'Alabama où Robbie était né. Dans quelques minutes, elle tiendrait enfin la preuve qu'il lui fallait. Ensuite, Nick l'aiderait à trouver son enfant. Elle essuya une larme de soulagement. « Tiens bon, ma fille. Tu le retrouveras. Nick ne te laissera pas tomber. Il te l'a promis. »

Elle se tourna, étudiant le profil viril de l'homme assis derrière le volant. Deux ans plus tôt, elle avait vécu un véritable coup de foudre. Depuis lors, elle n'avait cessé de l'aimer. Un sourire se dessina malgré elle sur ses lèvres. Une intense confusion régissait alors sa vie, entre les basses manœuvres électorales, l'étrange attitude de James Ed à son égard et les tentatives de meurtre dirigées contre elle. Nick avait alors fait son apparition, prenant le contrôle de sa vie et de son cœur. D'abord, elle s'était rebellée : encore un homme qui lui dictait sa conduite, avait-elle pensé, et qui ne la croirait jamais. Mais très vite, elle s'était rendu compte de son erreur. Nick lui avait témoigné tant d'égards, tant d'intérêt, qu'elle avait décidé de lui faire confiance.

Mais rien ne l'avait préparée à la manière dont il lui avait fait l'amour. Pour sa seconde expérience sexuelle, et malgré la façon dont elle s'était laissé chavirer, elle n'avait pas su se montrer à la hauteur. Elle frissonna en songeant à la facilité avec laquelle, par de simples caresses et de simples baisers, il avait révélé en elle la femme qui sommeillait. Et lorsque ensuite il avait pénétré son ventre chaud, rien n'avait plus existé que les trésors de volupté qu'il lui prodiguait.

Les heures s'étaient fondues en une longue nuit d'amour et de passion. C'est alors que cet individu, cet assassin, s'était introduit dans la chambre, sans rencontrer d'obstacle, pour briser cette vie qu'elle aurait dû partager avec Nick.

Laura crispa la main sur l'accoudoir de la portière et ferma les yeux. Son cœur battait de plus en plus fort à mesure que défilaient ses souvenirs. Nick l'avait fait passer derrière lui pour la protéger. Dépourvu de son arme, il avait néanmoins regardé la mort en face sans hésiter.

L'écho du coup de feu résonnait encore à ses oreilles. Nick s'était effondré. Sans lui laisser le temps de lui porter assistance, l'homme l'avait aussitôt saisie par le bras. Il lui avait ensuite placé de force le petit revolver dans la main, et avait laissé tomber l'arme à proximité de l'endroit où son amant se vidait peu à peu de son sang. Choquée, Laura n'avait pas compris tout de suite que l'homme lui faisait endosser son geste.

Elle secoua la tête pour chasser les vieux démons. En vain.

Toujours conscient, Nick avait retrouvé son portable dans un repli du drap glissé au sol, et composé le 911. Un miracle, qu'il y soit parvenu avant de sombrer dans le coma. Laura avait lu le compte rendu de l'affaire dans la presse. Elle-même y était signalée comme disparue, voire morte. Pas assez morte, cependant, au goût de son frère… Si tout le monde la considérait comme telle, pourquoi James Ed ne s'en était-il pas satisfait ? Sa sœur disparue, le legs lui revenait de droit. Alors pourquoi l'avoir ainsi traquée et ramenée à la maison ?

Peut-être, supposa-t-elle, ne pouvait-il disposer de l'agent en l'absence d'un corps. A moins qu'il ait eu peur qu'elle ne réapparût avant le jour de ses vingt cinq ans pour revendiquer sa part.

Laura reporta son attention sur son compagnon. Si elle ne parvenait pas à prouver très vite sa bonne foi, son sort serait scellé. Car Nick la ramènerait à James Ed.

Qu'adviendrait-il alors de Robbie ?

— C'est ici ?

Elle sursauta. Nick venait de garer la voiture, et la regardait avec attention. Trop d'attention… Jetant un bref coup d'œil à l'immeuble, elle hocha la tête.

— Oui, c'est ici.

Pleasant Ridge Medical Clinic. La raison sociale de l'établissement s'affichait en lettres dorées sur la double porte vitrée.

Pour autant qu'elle pouvait en juger, rien n'avait vraiment changé depuis son accouchement, et la clinique était toujours ouverte le dimanche. Plusieurs autres véhicules stationnaient dans le parking, mais c'était habituel, ici. Les gens venaient de tout le comté pour bénéficier de soins à prix réduits, voire, dans certains cas, gratuits. Pour sa part, Laura n'avait eu qu'à se féliciter de la qualité des services.

— Quel nom as-tu donné ?

Elle se tourna vers lui, hésitante. Trouverait-il son choix suspect ? Le sort en était jeté. Il lui fallait à tout prix consulter son dossier.

— Forester, répondit-elle nerveusement. Rhonda Forester, et...

Son cœur s'arrêta un instant de battre. Le nom complet de son fils était Robert Nicholas Forester.

— Et j'ai prénommé mon enfant Robert.

— Laisse-moi faire, commanda-t-il en sortant du véhicule. Et n'ouvre la bouche que si je te le demande.

Laura acquiesça d'un signe de tête et descendit à son tour. Tant pis si Nick découvrait ce qu'elle voulait tant lui cacher. Elle ne pouvait plus reculer. Quant aux éventuelles questions gênantes de Nick, elle s'en aviserait plus tard. Pour le moment, seul importait de prouver l'existence de Robbie. Elle croisa les bras sur ses épaules en frissonnant. Dans sa précipitation, elle avait oublié de prendre une veste.

Tandis que Nick lui maintenait la porte ouverte, leurs regards se croisèrent une dernière fois avant l'assaut. Prenant son courage à deux mains, elle s'avança jusqu'au bureau vitré de la réception, et attendit que l'employée levât les yeux de son travail.

— Bonjour, madame. Que puis-je pour vous ?

Elle était nouvelle, observa Laura. La précédente était également blonde, mais un peu plus âgée.

— Un simple renseignement, intervint Nick, le sourire aguicheur.

Le regard de la réceptionniste — Jill, lisait-on sur son badge — se fit aussitôt langoureux.

— A votre service, monsieur. De quoi s'agit-il ?

Laura détourna la tête. Elle n'avait pas besoin d'assister à une séance de badinage, et moins encore de ressentir cette pointe de jalousie. Nick produisait-il le même effet sur toutes les femmes ?

Nick sortit sa carte de l'Agence Colby et la présenta.

— Nick Foster, de Chicago, annonça-t-il, je suis détective privé.

Jill en était tout impressionnée, remarqua Laura en jetant un discret coup d'œil de son côté.

— J'enquête sur un rapt d'enfant.

— Oh, mon Dieu ! s'exclama la jeune femme. Comment puis-je vous aider ?

— Le bébé, un petit garçon, est né ici le...

Il se tourna vers Laura.

— Le 6 août de l'année dernière, précisa-t-elle, priant pour qu'il ne se mît pas à compter.

Le regard de Jill passa de Laura à Nick, intrigué.

— Le dossier relatif à cette naissance nous serait d'un immense secours, ajouta-t-il.

— C'est que... nos documents sont confidentiels, répondit l'employée, gagnée par une soudaine prudence.

Nick la gratifia de son sourire le plus rassurant.

— Je n'ai pas besoin de consulter vos archives. Il me faut simplement vérifier la date de la naissance, le sexe de l'enfant, et son état de santé lorsqu'il a quitté la clinique. Son nom est Robert Forester ; prénom de la mère, Rhonda.

Jill réfléchit quelques instants.

— Je ne vois rien de mal à cela...

— Il vous est parfaitement légal de répondre à ces questions, ajouta Nick de sa voix la plus professionnelle. Je suis persuadé que vous préférez le faire ici, simplement, plutôt que d'être amenée à déposer devant un tribunal.

La jeune femme écarquilla les yeux.

— Donnez-moi juste une minute.

— Prenez votre temps.

Laura sentit le regard de Nick se poser sur elle et la dévisager. Que pensait-il donc ? Se livrait-il à un calcul mental pour déterminer la date de la conception de Robbie ? Les lèvres serrées, elle concentra son attention sur la réceptionniste, penchée sur les dossiers rangés dans une armoire métallique. Maintenant, Nick saurait que Robbie n'était pas un fantasme. Qu'elle avait un enfant. Que James Ed mentait. Que le rapport de l'hôpital de Louisiane était un faux.

— Vous êtes sûr du nom ? demanda Jill sans se retourner.

Nick interrogea Laura du regard. Elle confirma d'un bref hochement de tête. Son sang se figea dans ses veines. Non, le dossier devait être là !

La jeune femme secoua la tête et revint vers eux.

— Navrée de vous décevoir, mais je n'ai trouvé ni Robert, ni Rhonda Forester dans nos fiches. Etes-vous certain du nom ?

— C'est impossible, protesta Laura, partagée entre peur et colère. L'obstétricien de service était le Dr Nader. La fiche doit obligatoirement s'y trouver.

— Je suis désolée. J'ai vérifié plusieurs fois mais je n'ai vu aucun Forester.

— Où puis-je trouver le Dr Nader ?

Le regard de l'employée se posa un instant sur Nick, puis revint sur Laura.

133

— Je ne suis ici que depuis six mois. Le Dr Nader a quitté la clinique avant mon arrivée. Je crois qu'il est allé s'installer quelque part dans l'Est.

Laura secoua la tête.

— C'est impossible, répéta-t-elle. Le dossier doit être là.

— Je suis vraiment navrée, madame, mais je ne peux vous donner ce que je n'ai pas. Pourquoi n'iriez-vous pas vérifier au registre d'état civil de l'Etat ? Toutes les naissances y sont enregistrées.

— Mais…

— Partons, Laura, coupa Nick, la saisissant par le bras. Merci, mademoiselle.

— Non ! protesta-t-elle en tentant de se libérer. Elle a dû se tromper !

Un sentiment mêlé d'incompréhension et de frustration lui étreignait l'estomac.

Nick la toisa d'un œil autoritaire.

— Allons, viens.

Saisie de tremblements convulsifs, Laura se plia finalement à sa volonté. Avait-elle le choix ? L'abattement l'envahit. Comment prouver ses dires, désormais ?

— Attendez !

Nick pivota vers la réceptionniste, entraînant Laura dans son mouvement.

— J'allais oublier, expliqua Jill. Peu de temps après mon arrivée à la clinique, nous avons été victime d'un cambriolage. Plusieurs dossiers ont été volés.

— Plusieurs ?

— Je ne saurais vous dire lesquels, répondit-elle en fronçant les sourcils. Mais le plus bizarre, c'est que notre fichier informatique a également été effacé de l'ordinateur.

— Aucun vol de médicaments ?

— Non. Aucun.

134

Nick pesta entre ses dents, en regardant Laura se précipiter vers la voiture. Il la suivit d'un pas tranquille, prenant le temps de bien l'observer. Combien de temps tiendrait-elle encore avant de craquer ? Sa longue chevelure blonde voltigeait sur ses épaules dans le vent glacé, tandis qu'elle s'affaissait contre la portière du véhicule.

Ce qui s'était produit à la clinique était tout sauf une coïncidence, songea-t-il, écoutant la voix de son instinct. De toute évidence, le cambriolage n'était qu'une diversion. Si Laura avait un fils, pourquoi cherchait-on à en dissimuler l'existence ? Et si James Ed avait quelque chose à y voir, comme sa sœur semblait en être persuadée, quelle différence cela faisait-il ? Décidément, rien n'allait dans ce tableau.

Il avait grand besoin d'éléments nouveaux. Si seulement Ian pouvait appeler… Il lui fallait quelque chose, un indice, même minime, pour relancer l'investigation. Mais la protection rapprochée de Laura était incompatible avec un travail d'enquête méticuleux. Ian Michaels, cependant, excellait dans l'art de débusquer les plus menus détails.

Pour le moment, ceux-ci lui faisaient cruellement défaut. Comment pouvait-il aider Laura s'il se trouvait dans l'incapacité de discerner la réalité de la fiction ? Une chose était certaine, néanmoins : quelqu'un cherchait par tous les moyens à lui faire perdre la raison. Et il était déterminé à empêcher cela.

Il s'arrêta devant elle.

— Nous ferions mieux de rentrer, observa-t-il d'une voix calme.

— C'est lui, déclara-t-elle avec une certaine arrogance. J'ignore comment, mais je sais que c'est lui.

Nick n'était pas dupe de la douleur que trahissait son regard, malgré son air de défi. Il tenta de respirer à fond, mais un étau lui comprimait les poumons. Assister, impuissant, au spec-

135

tacle de sa détresse, le mettait au supplice. Mais que faire, en l'absence de preuve ?

— Nous débrouillerons cette affaire, Laura, affirma-t-il avec conviction.

Elle hocha la tête et ravala ses larmes.

— Il a gagné, répondit-elle, un sanglot dans la voix. Ecoute, Nick... J'ai...

Elle déglutit avec difficulté, puis s'essuya les joues d'un revers de la main.

— J'ai pris une décision. Je veux que tu me ramènes à Jackson. Chez mon frère. Peut-être qu'ayant obtenu ce qu'il désire, il ne s'en prendra pas à Robbie.

Elle fouilla quelques instants son regard, avant de poursuivre :

— Je veux juste que tu me fasses une promesse...

Un flot d'émotions violentes arrêta soudain les mots dans sa gorge. Silencieux mais le cœur à l'agonie, Nick attendit qu'elle se reprenne.

— Quelle que soit la manière dont les choses se passeront là-bas, et quoi que l'on puisse t'affirmer, je veux... que tu retrouves mon fils et que tu en prennes soin.

Sa résolution s'effondra sur-le-champ. La prenant entre ses bras, il la serra contre lui, incapable de prononcer la moindre parole. Les bras de Laura se refermèrent derrière son cou. Les yeux fermés, Nick savoura la douceur de son contact et la délicatesse de son parfum. En cette seconde, il eût donné sa vie pour lui redonner un peu de bonheur.

— Nick.

Il rouvrit les yeux, puis s'écarta afin de mieux la regarder.

— Promets-le, murmura-t-elle. Promets-moi de le retrouver.

Ses lèvres n'étaient qu'à quelques centimètres des siennes. Si douces, si tristes. Il secoua très lentement la tête.

— Je ne te reconduirai pas là-bas sans avoir la certitude que tu y seras en sécurité, répondit-il d'une voix rauque.

Un voile assombrit le regard de Laura.

— Mais tu les laisseras me faire interner, n'est-ce pas ?

Incapable de résister davantage, il caressa du bout des doigts sa joue mouillée de larmes.

— Personne ne te fera quoi que ce soit tant que je n'aurai pas obtenu certaines réponses.

Tandis qu'elle scrutait son regard, une expression différente apparut sur son visage.

— Tu me touches, murmura-t-elle...

Les doigts de Nick s'immobilisèrent à la base de son cou.

— Veux-tu que j'arrête ? demanda-t-il, cherchant au fond de ses yeux bleus la même étincelle de désir que celle qui embrasait ses sens.

Elle s'humecta les lèvres, avant d'esquisser un sourire timide.

— Non, je ne veux pas que tu t'arrêtes.

Il pencha alors la tête, et aperçut enfin dans son regard le feu qu'il y cherchait. Lentement, comme si une éternité les séparait encore, ses lèvres vinrent se poser sur les siennes. Comment avait-il pu vivre deux années sans elle ? Le goût de sa bouche était resté le même que dans son souvenir, tiède et sucré. Tout son corps se raidit au réveil de pulsions trop longtemps réprimées. Glissant ses doigts dans les longs cheveux soyeux, il approfondit son baiser. Elle entrouvrit les lèvres, et Nick s'immisça à l'intérieur... Le trafic de la rue, la froid piquant de novembre, tout cela cessait d'exister.

Laura laissa échapper un gémissement.

Un bras sur sa taille, il la pressa contre son membre tendu. Le besoin de lui faire l'amour devenait de plus en plus impérieux. Il devait arrêter. Reprendre le contrôle de lui-même. Il s'écarta, haletant et frustré. Les lèvres de Laura s'ouvrirent tout à fait, offertes, voluptueuses.

Crispant la mâchoire, il recula d'un pas.

— Nous devrions rentrer.

Laura hocha la tête, et ses yeux s'emplirent de nouveau de larmes.

Nick avança sa clé pour déverrouiller la portière, mais elle retint sa main.

— Attends, dit-elle, le souffle court.

— Quoi ?

— Il reste une dernière possibilité, répondit-elle très vite. Je m'étonne même de ne pas y avoir pensé plus tôt.

— Laura, je t'en prie…

Il était soudain ramené de plein pied dans la réalité. Quel idiot ! Il était tombé dans le même vieux piège. Bon sang ! Comment avait-il pu manquer à ce point de perspicacité ? Certes, il avait à présent quelque raison de la croire. Mais cette fois, il ne franchirait pas la ligne rouge. N'avait-il donc pas tiré les leçons de ce qui s'était passé deux ans auparavant ? A l'évidence non. Sinon, il ne l'aurait pas embrassée.

Lui arrachant les clés des mains, Laura ouvrit rapidement sa portière et les lui rendit.

— En route !

Le roi des imbéciles, voilà ce qu'il était ! Il maugréa, contourna la voiture, ouvrit la portière côté chauffeur et s'installa au volant.

— Où va-t-on ? demanda-t-il, tournant un regard noir vers sa passagère.

Un sourire innocent sur les lèvres, celle-ci lui indiqua une direction du doigt.

— Par là. Je t'expliquerai en chemin.

138

8.

Laura contempla d'un œil incrédule la maison vide. Le panneau « A VENDRE » suspendu sous l'avancée du perron croassait dans le vent, tel un oiseau de mauvais augure. Jane Mallory était son dernier espoir.

Les épaules basses, elle ferma les yeux et se mordit l'intérieur des joues. Tout se passait comme si le destin avait une fois pour toutes décidé de son sort. Il ne lui restait personne vers qui se tourner. Robbie et elle avaient déménagé souvent, et ne s'étaient guère montrés en société ; peu de gens étaient à même d'attester son histoire. Et Jane Mallory était son dernier espoir.

— Aurais-tu la gentillesse de m'expliquer ce que nous faisons devant l'entrée d'une maison à vendre ?

Le ton nonchalant sur lequel il avait posé sa question exaspéra Laura.

Elle se tourna vers lui, sous le coup d'une brusque montée d'adrénaline. Même le souvenir de leur récent baiser ne parvenait à atténuer sa colère. Oui, elle reconnaissait volontiers être toujours amoureuse de cet homme. Mais ses airs incrédules de saint Thomas en quête de preuves le rendaient idiot. « Ne sois pas injuste », se reprocha-t-elle aussitôt. Il ne cherchait qu'à rester objectif. A agir pour le mieux. Elle devait se monter patiente.

139

— C'est ici qu'habitait Jane Mallory, expliqua-t-elle avec un soupir. La sage-femme qui a aidé à mon accouchement. J'ai vécu ici avec Robbie pendant les deux semaines qui ont suivi sa naissance.

Les mains dans les poches, Nick contemplait la façade.

— Nous sommes devant une nouvelle impasse, dirait-on.

— Quelle perspicacité ! Tu m'étonneras toujours, Nick Foster.

Un éclair d'irritation brilla au fond de ses yeux verts.

— Qu'attends-tu de moi ? demanda-t-il, avant de passer une main lasse dans ses cheveux. J'explore toutes les pistes que tu me présentes, j'ai obtenu qu'un des meilleurs limiers de l'agence enquête sur ton frère, sur ta belle-sœur et sur toute personne pouvant tirer un quelconque intérêt de ta disparition. Que veux-tu de plus ?

— Je veux que tu me dises que tu me crois, répondit-elle, le regard rivé dans le sien. Que ces impasses ne signifient pas que tout est perdu...

Elle appuya un index sur son torse.

— Je veux que tu me dises que mon fils est en sécurité, et que nous allons le retrouver, sinon aujourd'hui, du moins demain. Voilà ce que j'attends de toi, Nick Foster !

Sa voix se brisa soudain dans un sanglot. Une bise glacée lui fouettait le visage, ajoutant à sa souffrance. Comment pouvait-elle vivre sans son fils ?

— Réponds-moi, pour l'amour du ciel !

C'est alors qu'elle vit clair en lui, et une vague de désespoir l'envahit. Il ne pouvait lui faire une telle promesse.

— Je ne peux pas te donner ce que tu demandes, Laura. Ni aujourd'hui, ni peut-être demain. Mais je continuerai à chercher des réponses, à retourner chaque pierre, jusqu'à ce que nous ayons épuisé toutes les possibilités.

Laura leva les yeux vers le ciel qui s'assombrissait. Pourquoi de telles choses lui arrivaient-elles ? Qu'avait-elle fait pour mériter cela ? Elle se recroquevilla, davantage pour se protéger du froid qui la rongeait de l'intérieur que pour lutter contre la température hivernale. Quelle solution lui restait-il, à présent ? Aucune. A moins de…

Il lui fallait une arme.

Le revolver de Nick, décida-t-elle. Elle forcerait James Ed à lui dire où était son enfant. Cette idée insensée lui fit battre des paupières. Elle comprit alors qu'elle se trouvait désormais au-delà du désespoir, et que la solution résidait peut-être dans des mesures extrêmes.

Une vieille dame sortit sur le perron de la maison voisine pour ramasser son journal du soir. Une main serrée sur le col de son gros chandail, elle survola la rue du regard, adressant au passage un clin d'œil amical à Laura. Puis, les mouvements ralentis par l'âge, elle se retourna pour rentrer chez elle.

Sans laisser à Nick le temps de protester, Laura se précipita sur le trottoir. Dans les petites villes, les habitants entretenaient toujours des relations de bon voisinage. Cette femme devait savoir où Jane Mallory était partie.

— Madame ! cria-t-elle, avant que la vieille dame n'eût fermé la porte derrière elle. Madame !

Un sourire courtois l'accueillit, tandis qu'elle grimpait déjà les marches du perron.

— Bonsoir, mademoiselle. En quoi puis-je vous aider ? Voyez-vous, j'ignore ce que demande l'agence immobilière, mais je peux vous dire que c'est une jolie bâtisse. Et ancienne, avec ça !

Laura lui rendit son sourire.

— Bonsoir, madame. Je m'appelle Laura Proctor. Mme Mallory est une de mes amies. Je… je me demandais où elle avait déménagé.

La vieille dame fronça les sourcils.

— Mon Dieu ! soupira-t-elle, le journal contre sa poitrine. Je croyais que tout le monde était au courant.

Le sang de Laura se figea dans ses veines.

— Au courant de quoi ? s'enquit-elle d'une voix faible.

Elle sentit peser sur sa nuque le regard de Nick, arrivé derrière elle au pied du perron.

— Je suis tellement navrée. Jane est morte il y a plusieurs mois de cela.

Ses jambes commencèrent à se dérober sous elle. Nick se précipita immédiatement à ses côtés et la soutint fermement par la taille.

— Mais… J'étais ici, avec elle, l'été dernier. Elle allait bien…

La vieille voisine hocha la tête.

— Tout s'est passé si vite. Une crise cardiaque, précisa-t-elle, avant de montrer du doigt le jardin de la maison à vendre. Elle y passait le plus clair de son temps depuis qu'elle avait pris sa retraite, au printemps. Elle plantait, désherbait, jardinait… Elle a dû trop se dépenser. Quelle tristesse ! Nous étions voisines depuis plus de quarante ans.

Laura plaqua quelques secondes la main sur sa bouche pour retenir ses sanglots.

— Merci du renseignement, balbutia-t-elle enfin. Je… je ne savais pas.

La vieille dame la couva d'un œil compatissant.

— Si vous n'êtes pas d'ici, comment auriez-vous pu savoir ? Jane ne s'est jamais mariée, et elle n'avait aucune famille à part ce frère qu'elle ne voyait jamais.

Elle secoua la tête et fronça les sourcils.

— Quelle pitié ! Il n'est même pas venu à son enterrement. Mais je ne suis pas certaine qu'il ait été informé de son décès. Saviez-vous que Jane avait un frère ?

— Non, je suis désolée. Je ne connaissais pas sa famille.

— Oh, elle n'avait que ce frère, à ma connaissance. Bien que… Il y a quatre mois, peu de temps après sa mort, quelqu'un est venu poser des questions sur elle. Un neveu, à ce qu'il prétendait. Un drôle de coco, si vous voulez mon avis.

— Que voulez-vous dire ?

La vieille dame cambra le dos.

— Hum. Je n'aime pas beaucoup médire de la famille d'une défunte, mais celui-là ne ressemblait ni à Jane ni à son frère. Je n'ai jamais rencontré son frère, notez bien, mais je l'ai vu en photo. Jane était une femme forte, corpulente même, à l'image de son frère. Mais ce soi-disant neveu… Il était du genre petit et sec. Le côté maternel, peut-être. Un curieux personnage, ça oui… A-t-on idée de porter des manches longues en plein mois de juillet ?

— De quelle couleur étaient ses yeux ? s'enquit Laura, se souvenant des étranges yeux roses de son agresseur.

— Je ne saurais vous répondre. Il portait des lunettes fumées. Et des gants, ajouta-t-elle avec un gloussement. Ce détail m'a frappé tout de suite. Sans doute à cause de l'extrême pâleur de sa peau…

Elle fronça les sourcils, plongée dans une intense réflexion.

— Il avait les cheveux les plus blancs que j'aie pu voir sur un homme aussi jeune.

Le bras de Nick se resserra sur la taille de Laura. Elle s'appuya contre lui, se sentant défaillir.

« Des cheveux blancs, les yeux roses… Un albinos. »

— C'est lui, murmura-t-elle. C'est l'homme qui s'est introduit dans ma chambre, chez James Ed.

« Oh, mon Dieu… »

Elle ferma les yeux, au bord de l'évanouissement.

« Plusieurs dossiers ont été volés… La totalité de notre fichier informatique a été effacée… Jane est morte il y a plusieurs mois… »

Laura réalisa soudain qu'elle était assise dans le vieux et traditionnel rocking-chair du palier. La voix de Nick résonnait à ses oreilles, tandis qu'il interrogeait la vieille dame sur l'étrange neveu, mais le sens des mots lui échappait.

« C'est l'heure de mourir, princesse. »

L'écho de cette voix la fit sursauter. Pourquoi cet homme s'acharnait-il à vouloir la tuer ? Pourquoi effaçait-il toutes les traces de l'existence de Robbie ?

En quoi son tendre et innocent bébé était-il concerné par tout cela ?

Non, Robbie n'avait rien à voir avec ces sordides manœuvres. Et si James Ed touchait à un seul de ses cheveux, il était un homme mort. Une haine sauvage la consumait. Pour la première fois de sa vie, l'idée de la mort de quelqu'un lui procurait un sentiment de justice. Mais ce châtiment serait encore trop clément s'il avait fait du mal à son enfant.

Elle observa Nick à la dérobée. Elle devait lui fausser compagnie. Il allait la retenir, ne la laisserait jamais faire ce qu'elle avait en tête. Il était trop civilisé, trop honnête pour cela.

James Ed détenait toutes les réponses. Et elle avait la ferme intention de les lui arracher d'une manière ou d'une autre.

— Il a utilisé le nom de Dirk Mallory.

Nick observa une pause, le temps de laisser Ian noter le pseudonyme utilisé par l'albinos.

— Il n'a peut-être rien à voir avec James Ed ni avec l'homme qui m'a tiré dessus, mais ça ne coûte rien de vérifier. Quoi d'autre ?

144

— Le gouverneur s'est livré à quelques surprenantes acrobaties financières ces deux dernières années. Et il a entamé l'héritage de Laura, c'est un fait acquis. Mais dans la mesure où celle-ci était présumée morte, il l'a fait en toute légalité.

Nick jura entre ses dents. Laura avait peut-être raison… Cependant, comme venait de le préciser Ian, le fait que James Ed eût puisé depuis deux ans dans la cagnotte de sa sœur était son droit le plus strict. Rien ne permettait d'en déduire qu'il avait tenté de la tuer dans cette intention.

— J'ai également déniché quelques détails assez croustillants sur le passé de Sandra.

Nick tendit aussitôt l'oreille.

— Je t'écoute.

— Tu savais peut-être déjà qu'elle avait été adoptée à l'âge de treize ans, après avoir passé un an dans un orphelinat de Louisiane.

— Oui, je m'en souviens, répondit-il en fronçant les sourcils.

— Mais ce que tu ignores sans doute, c'est que sa mère est une certaine Sharon Spencer, une habitante d'une commune rurale des environs de Bay Break.

— Et ?

— Et, continua Ian, Sharon Spencer a eu une aventure avec le père de James Ed peu de temps avant qu'il n'entre à l'université. Cette liaison occasionna un tel scandale chez les Proctor que ceux-ci firent tout pour étouffer l'affaire, avant d'envoyer leur fils à Harvard.

— Bon Dieu, grommela Nick.

Les paroles du vieux Rutherford lui revinrent à la mémoire. Le gardien savait quelque chose, aussi avait-il divulgué cette ancienne rumeur.

— Sait-on ce qu'elle est devenue ?

145

— Selon mon informateur, elle a épousé un gars de la ville, un ivrogne qui est mort deux ans après la naissance de Sandra. Dix ans plus tard, Sharon basculait dans la schizophrénie et sa fille était mise sous tutelle du comté.

— Donc, jusqu'à l'âge de douze ans au moins, Sandra a vécu dans un foyer où le nom de Proctor était traîné dans la boue, tandis que sa mère tenait le rôle d'une sainte martyre.

— C'est à peu près ça.

— Je veux que tu me communiques tout ce que tu pourras trouver sur Sandra Proctor. Ses premiers pas, son premier flirt… Tout, tu m'entends ?

— Aucun problème. Je te rappelle demain au plus tard. Je dispose d'une excellente source.

Nick ramena les doigts dans ses cheveux, avant d'exhaler un profond soupir.

— Qu'en est-il du rapport de l'établissement psychiatrique, le Serenity Sanitarium ?

— Là, c'est encore plus tordu.

— Je veux savoir si ce rapport est authentique. C'est notre principale pierre d'achoppement. Existe-t-il la moindre chance que Laura y ait été internée ?

— Devine qui est résidente permanente dans cet établissement ? Je te le donne en mille.

Nick considéra quelques instants la question, puis un sourire satisfait s'épanouit sur son visage.

— Sharon Spencer.

— Bingo !

— Excellent travail, Ian.

Le lien venait de s'établir entre Sandra et l'hôpital. Elle ou James Ed y connaissaient sans doute un employé disposé à établir de faux rapports.

— Oh, ce n'était pas bien difficile. J'ai trouvé un informateur de première main.

Nick haussa un sourcil.

— Qui ?

— Carl Rutherford.

— Le vieux salaud ! Nom de Dieu, pourquoi ne m'a-t-il rien dit ?

— Parce qu'il craignait que tu ne sois à la solde de James Ed. Il en a d'ailleurs lâché plus qu'il ne l'aurait voulu, le jour où il t'a rendu visite.

Une ironie non dissimulée pointait dans la voix de son interlocuteur.

— Eh bien, ce n'est pas moi qui irai lui reprocher de s'être montré trop prudent !

— C'est tout pour aujourd'hui, Nick. A demain.

— Oh, une dernière chose. Vérifie s'il est né un petit Robert Forester dans l'Etat d'Alabama, au mois d'août de l'année dernière.

— Considère que c'est fait.

— Merci, Ian.

Après avoir raccroché, Nick resta debout un long moment, à digérer toutes ces informations. Il ne disposait d'aucun élément prouvant que Laura avait un enfant, ni indiquant où elle s'était trouvée les deux années précédentes. En dépit de ses affirmations, James Ed était toujours blanc comme neige en ce qui le concernait. Mais il y avait cet éclairage nouveau jeté sur Sandra.

En se caressant le menton, il se remémora la courtoise et discrète *first lady* du Mississippi.

Apparemment, le retour de Laura à la maison l'avait rendue aussi heureuse que les autres. En tant qu'épouse du gouverneur, elle s'investissait dans nombre d'œuvres de charité et fréquentait l'église avec assiduité. Bref, elle était une compagne parfaite pour James Ed, et une seconde mère idéale pour sa jeune belle-sœur. James Ed et elle ne pouvant concevoir d'enfants, se rappela-t-il, elle n'avait jamais été mère. Il avait toutefois constaté que ni l'un ni l'autre ne semblaient en souffrir, et qu'elle avait adopté Laura comme sa propre fille.

Mais à la lumière de ce qu'il venait d'apprendre, comment cette situation était-elle possible ? Sandra avait grandi dans un foyer misérable, entre un père alcoolique et une mère mentalement perturbée. Pour la petite fille qu'elle était alors, les Proctor représentaient tout ce dont elle était privée.

Un profond malaise l'envahit. Une telle combinaison rimait nécessairement avec ennuis. Il ferma les yeux et soupira. Pourquoi Sandra en serait-elle venue à de telles extrémités pour s'approprier l'argent de Laura, sachant que c'était James Ed qui en bénéficierait ? Mais encore une fois, tout cela sonnait faux : James Ed prospérait sur ses seuls mérites.

« Est-on jamais assez riche ? » Les mots de Laura résonnèrent de nouveau dans son esprit. Pourquoi Sandra aurait-elle kidnappé l'enfant, si James Ed était déjà en droit de disposer de l'héritage ? S'agissait-il d'une mesure de précaution, afin de ne pas avoir un jour à le rembourser ? Car même si Laura était reconnue irresponsable, son fils hériterait de l'argent.

C'était là une possibilité, décida-t-il.

Les dossiers manquants. Les marques sur le cou et la gorge de Laura. Les événements au chalet, le jour où il avait pris une balle dans la poitrine. Les explications de la jeune femme sur la tentative d'assassinat au bord du fleuve, deux ans plus tôt... Son cœur s'était brisé cette nuit-là, et il avait presque perdu la vie. Mais cet incident n'avait peut-être rien à voir avec le reste. La police avait classé l'affaire comme un kidnapping ayant mal tourné. Aux dires de Laura, l'homme qui avait tiré sur lui et voulu la tuer était mort. Mais elle l'avait aperçu à plusieurs reprises dans le cabinet de travail de James Ed. Que de paradoxes.

Nick s'interrogea de nouveau sur l'étrange neveu qui s'était présenté chez la voisine de Jane Mallory. Qu'il ne fasse qu'un avec l'agresseur de Laura était plausible. De la même manière, que la mère de Sandra soit pensionnaire de l'établissement qui avait fourni le rapport attestant de l'internement de Laura était une coïncidence pour le moins troublante.

Mais rien de tout cela ne permettait de tirer des conclusions définitives. Les indices manquaient encore. Nick était néanmoins certain d'une chose : Laura avait besoin de protection.

Il était tard. L'horloge posée sur le manteau de la cheminée marquait minuit. Il décida de jeter un rapide coup d'œil dans la chambre de Laura, avant de gagner son lit. Demain, Ian lui fournirait peut-être de nouvelles informations sur Sandra.

Une pluie régulière grésillait sur le toit. L'orage avait menacé durant tout le trajet du retour, mais ils avaient pu rejoindre Bay Break avant les premières gouttes. La porte de la chambre de Laura était entrouverte. Nick s'y faufila sans un bruit. La lumière de la lampe de chevet nimbait d'un halo doré son doux visage et la soie de ses cheveux. Epuisée, abattue, elle n'avait pratiquement pas ouvert la bouche dans la voiture, et, dès leur arrivée, était allée se coucher.

Oui, elle était morte de fatigue. Nick s'approcha du lit et la regarda. Elle n'en demeurait pas moins d'une émouvante beauté. Devant ses épaules nues, il se demanda si elle portait quelque chose sous le drap de coton. Sa bouche se dessécha aussitôt à cette pensée, tandis que ses yeux s'attardaient sur le satin de sa peau. Apercevant soudain les cicatrices qui marquaient sa gorge et son cou, il se raidit, pris d'un soudain accès de colère. Puis, recouvrant son calme, il reporta son attention sur le visage endormi. D'une nuance plus sombre que celle de ses cheveux, ses longs cils projetaient une ombre douce sur la pâleur diaphane de ses joues, tandis que sa bouche entrouverte semblait inviter au baiser.

Il se passa la langue sur les lèvres, suivit des yeux la courbe enfantine du menton de la belle endormie, dériva le long de la gorge, vers la naissance des seins, s'attarda sur le modelé délicat des épaules...

Un détail attira soudain son attention. Il fronça les sourcils, puis pencha la tête pour y voir de plus près.

Son cœur ne fit qu'un bond dans sa poitrine.

Des ecchymoses. Petites, allongées, à peine visibles sur la texture parfaite de sa peau.

« Il... Il a essayé de me noyer. »

Il était impossible qu'elle se les fût infligées elle-même. A en juger par leur taille et leur espacement, il s'agissait de marques de doigts. Un mélange d'angoisse et de rage brutale s'empara de lui.

— Laura, dit-il en s'asseyant sur le lit. Laura, ma chérie, réveille-toi. Nous avons à parler.

Elle se redressa d'un bond. Le drap glissa dans l'opération, dévoilant un sein haut et ferme, qu'elle couvrit aussitôt.

— Qu'est-ce qu'il y a ? s'enquit-elle avec irritation.

Il la regarda dans le blanc des yeux avant de répondre :

— Je veux que tu me racontes de nouveau toute l'affaire. Depuis le début.

Debout au milieu de la pièce, le drap enroulé autour d'elle, Laura regardait Nick marcher de long en large dans la chambre. Après avoir longuement pleuré sous la douche, elle n'avait plus eu qu'une idée en tête : trouver refuge dans le sommeil et ne plus penser à rien.

Ni aux dossiers manquants.

Ni à la mort de Mme Mallory.

Ni au prétendu neveu albinos.

150

L'homme aux yeux roses, qui avait à deux reprises tenté de la tuer. La dernière fois, la salle de bains était plongée dans l'obscurité et elle ne l'avait pas vu. Mais elle savait que c'était lui. Avec cette conviction, lui était venue l'intuition qu'il était sans doute aussi le ravisseur de son fils. James Ed ne se serait jamais compromis dans cette partie-là. Son pouls s'accéléra à cette pensée.

— Ai-je bien résumé toute l'histoire ?

Elle sursauta.

— Quoi ?

Il s'approcha d'elle, les poings sur les hanches.

— Bon sang, Laura ! J'aimerais que tu m'accordes toute ton attention !

— Excuse-moi, répondit-elle en écartant ses cheveux de son visage. Je crois qu'il vaudrait mieux que tu reprennes depuis le début.

Nick jura entre ses dents et lui lança un regard furieux. Qu'est-ce qui le mettait dans un tel état ? se demanda-t-elle. Certainement pas ce qu'ils avaient appris aujourd'hui. Bien qu'elle eût désormais la certitude que l'homme albinos était son agresseur, elle ne disposait d'aucun moyen pour le prouver. Du reste, à quoi cela aurait-il servi ?

La seule lueur d'espoir, dans tout cela, était que Nick semblait commencer à la croire.

— En rentrant de l'université cet été-là, tu as trouvé une atmosphère tendue chez toi, n'est-ce pas ?

Laura hocha la tête.

— J'ai d'abord mis cela sur le compte de la relative faiblesse de mes résultats. James Ed voulait que sa petite sœur fût en tout point parfaite.

Elle fronça les sourcils, se souvenant de la déception qui avait alors été la sienne…

151

— Mais il ne m'a pas fallu longtemps pour comprendre que je n'avais rien à y voir. La raison en était politique. La campagne pour obtenir le poste de Gouverneur battait son plein.

— Et c'est là que Rafe Manning est entré en scène.

— Exact. Je suis sortie avec lui deux ou trois fois parce que je m'ennuyais, mais ce n'était pas une histoire d'amour, loin s'en faut. James Ed voulait que les choses aillent plus loin. Apparemment, il était très ami avec son père. La suite, tu la connais.

Les bras croisés, Nick posa un pouce sur son menton. Ce geste attira l'œil de Laura sur la fossette délicieusement sensuelle qui s'y trouvait. Sa gorge se noua. Robbie avait la même.

— Pas une fois, durant tout ce temps, tu n'as suspecté Sandra d'être impliquée dans cette affaire ?

Laura écarquilla les yeux, sidérée.

— Sandra ? Mais c'est ridicule ! Elle s'est toujours montrée d'une extrême gentillesse avec moi.

— Et si elle n'était pas celle que tu imagines ? répondit-il, sans cesser de la dévisager.

— Que veux-tu dire ? s'étonna-t-elle, les sourcils froncés.

— La mère de Sandra a eu une liaison avec ton père.

— La mère de Sandra est morte.

— C'est elle qui te l'a dit ?

Laura acquiesça, avec la curieuse impression que le sol s'apprêtait à se dérober sous ses pieds.

— La mère de Sandra n'est pas morte, reprit-il. Elle est internée au Serenity Sanitarium.

Elle se figea, laissant à son cerveau le temps d'absorber l'impact de cette information. C'était l'établissement où James Ed prétendait qu'elle avait été internée ces dix-huit

152

derniers mois. La mère de Sandra était donc vivante ? Dans cet hôpital ?

— Pourquoi Sandra aurait-elle menti ? murmura-t-elle.

— Je ne sais pas. Mais je te jure que nous en aurons le cœur net !

Laura leva vers lui un regard incrédule.

— Pourquoi ce soudain revirement, Nick ? Es-tu en train de me dire que tu me crois, à présent ?

— La question n'est pas de savoir si je te crois ou pas. Disons que je dispose désormais d'une preuve tangible.

Tendant ses longs doigts vers sa gorge, il effleura les marques sombres avec précaution.

Laura s'écarta de lui, avant de courir vers la coiffeuse où elle examina son reflet dans la glace. Plusieurs petites ecchymoses allongées apparaissaient sur sa peau, là où des doigts puissants l'avaient maintenue sous l'eau.

S'approchant derrière elle, Nick l'observa dans le miroir.

— Laura, je suis profondément désolé d'avoir laissé une telle chose se produire. J'aurais dû te croire plus tôt.

Il lui toucha le coude. Elle tressaillit.

— Je ne laisserai plus personne s'en prendre à toi, ajouta-t-il d'une voix douce. Je te le jure.

— Et il aura fallu cela, répliqua-t-elle d'une voix crispée de colère, pour te convaincre que l'on cherchait à me tuer ! Et mon enfant ? Est-ce que tu y crois, maintenant ?

Le regard de Nick vacilla un instant.

— Bien sûr que j'y crois. Mais nous avons besoin de preuves...

— Espèce de salaud ! Tu n'as toujours pas confiance en moi, n'est-ce pas ?

— C'est faux, soupira-t-il, mal à l'aise.

— Dans ce cas, rétorqua-t-elle d'une voix tremblante, regarde-moi dans les yeux et dis-moi que tu crois que j'ai un fils, que son nom est Robbie, et qu'il est ce que j'ai de plus précieux au monde !

Nick hésita, un pli soucieux sur le front.

— Dis-le, nom de Dieu ! Dis-le !

Sa voix vibrait à présent d'une fureur qu'elle parvenait avec peine à maîtriser.

— Que je te croie, moi, est secondaire, répondit-il enfin. L'important est d'en apporter la preuve à James Ed. Et à la police.

Maintenant d'une main le drap sur sa poitrine, elle le frappa à la poitrine d'un poing rageur.

— Va-t'en, laisse-moi tranquille ! Je n'ai que faire de tes preuves !

— Laura...

Esquivant un deuxième coup, il la saisit par les deux bras et l'immobilisa.

— Laura, écoute-moi.

— Tais-toi ! Je ne veux plus rien entendre de toi.

— Laura, je t'en prie. Je ne peux travailler qu'à partir de faits, et non sur des présomptions. Comment pourrais-je retourner à Jackson et exiger de savoir où est ton fils, si je ne possède aucune preuve matérielle de son existence ?

Il avait raison. En son for intérieur, elle le savait. Mais cela ne l'empêchait pas d'avoir le cœur en lambeaux.

— Je dois le retrouver, murmura-t-elle en fermant les yeux.

Combien de jours s'étaient-ils écoulés depuis sa disparition ? Seigneur, elle n'osait y penser.

— Fais-moi confiance, Laura, supplia-t-il. Je ne te laisserai pas tomber, je te le promets.

Laura se plongea dans son regard vert, où se reflétait le tourbillon de ses propres émotions... Oui, elle lui faisait confiance. Il ne ferait jamais rien qui pût la blesser, elle le savait. Et elle avait tant besoin de lui. Besoin qu'il la prenne dans ses bras, qu'il l'aide à oublier, juste un moment… Qu'il l'aime de la manière dont il l'avait jadis aimée.

— Serre-moi fort, Nick, pria-t-elle en se blottissant contre lui.

D'un geste protecteur, il glissa les mains autour de sa taille. Elle s'y accrocha telle une enfant, s'enveloppant de son parfum épicé et viril. Il referma alors les bras dans son dos, avant de déposer un tendre baiser sur son front.

— Je voudrais juste que tu me fasses confiance, ma chérie.

Il l'embrassa de nouveau.

— Je t'en prie, aie confiance en moi…

Les yeux fermés, Laura laissa son instinct la guider. Elle voulait qu'il l'emmène loin de cette sordide réalité, qu'il la serre fort, qu'il lui dise que tout irait bien désormais. Elle fit courir ses mains dans son dos, palpant, caressant ses muscles, tandis que le torse de son compagnon s'appuyait sur ses seins. Elle imagina le contact doux et brûlant de sa peau contre la sienne, et les pointes de ses seins durcirent.

Glissant les deux mains dans ses cheveux, Nick lui releva la tête.

— Tu devrais te reposer, dit-il d'une voix rauque. Je ne serai pas loin.

Laura secoua la tête.

— Ne me laisse pas, murmura-t-elle.

Se hissant sur la pointe des pieds, elle l'embrassa sur les lèvres. Nick retint sa respiration.

— J'ai envie de toi, Nick. Maintenant.

Il s'écarta légèrement.

— Tu n'as pas les idées claires, Laura, objecta-t-il en fouillant son regard, les traits crispés. Je ne veux pas que tu aies ensuite des regrets.

Laura recula d'un pas et laissa tomber le drap.

— Je te désire, Nick.

Le regard de celui-ci descendit lentement sur son corps nu. Laura en ressentit la caresse avec autant de volupté que s'il s'était agi de ses mains.

— Moi aussi j'ai envie de toi, avoua-t-il d'une voix calme. Mais tu es trop vulnérable, en ce moment, et je ne veux pas tirer avantage de la situation.

Ses yeux, cependant, contredisaient ses paroles. Il la désirait avec la même fièvre qu'elle.

— Ce n'est pas toi qui décides, déclara-t-elle, avant de se plaquer de nouveau contre lui. C'est moi.

Les yeux toujours rivés dans les siens, elle commença à déboutonner sa chemise. Loin de la repousser, il observa les mains qui dénudaient peu à peu son torse. Le regard de Nick ne fit qu'attiser le feu qui couvait dans son ventre, et faisait battre ses veines.

— Votre revolver, monsieur, demanda-t-elle soudain, la main tendue.

Nick l'interrogea du regard, hésitant. Elle s'approcha alors de la table de chevet, dont elle ouvrit le tiroir.

Il acquiesça d'un signe de tête, puis dégagea l'arme de sa ceinture pour la déposer dans la main qu'elle lui tendait.

— Merci.

Jamais il ne saurait l'importance que revêtait ce geste à ses yeux, songea-t-elle. Au moins lui accordait-il un peu de sa confiance.

Elle referma le tiroir. Nick se tenait juste derrière elle lorsqu'elle se retourna. Ce qu'elle lut au fond de ses yeux la fit fondre littéralement. Le désir, pur, sauvage... Il lui prit la main, en embrassa la paume, puis la plaça contre son cœur. Le pouls de Laura s'accéléra, et elle se sentit faiblir. Elle agrippa sa chemise, la sortit de son jean, lui dégagea les épaules,

156

puis, laissant tomber le vêtement sur le sol, admira son torse puissant. Une onde électrique la traversa lorsque, du bout de l'index, elle effleura sa cicatrice. Elle se pencha alors pour l'embrasser, en remerciant le ciel de lui avoir laissé la vie. Puis, les mains à plat sur sa poitrine, elle en savoura le contact les yeux fermés, retrouvant avec émotion le souvenir de leurs anciennes caresses. Une fièvre ardente s'empara d'elle, et ses doigts glissèrent sur son ventre, palpant sa taille.

Nick lâcha un sourd grognement.

— Laura, supplia-t-il. Combien de temps me mettras-tu ainsi à la torture ?

Elle défit le bouton de sa ceinture, puis descendit lentement la fermeture Eclair.

— Aussi longtemps qu'il le faudra, répondit-elle d'une voix rauque.

S'agenouillant devant lui, elle lui ôta ses chaussures, l'une après l'autre. Les chaussettes suivirent. Lentement, elle descendit le jean sur les longues jambes musclées, et son regard s'arrêta sur une autre cicatrice, au niveau du genou droit. Avec un pincement au cœur, elle songea au cadeau qu'il lui avait fait en arrêtant cette balle. Refusant de laisser l'angoisse la gagner, elle ramena ses pensées sur le corps de l'homme qui se tenait debout devant elle. Nick lui avait révélé sa féminité, au sens originel du terme. Pas un jour ne s'était écoulé, durant les deux dernières années, sans qu'elle n'eût ardemment désiré revivre de tels moments.

Avec une douloureuse lenteur, elle fit glisser le slip jusqu'à ses pieds. Nick laissa échapper un gémissement lorsqu'elle posa ses lèvres sur sa hanche. Lorsque son sexe en érection lui caressa l'épaule, un aiguillon de désir la transperça tout entière. Elle le voulait en elle. Maintenant.

Elle se releva, le regarda et lui offrit sa bouche.

— Assez, grogna-t-il, avant de la prendre dans ses bras et de la soulever sans peine, comme si elle ne pesait pas plus lourd qu'un enfant.

Quelques secondes plus tard, ils étaient dans le lit.

— C'est mon tour à présent, prévint-il.

Laura se mordit la lèvre, retenant un cri lorsqu'il commença à lui embrasser la gorge. Il s'arrêta sur chaque sein, prit le temps de les lécher, d'en sucer les pointes dressées, jusqu'à ce que Laura ne puisse en supporter davantage. Il reporta alors son attention sur son ventre, qu'il taquina du bout des doigts, de plus en plus bas, embrasant sa chair à l'agonie.

Il s'immobilisa soudain.

— Qu'est-ce que c'est ? murmura-t-il.

Laura baissa les yeux sur l'endroit où étaient posées ses mains, surprise par sa question. Les petites stries étaient rares, à peine visibles, mais bien réelles. Pourquoi n'y avait-elle pas songé avant ?

— Des vergetures, expliqua-t-elle. Un souvenir de ma grossesse.

Nick les effleura avec délicatesse.

— La voilà, ta preuve, ajouta-t-elle devant son silence.

Relevant les yeux vers son visage, il lui adressa un sourire.

— En effet, convint-il, le regard lascif et brillant.

Sa langue remplaça alors sa main sur son ventre, arrachant à Laura un gémissement d'approbation.

Tandis que Nick s'aventurait jusqu'à l'endroit le plus brûlant de son corps, elle cambra les reins, impatiente. Répondant aussitôt à son attente, il glissa un doigt en elle, et se mit à taquiner du pouce le petit bouton de chair juste au-dessus.

— Oh, Nick…

D'instinct, elle souleva les hanches pour accompagner les mouvements de sa main. Un second doigt rejoignit le premier. Elle poussa un cri.

Il s'empara alors de sa bouche pour lui prodiguer un long et fougueux baiser, sa langue s'accordant au mouvement de ses doigts plongés dans l'écrin de sa féminité.

Laura eut un hoquet lorsque, interrompant leur baiser, il vint se placer entre ses cuisses ouvertes. Les doigts virils se retirèrent du fourreau humide et chaud, pour être remplacés par son sexe, tendu à l'extrême. De nouveau, il couvrit sa bouche de la sienne, tandis qu'elle l'accueillait au fond de son ventre palpitant. Il entama alors un lent mouvement de va-et-vient, accélérant peu à peu la cadence, imprimant à leurs corps emboîtés un mouvement souple et régulier. Emportée par l'embrasement de son ventre, Laura lança le bassin à sa rencontre, le pressant d'accélérer. Son cœur martelait sa poitrine, et l'air commença à lui manquer, tandis qu'un tourbillon de plaisir l'emportait vers les cimes étincelantes de la volupté. Dans un dernier élan, Nick la rejoignit dans l'extase, hors du monde et du temps, en un univers de sensations absolues, sublimes, irrationnelles.

Quelques longues minutes plus tard, moite de transpiration et le souffle court, Nick posa son front contre le sien.

— Est-ce que ça va ?

Laura lui répondit d'un hochement de tête, incapable d'articuler une seule parole.

— Repose-toi, murmura-t-il. Nous parlerons plus tard.

Il roula alors de côté, et elle se lova dans le confort rassurant de ses bras.

Sentant monter ses larmes, Laura ferma les yeux. Comme elle aimait cet homme ! Jamais, hélas, ils ne formeraient une famille. Quelle que fût en cet instant la force de ses sentiments, il ne pourrait que la haïr en apprenant ce qu'elle lui avait si longtemps dissimulé : il avait un fils.

Oui, il la haïrait, et comment le lui reprocher ? Elle lui avait déjà fait tant de mal. Il avait reçu une balle dans la poitrine, avait failli mourir pour elle, et durant tout ce temps, elle lui avait caché qu'il était père. Assurément, il méritait mieux qu'elle. Et elle devait s'éloigner de lui.

Pouvait-elle prendre le risque qu'il fût — une fois de plus — pris pour cible par les hommes de James Ed ? Si par malheur elle disparaissait, Robbie aurait besoin d'un père.

Elle soupira. Quelle était la meilleure stratégie ? Trop de temps avait déjà été perdu. Le cabinet du Dr Holland contenait peut-être certains indices indiquant où il était allé, voire, qui sait, des preuves de l'existence de Robbie. Quelque chose de solide, qu'elle pourrait présenter à la police.

Il lui fallait agir vite, à présent. Elle allait devoir jouer serrer, si elle voulait retrouver Robbie vivant. Elle irait trouver James Ed seule. Car, cette fois, elle devait maintenir Nick hors de la ligne de feu.

9.

Les narines de Nick frémirent. Avec volupté, il se pelotonna contre l'oreiller. Le parfum d'un ange… Laura… Esquissant un sourire, ils ouvrit les yeux sur la chambre inondée de soleil. Sa main se tendit vers la femme qui venait, une fois encore, de bouleverser son univers.

— Bonjour, murmura-t-elle.

Il embrassa le bout de son nez.

— Bonjour, murmura-t-il. Sais-tu que tu ressembles à un ange, au réveil ?

Le sourire qui accueillit sa remarque lui réchauffa le cœur. Pourtant, il voulait plus. Il voulait l'entendre rire aux éclats, la voir retrouver l'irrésistible drôlerie qui la caractérisait deux ans auparavant.

Mais le sourire disparut presque aussitôt de son visage, et il comprit qu'elle venait de se rappeler la disparition de son fils.

— Tu as faim ? s'enquit-il, d'un ton qu'il espérait léger. Pour ma part, je pourrais dévorer un bœuf !

— Tu es toujours affamé, répondit-elle en souriant.

Une étrange tension habitait son regard, comme si elle le voyait pour la dernière fois.

— Va donc préparer le petit déjeuner, reprit-elle. Je vais me prendre un long bain brûlant… Et tu pourras m'y rejoindre, si tu le désires.

— Peut-être n'ai-je pas tellement faim, après tout, la taquina-t-il en lui mordillant le cou.

Laura s'écarta de sa bouche aventureuse.

— Moi, pour une fois, je meurs de faim.

Il inclina la tête avec servilité.

— Très bien. Vos désirs sont des ordres, chère madame.

Elle se dirigea vers la porte en riant. Nick la regarda disparaître dans la salle de bains d'un œil gourmand. Il aimait, il raffolait de ce corps délicieux.

— Ne ferme pas la porte, lança-t-il. Je suis là dans quinze minutes.

— J'attendrai !

Le bruit de l'eau coulant dans la baignoire leur interdit de poursuivre la conversation.

Nick repoussa le drap et sortit du lit. Il s'étira avec volupté, se sentant beaucoup mieux qu'il ne l'avait été depuis très longtemps. Après avoir enfilé son jean et glissé son arme dans sa ceinture, il se dirigea en sifflotant vers la cuisine où il entreprit de préparer le petit déjeuner. Voilà comment les choses devraient toujours être, se dit-il. Rien de tel qu'une nuit d'amour avec la femme aimée pour rendre un homme heureux !

Vingt minutes plus tard, il était prêt à rejoindre Laura.

Il remonta le couloir, excité comme un beau diable. Il se sentait capable de lui faire l'amour jour et nuit sans faiblir. Arrivé devant la porte de la salle de bains, il frappa trois petits coups.

— Prête ou pas, j'entre, annonça-t-il, avant de tourner le bouton et d'ouvrir grand la porte.

Une épaisse vapeur l'accueillit. Il fronça les sourcils, pris d'une soudaine inquiétude. La pièce était inondée. Son pouls se mit à battre à cent à l'heure, tandis qu'un flot d'adrénaline envahissait tout son corps. Chassant la vapeur d'une main, il aperçut le robinet de la baignoire resté ouvert. L'eau débordait de toutes parts. Où était Laura ? Une idée folle lui fit dresser les cheveux sur la nuque. Il se pencha au-dessus de la baignoire et en scruta le fond. Dieu merci, elle n'y était pas. Il en profita pour fermer le robinet et ouvrir la bonde.

Il se redressa et prit une profonde inspiration. En proie à une brusque colère, il marcha vers la fenêtre, en essuya la buée et regarda dehors. Son intuition se confirma : la voiture de location avait disparu.

Un juron fusa d'entre ses dents.

Laura était partie.

Sans plus attendre, il se précipita vers la chambre, mais au moment même où il y pénétrait, une douleur fulgurante lui traversa le genou. Les dents serrées, il attendit que son mal redevînt supportable, puis il acheva de se rhabiller.

Comment avait-il pu être aussi naïf ? Une nouvelle obscénité lui échappa. Il avait répété la même erreur que celle qui lui avait coûté si cher deux ans plus tôt. Seulement, cette fois, la torture n'était pas dans son corps, mais dans son âme.

Pauvre idiot.

Ajustant la position du revolver sous sa veste, il se dirigea vers la porte et sortit. Bon Dieu de bon Dieu ! Une fois de plus, il se retrouvait déchiré entre ses émotions et le sentiment amer d'avoir été berné.

Comment avait-il pu ne pas deviner que Laura préparait quelque chose ?

Après avoir remonté en claudiquant l'allée jusqu'à la route, il regarda vers la gauche. C'était la direction de Jackson. Non, elle ne serait jamais allée là-bas seule et sans arme. Il se tourna de l'autre côté. Bay Break ne se trouvait qu'à cinq ou six kilomètres. A la pensée de les couvrir à pied, une douleur aiguë lui vrilla le genou. Il reporta son poids sur son autre jambe. Pourquoi serait-elle allée en ville ? s'interrogea-t-il.

A moins… Bon sang ! Elle avait décidé de retourner chez la vieille harpie. Cette fois, cette dernière n'hésiterait pas à appeler la police. Il avait bien besoin de cela. Laura en prison, James Ed n'aurait plus qu'à…

Venant de la direction de Bay Break, un vieux tacot se présenta sur la route, puis ralentit en arrivant à son niveau.

Il plissa les yeux pour en identifier le conducteur.

Carl Rutherford.

Le vieil homme effectua non sans mal un demi-tour, avant d'arrêter le véhicule juste sous le nez de Nick.

— Je vous dépose quelque part ?

Les deux mains posées sur le rebord de la fenêtre passager, Nick pencha la tête dans l'habitacle.

— Tout dépend de l'endroit où vous vous rendez, répondit-il, laconique, toujours vexé de ne pas avoir eu l'exclusivité de ses informations.

Le gardien le considéra quelques instants d'un œil suspicieux, avant d'ébaucher un sourire. D'une main, il releva la visière de sa casquette et se gratta le front.

— Au même endroit que vous, je suppose.

Nick haussa un sourcil.

— Ce qui signifie ?

Carl Rutherford remit sa casquette en place et lui adressa un clin d'œil entendu.

— Vous ne seriez pas à la recherche d'un ange, par hasard ?

— Vous savez où est Laura.

Un large sourire s'épanouit sur le visage du vieil homme.

— Bien sûr que je le sais, dit-il, avant d'indiquer du doigt la grande construction de bois qui se dressait à proximité de la maison. J'étais sorti prendre une échelle dans la grange. J'avais dans l'idée de nettoyer les gouttières aujourd'hui. La pluie de cette nuit a débarrassé les arbres de leurs dernières feuilles, et…

— Et vous l'avez vue partir, termina-t-il, impatient.

— Elle a jailli de la maison comme si le diable était à ses trousses. Mais je ne vous ai pas vu derrière elle.

— Par où est-elle allée ?

— Oh, elle a bondi dans votre voiture, avant de prendre la direction de Bay Break.

Il fronça ses sourcils broussailleux.

— Mon petit doigt m'a conseillé de la suivre, à tout hasard. Elle s'est rendue tout droit au cabinet du Dr Holland. Il ne semblait pas y avoir grand monde, mais cela ne l'a pas empê-chée de contourner la maison de la démarche de quelqu'un qui sait où il va. J'ai alors pensé qu'il ne serait peut-être pas inutile de revenir vous chercher. Comme vous êtes censé garder un œil sur elle, et tout ça…

Nick ouvrit la portière et grimpa promptement sur le siège.

— Merci, grogna-t-il, toujours de méchante humeur

Rutherford redémarra.

— Les anges ont parfois besoin d'être surveillés, jeune homme, dit-il avec des airs de conspirateur. Ils ont des ailes, et ils savent s'en servir.

Nick le gratifia d'un sourire caustique.

— Merci du conseil.

Lorsqu'il remettrait la main sur Laura, il avait la ferme intention de les lui couper.

Quelques minutes plus tard, le tacot s'engageait dans l'allée du cabinet du Dr Holland. Sa voiture de location y était

165

garée de biais devant le porche. Sans attendre l'arrêt total du véhicule, Nick ouvrit sa portière et descendit.

— Merci pour la course, lança-t-il au chauffeur… Et merci d'avoir surveillé Laura.

Carl Rutherford le regarda d'un œil grave.

— Si j'étais vous, je veillerais à ce que cette jeune fille ne disparaisse pas pour de bon.

Nick acquiesça d'un signe de tête, puis recula d'un pas pour laisser repartir le véhicule. Une fois que celui-ci eut disparu de sa vue, il reporta son attention sur le cabinet médical. Pourquoi était-elle revenue ici ? se demanda-t-il, les sourcils froncés. Probablement pour y chercher des indices susceptibles d'étayer sa cause. L'endroit était calme, trop calme…

Réprimant une grimace, il s'avança sur le lit de feuilles mortes et gravit les marches du porche.

Soucieux de parer à toute éventualité, il sortit son arme de sa ceinture. Si « Yeux-roses » s'avisait de pointer son nez, il lui donnerait de quoi réfléchir pour longtemps.

S'approchant avec précaution de la porte d'entrée, il tenta vainement d'en tourner la poignée. L'affichette annonçant l'absence du médecin était toujours collée sur la fenêtre. De toute évidence, il n'était pas revenu. L'œil aux aguets, Nick redescendit les marches et contourna la maison. La porte donnant sur le jardin était restée ouverte. Parfait. Au moins s'épargnerait-il une effraction. Scrupules dont Laura ne s'était pas embarrassée, constata-t-il bientôt : les éclats d'une des vitres étaient éparpillés sur le sol, et une grosse pierre gisait près du chambranle. Il jura entre ses dents. A quoi pensait-elle donc ? La police patrouillait certainement dans le secteur. Se faufilant à l'intérieur, il dut laisser ses yeux s'accoutumer à la pénombre de cette heure matinale. La vieille cuisine, meublée de manière très ordinaire, était déserte. D'un pas prudent, il

166

se fraya un chemin entre un buffet et une enfilade de chêne massif, jusqu'au couloir faiblement éclairé.

Un bruit ténu lui fit dresser l'oreille. Il fronça les sourcils. Des pleurs… Laura. Immobile, il tenta de déterminer d'où provenait le son. Oui… Plus loin sur sa droite. Sans un bruit, il s'approcha de la porte derrière laquelle devait se trouver Laura. L'écho de ses pleurs lui parvenait, étouffé, dans le silence de la maison vide.

Si on l'avait brutalisée…

Une rage animale lui comprima les entrailles. Il marqua une pause et tendit l'oreille. Rien. Le poing crispé sur la crosse de son revolver, il prit une profonde inspiration puis, d'un mouvement souple, se plaça devant la porte en position de tir. Le bureau du médecin semblait avoir été traversé par une tornade. Baissant les yeux, il aperçut alors Laura accroupie au sol.

Devant ce qui, manifestement, était un cadavre.

« Du sang… »

Laura contempla ses mains. La matière rouge et poisseuse suintait entre ses doigts. Elle avait tenté de sauver le docteur, mais trop tard. Trop tard…

Son regard se fixa de nouveau sur le manche du couteau de cuisine planté dans son torse. Une bile amère lui monta à la gorge.

Elle était coupable, se lamenta-t-elle en ravalant un sanglot. Elle était revenue à Bay Break, apportant avec elle la souffrance, la désolation et la mort à ceux qu'elle aimait le plus.

Robbie…

Le Dr Holland…

Et Nick.

167

Les yeux fermés, elle s'abandonna au flot d'émotions qui lui étreignait la gorge. Elle portait seule la responsabilité de cette violence insensée.

— Seigneur, Seigneur…, murmura-t-elle en oscillant d'avant en arrière. Je l'ai tué, tué, tué, tué…

— Laura.

Lentement, elle leva son regard vers le visage grave et tendu de Nick.

— Le médecin est mort, prononça-t-elle d'une voix faible.

S'agenouillant à côté d'elle, il prit le pouls du vieux médecin.

— C'est trop tard, gémit-elle. Trop tard pour lui, trop tard pour Robbie.

Un sanglot déchirant jaillit de sa gorge, puis elle s'affaissa, brisée par la défaite.

« Trop tard ! Trop tard ! Trop tard ! » lui hurla une voix intérieure.

— Allons, viens Laura. Il ne faut pas rester ici.

Nick la relevait. Elle sentit ses bras puissants l'enserrer. Vidée de ses forces, elle laissa sa tête retomber sur son épaule.

Le médecin était mort.

Robbie était perdu.

Tout était de sa faute.

Son estomac se souleva brutalement, et la pièce se mit à tanguer autour d'elle, tandis que Nick l'emmenait devant l'évier de la cuisine. Elle marmonna une vague protestation lorsqu'il entreprit de rincer ses mains ensanglantées sous le robinet.

— Oh mon Dieu !

Sa tête bascula dans le bassin et elle vomit avec violence. L'image du médecin baignant dans son sang resterait à jamais imprimée dans sa mémoire.

— Tout va bien, ma chérie. Tout va bien, murmura Nick, tout en écartant ses cheveux de son visage.

Il ouvrit le robinet pour évacuer la bile jaunâtre.

Passé le haut-le-cœur, Laura se rinça longuement la bouche et la gorge, avant de s'asperger le visage d'eau fraîche.

Le médecin était mort.

La saisissant par la taille, Nick la hissa sur le comptoir et l'examina avec soin.

— Tu n'as rien ? s'enquit-il en dégageant ses joues des mèches humides qui s'y collaient.

Elle secoua la tête, le regard vitreux.

Le médecin était mort.

— C'est ma faute, geignit-elle. Je n'aurais pas dû venir ici.

— Il faut que tu me dises ce qui s'est passé, la pressa Nick d'une voix douce. Pourquoi t'es-tu enfuie, tout à l'heure ?

Elle déglutit avec peine, puis frissonna.

— Je… je ne me suis pas enfuie. J'ai pensé que si je pouvais retrouver mon dossier, et que le médecin y ait fait mention de Robbie, alors James Ed ne pourrait plus affirmer que mon fils n'existe pas.

Elle inspira profondément, avant d'ajouter :

— Je veux continuer seule, Nick. Je ne veux plus que tu m'aides. C'est trop dangereux. Je ne veux pas risquer que tu sois de nouveau blessé.

— Y avait-il quelqu'un d'autre ici à ton arrivée ? demanda-t-il, ignorant sa requête.

Elle secoua la tête, avant de faire un geste vague vers le couloir.

— Non, répondit-elle d'une voix tremblante… Seulement… seulement le médecin…

— Réfléchis bien. La porte était-elle ouverte ?

— J'ai… J'ai brisé la vitre et… je l'ai ouverte de l'intérieur, soupira-t-elle, plongeant son regard dans le sien.

— Te rappelles-tu avoir touché à quoi que ce soit en dehors de la porte ?

— Quoi ?

— As-tu touché quelque chose, Laura, après avoir ouvert la porte ?

Elle tenta de se concentrer. Qu'avait-elle touché ? Rien… Tout, peut-être… Que croyait-il ?

— Je ne me souviens pas.

Tels des rubans d'acier, les doigts de Nick se refermèrent sur le haut de ses bras. Il la secoua gentiment.

— Ecoute-moi bien, insista-t-il d'une voix tendue. Le sang n'est pas encore coagulé. Comprends-tu ce que cela signifie ?

L'estomac de Laura se souleva aussitôt.

— Epargne-moi cela, s'insurgea-t-elle en tentant de se dégager. Laisse-moi, Nick…

— Bon Dieu, Laura ! grogna-t-il. La personne qui a tué le médecin n'est pas partie depuis longtemps. Holland avait quitté la ville, tu te souviens ? Il a probablement surpris quelqu'un dans son bureau en revenant à l'improviste. Réfléchis ! Réfléchis à la première chose que tu as vue en pénétrant dans la maison. Qu'as-tu entendu ?

Son visage se crispa sous l'effort de concentration. Elle avait entendu… le silence. Leurs regards se croisèrent de nouveau.

— Rien. Je n'ai rien vu, rien entendu… Mais j'ai senti l'odeur du sang.

Un hoquet lui secoua les épaules.

— Je l'ai sentie dès le moment où j'ai mis le pied dans la maison.

Nick jura par-devers lui.

— Es-tu sûre, répéta-t-il lentement, de n'avoir touché à rien ?

— Je ne crois pas. Mais je n'en suis pas certaine. J'étais... hors de moi.

La torpeur commençait à l'envahir. Il lui semblait ne plus rien ressentir d'autre que la fatigue. Une immense fatigue.

— Ne bouge pas, ordonna Nick d'une voix sèche.

Elle opina de la tête. Les mains plaquées sur la bouche, elle comprima un cri d'horreur. Le docteur était mort. Robbie était perdu. Oh, Seigneur, Seigneur ! Elle devait faire quelque chose.

Mais quoi ?

Nick revint bientôt, muni d'un torchon dont il essuya le robinet et la zone autour de l'évier. Laura fonça les sourcils. Qu'était-il en train de faire ?

— Peux-tu tenir debout ? demanda-t-il, le visage crispé.

— Oui, murmura-t-elle.

La soulevant alors du comptoir, il la remit sur ses pieds.

— Ne bouge pas, dit-il. Ne touche rien.

Laura cligna des yeux, l'esprit confus. Après avoir essuyé la surface carrelée, il l'emmena vers la porte. Dès qu'ils furent à l'extérieur, il frotta du même torchon la poignée, la boiserie et les surfaces avoisinantes. Toujours en état de choc, Laura le regarda jeter au loin la pierre dont elle s'était servie pour briser la vitre. Elle cherchait le sens de ses gestes, mais l'effroyable image du Dr Holland assassiné bloquait ses capacités de réflexion.

Nick lui prit la main et la conduisit jusqu'à la voiture. Ouvrant la portière du passager, il lança le torchon sur la banquette arrière, puis installa précautionneusement la jeune femme sur son siège, avant de lui boucler sa ceinture. Muette, comme statufiée, elle le regardait contourner l'avant de la voiture et prendre place derrière le volant.

— Nick, je veux mon enfant, déclara-t-elle soudain d'une voix mécanique, éteinte. Ne vois-tu pas qu'ils s'acharnent à effacer toute trace de lui ?

Ses muscles se décontractaient. Elle secoua lentement la tête, avant d'ajouter :

— Comme s'il s'était évaporé dans l'atmosphère, comme s'il n'avait jamais existé...

Nick lui lança un regard ému et engagea le véhicule sur la chaussée.

— J'appellerai Ian dès que nous serons rentrés, et je prendrai des arrangements pour trouver un endroit sûr où te cacher. Il se passe ici trop de choses que je ne comprends pas. Je ne veux prendre aucun risque.

— Non ! Je ne peux pas partir sans Robbie ! s'écria-t-elle.

— Bien sûr que si. Surtout si tu veux le retrouver.

Laura reconnut Vine Street, tandis qu'ils traversaient la ville. Un désespoir tel qu'elle n'en avait jamais connu la percuta de plein fouet. Elle avait laissé Robbie avec Mme Leeton. Celle-ci devait savoir où il se trouvait. Elle n'était pas la vieille personne fragile qu'elle prétendait être. Elle savait. Elle mentait. Il ne pouvait en être autrement.

— Emmène-moi chez Mme Leeton.

La détermination sereine avec laquelle elle avait dit ces mots la surprit elle-même. Nick la regarda du coin de l'œil, subrepticement.

— Très bien, répondit-il sans hésitation.

Passé le moment de stupéfaction, Laura ferma les yeux et pria. Pour qu'il ne fût pas top tard.

Nick cogna de nouveau à la porte, plus fort cette fois. La vieille femme devait être sourde pour ne pas l'entendre. Laura piétinait d'impatience à côté de lui.

— Elle ne répondra pas. Elle sait maintenant que tu la soupçonnes.

— Donnons-lui une minute, dit-il en regardant sa montre. Il est tôt, et elle est âgée. Peut-être est-elle encore au lit.

Laura étouffa un soupir, avant de croiser les bras sur sa poitrine.

Nick prit une profonde inspiration, puis relâcha lentement l'air de ses poumons. « Je l'ai tué, tué, tué… » Les mots de Laura continuaient de résonner dans son esprit. Il se passa la main sur le visage. C'était faux, bien sûr. Mais quelqu'un s'était donné beaucoup de mal pour que les apparences l'entraînent sur une fausse piste. Son dossier médical avait été déposé à côté du corps. Vide.

Il secoua la tête. Dans son désir aveugle de protéger Laura, il avait nettoyé les lieux, effaçant les éventuelles empreintes laissées par l'assassin. En agissant ainsi, il avait fait preuve d'une impardonnable légèreté.

— Je ne l'entends toujours pas, dit Laura.

Nick lui adressa un bref coup d'œil, puis sortit de sa poche une espèce de tige métallique, dont il se servit pour crocheter la serrure. Laura l'observa avec un étonnement muet, puis, lui laissant à peine le temps de faire un pas de côté, se précipita à l'intérieur.

Nick pénétra à son tour dans le petit salon, saisi d'une vague intuition. Mme Leeton était loin. Soit elle avait quitté la ville, soit elle avait connu le même sort que le médecin.

Laura réapparut bientôt.

— Personne, annonça-t-elle d'un ton las.

Se saisissant d'une photo dans son cadre, Nick étudia le couple souriant qui y figurait.

— As-tu noté s'il manquait des vêtements ?

Elle haussa les épaules.

— Difficile à dire. Elle les range dans les penderies et les tiroirs. Je ne peux être certaine qu'ils y soient tous.

— Je parie qu'il en manque. Où est la cuisine ?

Laura le conduisit vers une petite pièce impeccablement tenue. Mme Leeton était une maniaque de la propreté, nota-t-il en contemplant le carrelage immaculé des plans de travail. S'approchant du réfrigérateur, il l'ouvrit et en examina l'intérieur.

— Elle est partie depuis au moins trois jours, dit-il en refermant la porte.

— Comment le sais-tu ?

— Le lait est périmé depuis avant-hier.

D'un signe du menton, il désigna le calendrier fixé à l'aide d'un aimant sur la surface émaillée. Laura le rejoignit, intriguée, pour constater que chaque jour y était raturé au stylo jusqu'à l'avant-veille.

— Mon Dieu, murmura-t-elle, avant de vaciller sur ses jambes.

Nick la rattrapa aussitôt.

— Allons-nous-en, Laura. Nous n'avons plus rien à faire ici.

Tout en la guidant jusqu'à la voiture, il l'observa à la dérobée, soucieux de prévenir tout signe de panique. Elle en avait trop vu aujourd'hui, et n'était certainement pas en mesure d'en supporter davantage. C'était un miracle qu'elle ne se fût pas encore effondrée.

Dès leur retour à la maison, il veillerait à ce qu'elle se couchât. Ensuite, il appellerait Ian et lui chercherait un nouveau lieu d'hébergement. Les choses commençaient à sentir un peu le roussi. D'une manière ou d'une autre, il était bien décidé à connaître le fin mot de l'histoire. Mais il devait d'abord assurer la sécurité de Laura. Le cadavre du Dr Holland ne tarderait pas à être découvert, et le temps jouait contre la jeune femme.

Si James Ed la suspectait d'être mêlée au meurtre du médecin, il la ferait interner sans autre forme de procès.

A moins, songea-t-il, de retourner la situation à leur avantage. Un rapide coup de fil à son ami Ray Ingle pouvait les aider dans ce sens.

Nick remonta la couverture sur Laura et pria pour qu'elle dormît un bon moment. La mort du Dr Holland l'avait tellement choquée qu'il s'était fait un sang d'encre en se représentant la scène dans laquelle elle s'était trouvée piégée. Mais à peine fut-elle allongée sur le sofa qu'elle s'endormit. Il ne se sentait plus la force de l'entendre se morigéner au sujet de l'assassinat du médecin.

Il soupira. Si seulement il disposait d'un indice, même minuscule, prouvant la réalité de sa maternité ! Car si les vergetures pouvaient laisser penser qu'elle avait été enceinte, elles ne certifiaient pas que l'enfant était né vivant. Et il avait besoin d'une preuve irréfutable.

Secouant la tête, écœuré, il se rendit dans la cuisine et se prépara un café. Depuis le début de la journée, se rappela-t-il, il n'en avait pas bu une seule tasse. L'horloge murale marquait 14 heures. Quelque chose lui disait que cette journée n'en finirait pas. Un peu plus tôt, éponger l'eau dans la salle de bains l'avait occupé, mais il se sentait à présent comme un lion en cage. Ils approchaient de la vérité. Il le sentait.

Une tasse de café corsé à la main, il s'assit et sortit son téléphone de sa poche. Il avait jugé préférable d'attendre que Laura fût endormie avant de donner son coup de fil.

Ray décrocha à la première sonnerie.

— Hé, ce vieux Nick ! Quoi de neuf ?

Le policier semblait beaucoup plus détendu que la dernière fois qu'il lui avait parlé.

— Il serait plus simple de demander ce qui ne l'est pas, répliqua-t-il, mi-figue, mi-raisin.

— J'ai entendu dire que tu étais dans le Mississippi pour une semaine ou deux.

— Ouaip. Il semble que je n'aie pas bien compris la leçon, la première fois.

Un silence pesant s'établit quelques secondes sur la ligne.

— Tu as un problème.

Nick se massa le cou pour en chasser la tension qui s'y insinuait.

— Il y a eu un meurtre ici, à Bay Break.

— Je vois.

— Le Dr Holland. Ce matin, mais je ne peux pas te préciser l'heure. Son bureau a été retourné.

— Les flics locaux sont prévenus ?

— Pas encore.

— Y a-t-il autre chose que je devrais savoir ? Inutile de te demander comment tu es au courant…

— Il est possible que tu y trouves les empreintes de Laura. Et peut-être aussi les miennes.

— C'est tout ?

Nick n'hésita qu'une seconde.

— Oui.

Un nouveau silence plana.

— Que veux-tu que je fasse ? demanda finalement Ray.

— Je sais que les locaux feront appel à quelqu'un de chez vous pour mener l'enquête, répondit-il, avant de se passer la langue sur les lèvres. Je veux que tu te débrouilles pour que nous soyons blancs dans cette affaire.

— Vous l'êtes ?

— Je ne te demanderais pas ce service si nous ne l'étions pas.

176

— Le gouverneur sait-il quelque chose ?

— Non. Et j'apprécierais que tu ne lui en dises rien.

— Que se passe-t-il, Nick ?

La voix de Ray reflétait à présent une certaine inquiétude.

— J'ai juste besoin d'un peu de temps pour le savoir moi-même. Mais je ne veux pas voir Laura éclaboussée par ce qui se passe autour d'elle.

— C'est entendu. Je m'en occupe.

— Merci, mon vieux. Tu sais que si tu as besoin de quoi que ce soit, tu peux toujours compter sur moi.

— Je saurai m'en souvenir, fais-moi confiance !

— Et si tu tiens des suspects, tiens-moi informé.

— Hé ? fit le policier avant de raccrocher.

— Oui, Ray.

— Que devient le gosse dans tout cela ?

Nick fronça les sourcils. James Ed l'avait-il informé des affirmations de Laura concernant son enfant ? Peut-être lui avait-il simplement demandé d'envisager la question. Non, songea-t-il en secouant la tête. Connaissant Ray, il aurait abordé le sujet de front.

— Quel gosse ? demanda-t-il d'un ton réservé.

— Voyons, Nick ! Celui que Laura avait avec elle le jour où je l'ai repérée. De quel autre gosse voudrais-tu que je parle ?

La cage thoracique de Nick se contracta.

— Laura était avec un enfant lorsque tu l'as vue ?

— Mais oui ! confirma-t-il, manifestement surpris. Un bébé d'un an, peut-être un peu plus. Impossible de le manquer. Il était...

— Son enfant a disparu, coupa-t-il.

— Disparu ? Qu'est-ce que...

177

— Merci, Ray. Je dois raccrocher. Je t'expliquerai plus tard.

Coupant la communication, il jeta le portable sur la table d'un geste nerveux, avant de repousser sèchement sa chaise pour se lever. James Ed lui avait menti. Laura n'avait pas passé les derniers dix-huit mois dans cet hôpital. Elle avait dit la vérité depuis le début. L'enfant existait bel et bien.

Laura avait un fils.

Et il était désormais en mesure de le prouver.

10.

Une nouvelle fois, Laura se réveilla en sursaut. Dehors, il faisait nuit. Elle avait dormi tout l'après-midi. Elle se passa la langue sur ses lèvres sèches, puis déglutit péniblement.

Le médecin était mort.

Ce souvenir la secoua telle une lame de fond. Les paupières closes, elle s'efforça de contenir ses larmes. Ne pas craquer. Ne pas pleurer. Elle devait agir.

Le médecin était mort.

Son dossier était vide.

Jane Mallory était décédée.

Mme Leeton avait disparu.

Aucune des personnes au courant de la naissance de Robbie n'était encore là pour en attester. Nick était disposé à l'aider, mais elle refusait de lui laisser courir ce danger. Pour s'y être risqué, Le Dr Holland l'avait payé de sa vie.

Les dents serrées, elle força son esprit affaibli à élaborer un plan. Si seulement elle disposait d'une arme…

Nick avait besoin de son revolver pour se protéger.

Le médecin !

Elle se rappelait avoir vu une arme à feu entre ses mains, après son retour à Bay Break, le jour de sa première visite avec Robbie. Le vieux médecin lui avait expliqué qu'il le gardait toujours chargé dans le tiroir de sa table de chevet, ajoutant que si quelqu'un venait chercher des ennuis à Laura, il saurait s'en servir. Le vieil homme l'adorait…

Un regain de chagrin lui étreignit le cœur. Son ami était mort. Disparu à jamais. Assassiné par l'albinos. L'exécuteur des basses œuvres de James Ed. Elle le savait aussi sûrement qu'elle connaissait son propre nom. Si Nick venait à se mettre en travers du chemin de son frère, il le tuerait également.

Mais elle veillerait à ce que cela ne se produise pas.

Sa décision prise, une étrange sensation de paix l'envahit. C'était simple. Tout ce qu'elle avait à faire était de prendre la voiture ainsi qu'elle l'avait fait ce matin, effectuer un crochet par le cabinet médical, puis se rendre à Jackson. De quelque manière que ce fût, elle tirerait les vers du nez de James Ed. Nick ne la soupçonnerait jamais d'être retournée à Jackson. Du moins, pas avant qu'il ne fût trop tard. Mais avant tout, elle devait échapper à sa vigilance.

Repoussant la couverture, elle se redressa sur le sofa, écarta les cheveux de son visage puis jeta un coup d'œil autour d'elle. Pas de Nick. Peut-être avait-il décidé de prendre une douche. Elle tendit l'oreille. Rien. Aucune odeur de cuisson ; il n'était donc pas occupé dans la cuisine.

Un léger étourdissement la saisit lorsqu'elle se leva. Elle devait manger. Le simple fait d'y penser, cependant, lui crispait l'estomac. Son corps était si faible. Elle respira plusieurs fois à fond, lentement. Sitôt que les murs eurent fini de danser autour d'elle, elle se mit en route pour la cuisine.

Nick apparut devant elle au moment précis où elle posait le pied dans le couloir.

Il devait être doté d'un sixième sens, songea-t-elle en souriant.

— Ah, Laura, ma chérie, dit-il en lui caressant la joue. J'attendais que tu te réveilles. Nous avons à parler, tous les deux.

180

— A quel sujet ?

Bavarder lui donnerait le temps d'affiner son plan. Elle contrôlait à présent les battements de son cœur. Du moins, tant qu'il ne la harcelait pas sur l'identité du père de son enfant. Seigneur, s'il venait, ne fût-ce qu'une seconde, à suspecter la vérité…

— Retournons dans le salon, si tu veux bien. Nous y serons mieux installés.

L'espace de deux interminables secondes, Laura demeura hypnotisée par le jade intense de ses yeux. Comme elle aimait cet homme ! Mais dès qu'il aurait appris la vérité, elle le savait, les sentiments qu'il avait pour elle changeraient irréversiblement.

— Comme tu voudras.

Elle fit demi-tour et regagna le sofa, priant pour qu'il n'ait encore rien deviné. Elle savait cependant que, tôt ou tard, il faudrait le lui dire. Mais pas maintenant. Elle ne pouvait se permettre d'y songer en cet instant.

Nick se mit à marcher de long en large devant elle, comme s'il ne parvenait pas à se décider. Saisie d'un mauvais pressentiment, elle ferma les yeux. Non, elle ne supporterait pas d'apprendre d'autres mauvaises nouvelles.

— J'ai parlé à l'inspecteur Ingle, cet après-midi, annonça-t-il enfin.

— Robbie ! s'écria-t-elle, en proie à une soudaine angoisse.

Elle se calma aussitôt. Elle devait se monter forte si elle voulait retrouver son fils et tenir l'albinos éloigné de Nick.

Celui-ci s'immobilisa à un mètre d'elle, le dos tourné et la tête baissée.

— Pardonne-moi, Laura. J'aurais dû…

Un bruit de verre cassé interrompit sa phrase. Laura sursauta, puis se tourna vers la fenêtre de l'autre côté de la pièce. Sous l'effet d'un brusque courant d'air, les rideaux se gonflèrent vers l'extérieur, avant de reprendre en douceur leur position initiale. Des petits éclats de verre jonchaient la moquette. Elle se leva, intriguée.

Les bras de Nick se refermèrent instantanément sur elle, et ils basculèrent ensemble sur le sol, renversant au passage la table basse, ainsi que la lampe de salon et le téléphone qui s'y trouvaient. Du combiné décroché bourdonna une tonalité continue.

Etourdie, Laura resta plusieurs secondes immobile sur la moquette, le temps de reprendre ses esprits. Nick était allongé sur elle, la protégeant de son corps.

— Nick, que se passe-t-il ? chuchota-t-elle.

L'évidence de la réponse la frappa avec brutalité. Quelqu'un venait de faire feu depuis l'extérieur. Son sang se figea. *Il* était là. Il tirait sur eux.

— Nick ! s'écria-t-elle en se tordant le cou pour apercevoir son visage.

Ses yeux étaient fermés, et du sang coulait de son front. C'est seulement alors qu'elle se rendit compte qu'il pesait à présent de tout son poids sur elle. Une onde de terreur l'envahit. Rassemblant ses forces, elle roula sur elle-même, faisant basculer le corps qui la couvrait, puis se pencha sur le visage de son compagnon. Dieu merci, il respirait ! Un sillon rouge commençait à deux centimètres au-dessus de son sourcil droit, remarqua-t-elle, pour disparaître sous les cheveux.

« Mon Dieu, faites qu'il ne soit pas gravement touché. »

Ses lèvres se mirent à trembler, tandis qu'une boule se formait dans sa gorge. Elle porta une main à sa bouche. La vision du médecin baignant dans son sang lui revint brièvement à l'esprit. Elle devait aider Nick. Près de sa tempe gauche, une large bosse commençait à se former. Elle contempla un instant la table renversée et la lampe cassée. Il avait dû se cogner la tête en tombant. Quant à la plaie occasionnée par la balle, elle était à première vue superficielle. Pourtant, s'il respirait toujours, sa peau était glacée. Avait-il subi une lésion interne ?

Elle le secoua doucement.

— Nick. Nick, je t'en prie, réveille-toi.

La panique, oppressante, la gagnait peu à peu. Elle devait trouver de l'aide. Rampant de l'autre côté de la table, elle se saisit du combiné téléphonique et de son support.

Quelque chose de dur et de froid se posa sur sa nuque.

— Raccroche, ordonna une voix mauvaise.

C'était lui. C'était sa voix. Affolée par l'état de Nick, elle avait totalement oublié la présence de l'homme à l'extérieur. Maintenant il était là, derrière elle.

— Tout de suite, commanda-t-il d'un ton sec. Ou j'achève ton petit ami d'une autre balle.

Laura s'exécuta.

— Il a besoin de soins, plaida-t-elle en se redressant. Laissez-moi juste appeler de l'aide. Je ferai ensuite tout ce que vous voudrez.

Le fusil pointé sur son cœur, l'albinos la contourna, puis baissa les yeux sur Nick. Avant de lui décocher un violent coup de pied au flanc.

— Non ! cria-t-elle.

— Il survivra, railla-t-il en découvrant des dents jaunâtres. Sauf si tu ne fais pas exactement ce que je te dis.

Luttant pour garder son sang-froid, Laura hocha la tête.

— Que voulez-vous que je fasse ?

D'un geste, il indiqua le couloir.

— Dehors, princesse.

Laura le précéda jusqu'à la porte d'entrée, tout en priant avec ferveur pour que Nick s'en sortît. Dès qu'ils furent sur le perron, elle s'arrêta et se retourna.

— Et maintenant ?

Le tueur étudia quelques instants les alentours, puis son visage s'éclaira.

— La grange, décida-t-il. Ce genre d'endroit est tellement riche de possibilités !

Laura frissonna, mais reprit aussitôt le contrôle d'elle-même. Il lui fallait garder son calme. Elle devait réfléchir, et trouver un moyen de se défendre. S'il la tuait maintenant, il retournerait ensuite à la maison pour achever Nick.

— Rendons les choses faciles pour tous les deux, lui susurra-t-il à l'oreille, tout en la dirigeant vers la vieille construction. Je vais te tuer, et tu me laisseras faire, compris ?

Elle écarquilla les yeux, tout en réfléchissant : quels objets susceptibles de lui venir en aide trouverait-elle dans la grange ?

— Compris ? insista-t-il en lui enfonçant le canon de son arme dans le creux de la nuque.

Elle hocha aussitôt la tête.

— Bien.

Une odeur mêlée de foin et de carburant lui monta au nez au moment où ils pénétrèrent dans la grange, par le portail entrouvert. Personne ne le fermait jamais, se souvint-elle, comme si ce détail prenait soudain de l'importance. L'albinos tenta pourtant de rabattre le loquet. Comme d'habitude, le vantail se rouvrirait immédiatement. Mais qui s'en souciait ce soir ?

Elle se mit à trembler. Elle ne voulait pas mourir. Elle voulait retrouver son enfant, et être auprès de Nick. Fermant les yeux, elle tenta de penser à autre chose. Son ravisseur actionna un interrupteur. Un néon s'alluma au-dessus de leurs têtes. Laura cligna des yeux, puis chercha un objet, une installation, n'importe quoi pouvant faciliter son évasion. La

184

lumière blême n'éclairait que le centre de la vaste grange, laissant le reste dans l'obscurité.

D'une poussée dans le dos, l'albinos la fit tomber au sol.

— Ne bouge pas, ordonna-t-il avant d'étudier les lieux.

Son regard s'arrêta sur un mur, et un rictus horrible déforma sa bouche. Laura tendit le cou pour voir ce qui avait ainsi attiré son attention.

— Parfait, marmonna-t-il.

Sans la quitter des yeux, il dirigea le canon du fusil vers son cœur et s'approcha à reculons d'une rangée de crochets fixés à l'un des murs, d'où il décrocha un rouleau de grosse corde. Il revint vers elle et, balançant la corde d'un mouvement nonchalant, la toisa froidement. Laura s'efforça d'enregistrer chaque détail de sa physionomie : les cheveux et la peau d'un blanc spectral, les inquiétants yeux roses. Il n'était ni grand ni large d'épaules, mais sec et musculeux. En outre, elle se souvenait qu'il était doté d'une force impressionnante.

— Un seul mot et je te descends, avertit-il. J'irai ensuite régler son compte à l'autre, dans la maison.

Refusant de se laisser impressionner, Laura concentra toute son attention sur ses gestes. Allait-il la pendre ? Surtout, ne pas céder à l'affolement. Elle scruta son environnement immédiat à la recherche d'une arme, quelle qu'elle fût. Une fourche était appuyée contre le mur le plus éloigné d'elle. Elle se mordit la lèvre. Jamais il ne lui laisserait le temps de l'atteindre.

C'était sans espoir. Elle ne pouvait rien faire.

Ce constat lui ôta toute énergie. Une terrible douleur lui étreignit le cœur à la pensée qu'elle ne reverrait plus jamais Nick, ni Robbie.

Non ! se révolta-t-elle. Elle ne pouvait le laisser la tuer sans réagir. Elle devait le faire parler, gagner du temps… C'était au moins un début de plan. Si elle réussissait à le distraire, peut-être commettrait-il une erreur.

— Pourquoi avoir tué le médecin ? demanda-t-elle, d'une voix plus dure qu'elle ne l'aurait souhaité.

Son regard rose se posa sur elle. Il sourit.

— Le vieux bonhomme a eu de la chance, la première fois, déclara-t-il avec mépris. Lorsque je suis arrivé, il venait de quitter la ville. Une urgence…

Il émit un ricanement sinistre.

— S'il n'était pas parti aussi vite, je lui aurais réglé son compte ce jour-là… Finalement, il a débarqué ce matin, mais au mauvais moment : j'étais justement venu prendre ton dossier.

— Vous l'avez tué uniquement parce qu'il m'avait aidée ?

— Je l'ai tué parce qu'il en savait trop.

— Et Mme Leeton ? L'avez-vous également tuée, ou travaillait-elle avec vous ?

Elle serra les dents à l'idée que la vieille dame l'avait trahie, et aidé le ravisseur de son fils. Ses lèvres se mirent à trembler de colère. Et de peur.

— Cette vieille garce a disparu, répondit-il avec flegme. Mais je finirai bien par la retrouver.

— Où est mon fils ?

Elle retint aussitôt sa respiration. Elle *devait* savoir.

— Tu n'auras plus besoin de lui, là où tu vas, répondit-il, tout en confectionnant un nœud coulant avec la corde. A moins que tu ne souhaites qu'il soit enterré avec toi.

Laura bondit sur ses pieds, en proie à un brusque accès de fureur.

— Si vous avez touché à un seul cheveu de mon fils…

— Ne t'inquiète pas, princesse ! Vivant, il est bien trop précieux.

186

Tout en poursuivant sa tâche, il la détailla d'un œil torve.

— Mais en ce qui te concerne, ce n'est pas le cas. Assez joué, à présent. L'heure est venue de passer aux choses sérieuses.

Nick se redressa lentement, le crâne vrillé par une douleur lancinante. Il porta la main à son front et baissa les yeux sur ses doigts ensanglantés.

— Bon Dieu ! grommela-t-il. Que s'est-il donc passé ?

Il se releva difficilement. Sa tête lui semblait comme enserrée dans un étau, et la pièce se mit à tourner autour de lui. Les yeux fermés, il attendit quelques instants que son vertige se dissipât, puis tenta de marcher. Au premier pas, quelque chose craqua sous sa chaussure. Essuyant le sang de son visage, il se pencha sur la lampe en morceaux et la table renversée. Le souvenir de ce qui s'était passé lui revint alors avec une telle force que ses jambes vacillèrent.

— Laura…

Il survola la pièce du regard, puis se rua dans le couloir. La porte de la maison était restée ouverte, laissant entrer des feuilles mortes apportées par le froid vent d'automne. Telles des âmes égarées, elles s'éparpillaient en voletant çà et là sur le plancher ciré.

La démarche incertaine, il s'avança sur le perron. La voiture de location se trouvait encore dans l'allée. Il regarda à droite, puis à gauche. De quel côté cette crapule l'avait-il emmenée ?

Un cri aigu déchira le silence opaque de la nuit. Nick pivota vivement dans la direction qu'il lui indiquait. La grange. Une faible lumière filtrait par le portail entrouvert. Nick s'élança en courant vers la construction. Une lame de bistouri semblait fouiller l'intérieur de son genou, diffusant une douleur insoutenable à travers toute sa jambe. Les dents serrées, il s'efforça de ne pas y penser. Il devait sauver Laura. Pris de vertige, ignorant les hurlements de son corps, il poursuivit sa course folle vers la grange. Arrivé devant le vantail ouvert, il s'arrêta et força son cœur à retrouver un rythme régulier. Puis, s'avançant à pas de loup, il risqua un coup d'œil par l'étroite ouverture.

Ce qu'il vit le figea aussitôt de terreur. Laura se tenait debout sur un petit escabeau. Une corde avait été jetée par-dessus une poutrelle de la toiture, pour se terminer par un nœud coulant glissé autour de son cou. L'albinos se tenait auprès d'elle et lui parlait, le canon de son fusil enfoncé dans son estomac. Un effroi complet se lisait sur le visage de sa captive, tandis que ses mains se crispaient sur la corde qui l'étranglait.

Une fureur noire s'empara de Nick. Cet immonde salaud était un homme mort. Il gonfla ses poumons d'air, plusieurs fois, et se raisonna. Pas question de faire courir le moindre risque à Laura. Mais l'albinos était mort.

Prenant une dernière inspiration, il s'avança très lentement dans la grange, veillant à éviter le moindre bruit. Arrivé à la limite du halo de lumière, il bifurqua vers la droite afin de rester dans l'ombre. S'il parvenait à surprendre le tueur par-derrière, il le réduirait à sa merci sans lui laisser le temps de réagir.

— Vas-y, grogna l'albinos. Ne te gêne pas ! Hurle si tu veux…

Il s'approcha d'elle. Si près qu'elle sentit son souffle nauséabond.

— Les effets sonores donnent toujours du piment au spectacle !

— Dites-moi juste où est mon fils ! supplia-t-elle d'une voix brisée.

188

— Ce n'est pas si terrible, poursuivit le tueur, ignorant sa question. Quatre petites minutes, et tout sera terminé. Après quoi, tout le monde vivra heureux. Pauvre Laura, dira-t-on. Malgré tout ce que l'on a fait pour elle, elle aura quand même fini par se suicider.

— Jurez-moi qu'il n'est rien arrivé à mon fils !

Nick refoula la vague d'émotion qui lui brouillait l'esprit. Elle n'avait pas peur de mourir, elle avait peur pour son fils. Son estomac se serra. Les lèvres serrées, il lutta pour contenir la rage aveugle qui battait à présent dans ses veines.

— Ne t'inquiète pas pour ton marmot, railla l'albinos. Il rendra bientôt quelqu'un heureux. Assez heureux pour me payer de quoi m'assurer une retraite dorée.

Laura se raidit, tandis que le petit escabeau branlant tremblait sous ses pieds.

— Tsk-tsk, ne bouge pas, princesse ! Je me réserve le plaisir de te donner moi-même la dernière poussée. Ensuite, je retournerai à la maison terminer le travail que j'ai commencé avec ton joli cœur.

— Vous m'aviez promis, répliqua-t-elle sèchement, que si je vous obéissais, vous laisseriez Nick en paix.

— J'adore quand tu te rebiffes ! persifla-t-il.

Malade de dégoût et de terreur, elle détourna la tête.

Et aperçut Nick dans la pénombre. Celui-ci se figea, tétanisé. Il secoua la tête, mais trop tard. La surprise et le soulagement éclairaient déjà son visage. S'apercevant du changement, l'albinos opéra une brusque volte-face. Le revolver au poing, Nick le visa entre les yeux.

— Laisse tomber, ordonna-t-il.

L'homme sourit.

— Eh bien, eh bien ! Tu as la tête plus dure que je ne le pensais !

189

— Détache-la, gronda-t-il entre ses dents, ou je te descends là où tu es.

Le tueur se frotta la joue de sa main libre, le fusil maintenant dirigé vers la tête de sa victime. Nick serra la crosse de son arme, prêt à faire feu.

— Vois-tu, petit malin, ironisa l'albinos, tu fais irruption dans ma petite fête sans y avoir été invité. On ne t'a jamais appris la politesse ?

— Détache-la tout de suite, répéta-t-il d'un ton glacial, si tu tiens à la vie.

— Qu'est-ce qui pourrait m'empêcher de la tuer d'abord ?

Nick crut discerner une hésitation dans sa voix.

— Une seule chose, répondit-il : le couvercle du cercueil dans lequel on te mettra, après que je t'aurai fait sauter la cervelle.

Son index était maintenant crispé sur la détente du Beretta.

— Mais nous ne voulons pas cela, n'est-ce pas ? susurra le tueur.

Les yeux rivés dans ceux du détective, il baissa lentement son arme. Nick s'avança d'un pas. Tout se déroula ensuite très vite. L'albinos lança son pied droit en avant. L'escabeau bascula au sol. Un hurlement déchirant résonna dans la grange. Le regard horrifié de Nick plongea dans celui de Laura. Les deux mains lancées au-dessus de sa tête, celle-ci s'agrippa de toutes ses forces à la corde. Ses jambes battirent dans le vide. La peur et le désespoir lui déformaient le visage.

Sans cesser de la tenir en joue, l'albinos recula jusqu'au portail.

— Vas-tu perdre plusieurs précieuses secondes à te demander si tu peux me loger une balle dans la tête avant qu'elle ne s'asphyxie ? s'enquit-il, avec un sourire difforme. Combien de temps crois-tu qu'elle pourra tenir ?

Instantanément, Nick se retrouva sous Laura, supportant son poids afin d'alléger la pression de la corde sur sa trachée. Son cœur martelait lourdement sa cage thoracique.

— Peux-tu te débarrasser du nœud coulant ? demanda-t-il, le souffle court.

— Je... Je crois..., parvint-elle à répondre.

Puis elle se mit à tousser.

Nick tourna son regard vers l'entrée de la grange. L'albinos avait disparu.

Mais Laura était vivante. Fermant les yeux, il resserra les bras sur le bas de son corps.

En ce moment précis, rien d'autre n'importait.

11.

— Mon bébé est vivant, murmura-t-elle. Il m'a dit que mon bébé était vivant. Je...

Un spasme lui secoua le corps.

— Tu saignes encore, Nick. Je dois t'emmener à l'hôpital.

— Chhh... Ce n'est rien, ma chérie. La balle a fait moins de dégâts que ce maudit coin de table.

Il lui baisa le front, avant de l'attirer contre lui.

— Laisse-moi te serrer un instant dans mes bras.

A genoux sur le sol froid et humide de la grange, il l'étreignit avec soulagement. Il avait failli la perdre, cette nuit. Il aurait dû prévoir que l'homme se mettrait à leur recherche après avoir tué le médecin.

L'impatience le rongeait.

Les mots de Ray lui revinrent en écho : « un bébé d'un an, peut-être un peu plus. »

Le fils de Laura.

Ray l'avait vue avec l'enfant. Demain, Ian confirmerait sans aucun doute l'enregistrement de la naissance d'un petit Robert Forester au registre d'état civil de Montgomery. Ce qui constituerait un autre élément solide. Laura avait un enfant, et il serait en mesure de le prouver dès le lendemain.

James Ed avait menti. Nick ne parvenait pas à croire qu'il avait pu se tromper à ce point. La joie qu'il avait exprimée lors du retour de Laura, son bonheur de la savoir saine et sauve, avaient semblé si sincères.

Sandra ? Qu'avait-elle à gagner à la mort de Laura ? L'argent ? James Ed et elle n'en manquaient pas. Bien sûr, dès qu'il leur avait été permis de puiser dans l'héritage, ils ne s'en étaient pas privés. Mais seul son époux pouvait le faire en toute légalité. Bref, tout désignait James Ed comme coupable.

Exactement comme l'avait dit Laura.

Nick fronça les sourcils. Pourtant, quelque chose dans ce scénario le chiffonnait. Les pièces du puzzle ne semblaient toujours pas à leur place. Il ferma les yeux et soupira. Pourquoi ne lui avait-il pas fait confiance depuis le début ? Il aurait dû suivre son instinct, plutôt que de laisser les rancœurs du passé et son orgueil lui dicter sa conduite. Que de temps perdu !

Il s'était montré doublement stupide.

D'un geste tendre, il déposa un baiser sur la tempe de la jeune femme.

— Rentrons à la maison, murmura-t-il. Nous parlerons là-bas.

— D'accord, répondit-elle d'une voix faible. Mais je veux nettoyer d'abord cette blessure.

Nick hocha la tête. Au moment de se relever, Laura chancela, mais il la soutint en passant un bras autour de sa taille. Encore crispée, elle scruta avec anxiété la pénombre de la grange.

— Tout va bien, ma chérie, assura-t-il. Il est parti. Et je ne crois pas qu'il reviendra.

La terreur persistante qu'il lisait dans ses yeux le mettait hors de lui. Si ce monstre revenait, il était un homme mort.

Attentif à ne pas la brusquer, il la guida d'un pas lent vers la maison. Sa peau était aussi froide que de la glace. Dès qu'ils seraient à l'intérieur, il s'occuperait d'elle. Pour le moment, il fallait la sortir de cet état de choc. Un bon bain moussant et un bol de chocolat chaud aideraient à la réconforter. Il commencerait par appeler Ian, puis ils discuteraient en tête à tête. Elle n'était pas prête à affronter d'autres surprises, bonnes ou mauvaises, dans l'immédiat.

Ensuite, il retrouverait son enfant. Même s'il devait extorquer à James Ed la vérité à coups de poing.

Une demi-heure plus tard, Laura avait nettoyé et pansé la plaie que la balle avait laissée sur son front. Quant à la bosse consécutive à sa chute, elle s'était transformée en un magnifique œuf de pigeon, heureusement plus spectaculaire que douloureux. Quelques instants après, il lui avait fait couler un bain, puis appelé Ian tout en faisant chauffer une casserole de lait pour le chocolat.

Retrouver l'identité de l'albinos serait sans doute un jeu d'enfant, songea-t-il en transportant le bol fumant jusqu'à la salle de bains. Arrivé devant la porte, il s'arrêta pour admirer la jeune femme. Un nuage de mousse l'enveloppait, dissimulant la plus grande partie de ce corps délicieusement féminin. Ses longs cheveux blonds avait été ramenés en un épais chignon sur le sommet du crâne, révélant l'élégante finesse de son cou de cygne. Etait-il possible de rencontrer un être aussi parfait ? Il mourait d'envie de la toucher. Mais pas cette nuit, se raisonna-t-il, muselant la bête qui se réveillait en lui. Laura avait besoin de repos.

Les yeux fermés, elle se laissait enfin aller à la quiétude dans l'eau chaude. Il était impossible de deviner dans quel état émotionnel elle se trouvait. Elle venait de traverser deux années d'enfer : elle avait été sans cesse sur le qui-vive, toujours prête à fuir. Fuir pour sauver sa vie et celle de son

enfant. Comment avait-il pu douter d'elle une seule seconde ?
Si James Ed était derrière tout cela, il le paierait…

Une sourde colère s'empara de nouveau de lui, lorsqu'il
vit la marque violette laissée par la corde sur son cou. Mieux
valait pour l'albinos que Nick ne mît pas la main sur lui.

Recouvrant un semblant de calme, il traversa la pièce pour
s'asseoir sur le rebord de la baignoire. Les paupières de Laura
s'ouvrirent en papillonnant, révélant le bleu transparent de
ses yeux. Nick lui sourit, avant de déposer le bol parfumé
sur la faïence blanche, à côté des robinets.

— Il est bien chaud, précisa-t-il. Bois-le avant qu'il ne
refroidisse.

Laura se passa la langue sur les lèvres.

— Je suppose, risqua-t-elle, qu'il n'est pas déraisonnable
de penser que tu me crois, à présent, au sujet de James Ed.

Nick hocha la tête, tout en songeant qu'il méritait mille
fois qu'on lui bottât les fesses.

— Tous les indices concordent, en effet, pour le désigner
comme coupable.

— Et nous disposons d'assez d'éléments attestant de l'existence de mon fils, n'est-ce pas ?

— Oui. Nous pouvons prouver qu'il existe.

Laura cligna des yeux pour contenir une brusque montée
de larmes.

— Tu forceras James Ed à parler ?

Il ébaucha un sourire. Peu lui importait de savoir qui était
le père. Il retrouverait l'enfant.

— Oui.

— Ce… Cet individu a laissé entendre que quelqu'un était
prêt à payer une forte somme…

Elle s'interrompit, les lèvres tremblantes, avant de poursuivre :

— Je n'imagine pas mon propre frère capable de vendre mon bébé.

— Je te le retrouverai, Laura.

Les bras en croix sur ses seins, elle se redressa brusquement dans la baignoire.

— Je veux que tu me conduises à James Ed, déclara-t-elle d'une voix ferme. Je veux que tu m'emmènes là-bas, maintenant. Nous n'avons perdu que trop de temps.

Pendant quelques instants, Nick contempla, muet, les gouttes d'eau glisser doucement sur le satin de ses épaules et de ses bras. Laura était une mère exceptionnelle. Une mère comme en rêvent tous les enfants, comprit-il soudain. Une mère dont il rêvait pour les siens. A la douceur et la beauté, elle alliait une générosité et une grâce innées. Et son angoisse présente ne pouvait cacher cette force de caractère qui ne la rendait que plus attirante encore à ses yeux. Oui, elle était tout ce qu'il avait toujours désiré.

C'est le ventre crispé qu'il lui répondit :

— A la première heure demain matin, nous partons pour Jackson.

Elle fixa sur lui un regard empreint de gravité.

— Et tu emploieras tous les moyens nécessaires pour obtenir de lui la vérité ?

— Tu peux compter sur moi.

— Jure-le-moi, Nick. Jure-moi que tu le feras vraiment.

— Je te le jure, répondit-il d'une voix douce.

Laura hocha la tête, soulagée. Plusieurs mèches échappées de son chignon retombèrent de chaque côté de son visage, pour venir se coller sur son cou.

— C'est la seule chose que je te demande…, ajouta-t-elle, avant de froncer les sourcils : est-ce que ta tête te fait mal ?

— Pas trop.

Le besoin de la toucher se faisait de plus en plus impérieux. Lentement, sans quitter son regard, il fit glisser le bout de ses doigts sur sa joue. Le feu du désir s'empara de lui avec une telle férocité qu'il en eut un instant le souffle coupé.

— Tu peux me demander tout ce que tu veux, murmura-t-il.

Prenant sa main dans la sienne, Laura déposa un tendre baiser sur sa paume.

— Tout ce que je veux ? insista-t-elle, les yeux brillant de convoitise.

Il acquiesça de la tête, incapable de prononcer un mot.

— En es-tu bien sûr ? minauda-t-elle, le sourire enjôleur.

Pour toute réponse, Nick émit un grognement qu'il espérait éloquent. Il devait l'être, car Laura fit aussitôt glisser sa main sur l'un de ses seins, qu'il pressa doucement. La tête renversée en arrière, les yeux mi-clos, elle le guida plus avant dans l'exploration de son corps, posant sa main sur tous les endroits où elle voulait qu'il la touche. L'autre sein, d'abord, puis le plat de son ventre, puis plus bas encore...

Nick s'arrêta un instant de respirer lorsqu'elle écarta les cuisses et s'ouvrit pour lui. Après une courte hésitation, il insinua son majeur dans la chaude intimité de son sexe. Un frisson le traversa. Serrant le bord de la baignoire de sa main libre, il imprima à son doigt un rythme voluptueux auquel elle se joignit en gémissant sans retenue. Son souffle s'accéléra lorsque, du pouce, il taquina le petit renflement gonflé de sève. Elle cambra les reins, et ses seins pointèrent fièrement hors de l'eau, en une brûlante invitation. Déterminé à la regarder, Nick se fit violence pour ne pas goûter aux tétons dressés, sur lesquels s'écoulaient de fines bulles de savon. Il se passa la langue sur les lèvres, tandis qu'un spasme secouait son érection entravée sous son jean.

Bientôt, il sentit sous sa main les premiers tressaillements du plaisir. Il accéléra le mouvement, accompagnant la jeune femme dans sa montée vers l'orgasme. Laura lâcha un cri rauque, tandis que ses parois intimes se contractaient sur le doigt de son compagnon. Celui-ci sentit son bas-ventre se crisper. Il se pencha alors vers elle et couvrit sa bouche de la sienne, s'emparant de sa langue avec frénésie. Incapable de se retenir davantage, il plongea son deuxième bras dans l'eau chaude et couvrit son corps de caresses.

— Je t'en supplie, laisse-moi te prendre, gémit-il contre ses lèvres.

— Oui, Nick. Maintenant. Vite.

La serrant fermement contre lui, il la souleva sans effort de la baignoire, inondant sa chemise dans le feu de l'action. D'instinct, Laura l'emprisonna entre ses cuisses et referma les jambes sur ses reins. Lesté de son poids, Nick tituba vers la porte tout en prolongeant leur baiser. Le goût de sa bouche était si doux, si suave ! Il devait la porter jusqu'au lit. Il ne pourrait plus attendre très longtemps. Se cognant l'épaule contre un mur, il étouffa un juron, avant de chercher de la main le chambranle de la porte.

— Non, protesta Laura entre deux baisers. Ici !

Nick pivota sur ses talons et la plaqua contre le mur, collant ses hanches contre son bassin. Maintenant d'une main sa cuisse nue, il ouvrit la fermeture de son jean. Laura arqua le dos et planta ses ongles dans ses épaules.

— Dépêche-toi, Nick, geignit-elle. Oh... Dépêche-toi...

Elle avait envie de lui autant qu'il avait envie d'elle. A cette pensée, une violente secousse le traversa, qu'il ne parvint à contenir qu'avec peine.

Dès le premier contact avec son membre en érection, Laura lâcha un cri. Nick grogna, avant de s'enfoncer de toute sa longueur dans le sexe offert de sa compagne. Les bras refermés derrière son cou, le cœur battant la chamade, elle projeta son bassin à sa rencontre.

— Oh Nick, oui, soupira-t-elle, le regard à la fois languide et douloureux. Nick, Nick…

Capturant la plénitude de ses lèvres, il entama alors le lent et profond va-et-vient qui devait la conduire une nouvelle fois vers des abysses de volupté. Impatiente, elle referma les cuisses sur ses jambes, le pressant d'adopter un tempo plus fougueux.

Ahanant sous l'effort, Nick s'approchait de l'extase.

Et en ce moment de plénitude et d'excellence, il sut que sa vie ne serait jamais plus la même. Il l'aimait. Il l'avait toujours aimée. Elle était une partie de lui. Elle le complétait.

La déflagration intime qui suivit le laissa anéanti entre ses bras, totalement à sa merci. Son regard chercha le sien, et le sourire qu'il rencontra suspendit un bref instant les battements de son cœur.

Le corps nu de Nick était tiède contre le sien.

Laura se blottit plus près, le sourire aux lèvres. Elle voulait le sentir tout entier. Se coller, se fondre en lui pour l'éternité.

Son sourire se figea, et elle ravala la peur qui lui étreignait la gorge. Le pansement sur son front lui rappelait, si besoin était, qu'elle avait été à deux doigts de le perdre, cette nuit.

Seigneur, comment réagirait-il lorsqu'il connaîtrait la vérité ? Dès l'instant où il verrait l'enfant, il serait impossible de lui en dénier la paternité. Le fils ressemblait tellement au père !

Elle se tourna vers le réveil posé sur la table de chevet. 21 heures. Que faisait Robbie en cet instant ? se demanda-t-elle, les larmes aux yeux. Dormait-il paisiblement dans un endroit sûr ? Quelqu'un était prêt à payer une somme importante pour l'avoir… il devait donc être bien traité. Elle frissonna à l'idée qu'une inconnue puisse bercer, cajoler et aimer son bébé adoré. Que celui-ci pût appeler quelqu'un d'autre maman lui déchirait le cœur. Elle devait le retrouver.

— Tu as froid ?

— Non, je me sens bien, s'empressa-t-elle de répondre.

Se redressant sur un coude, Nick scruta son visage avec attention.

— Nous le trouverons, Laura, assura-t-il. N'aie aucun doute à ce sujet.

— Je sais, dit-elle en tentant un sourire.

Nick était l'homme le plus gentil et le plus droit qu'elle eût connu. Il méritait tellement mieux que ce qu'elle avait à lui offrir.

Les sourcils froncés, il resta immobile un long moment sans la quitter des yeux. Le pouls de Laura s'accéléra. Il venait de comprendre. Elle le sentait. L'air se vida instantanément de ses poumons.

— A la réceptionniste de la clinique, dit-il lentement, tu as déclaré que Robbie était né un 6 août.

Elle se pinça les lèvres, les mains soudain glacées.

— C'est exact.

— Forester. Tu as choisi le nom de Forester.

Elle hocha la tête. Que pouvait-elle dire ?

— Robert ?

— Oui… Robert.

— Deuxième prénom ?

Sa voix était restée égale, mais dans son regard flottait maintenant une lueur éloquente.

Laura prit une profonde inspiration.

— Nicholas. Robert Nicholas Forester.

La rage le disputa à la stupéfaction sur le visage de Nick.

Il se redressa dans le lit et s'écarta d'elle.

200

— Robbie est mon fils.

Ce n'était pas une question, elle le savait. Tout comme elle savait que Nick ne lui pardonnerait jamais de l'avoir tenu dans l'ignorance de l'existence de son enfant.

— Oui, avoua-t-elle enfin.

Nick bondit hors du lit, puis, lui tournant le dos, commença à enfiler son jean. Le drap remonté jusqu'à sa poitrine, Laura déploya des efforts surhumains pour ne pas laisser un flot d'émotions la submerger.

Il se retourna soudain pour lui faire face, une main glissée dans ses cheveux décoiffés. Un muscle vibrait dans sa mâchoire.

— Pourquoi ne m'en as-tu rien dit ? demanda-t-il, les poings serrés. Pourquoi n'es-tu pas venue me trouver dès que tu as su que tu étais enceinte ?

— Tu étais l'un des leurs, soupira-t-elle.

Toute expression disparut du visage de Nick, et sa voix devint glaciale :

— Je n'ai jamais été l'un des leurs.

Les larmes lui brûlaient les paupières, mais elle s'interdit de pleurer.

— Tu travaillais pour James Ed. Je n'étais pas sûre de pouvoir te faire confiance...

Elle lui adressa un regard suppliant.

— Tu n'as pas cru un mot de ce que je te disais quand tu m'as retrouvée. J'avais l'intention de t'en parler, mais tant d'événements se sont produits...

— La foi et la confiance sont deux choses très différentes, Laura. Ne confonds pas les deux.

Laura se leva à son tour, couvrant sa nudité sous le drap froissé. On en revenait au vieux problème de la confiance mutuelle.

— Je ne pouvais pas te le dire ! asséna-t-elle d'une voix forte. Je craignais pour ma vie, ne comprends-tu pas ? James Ed cherchait à me tuer.

— Je ne vois pas en quoi cela t'empêchait de me faire confiance.

Découragée par son aveuglement, elle secoua la tête.

— James Ed te payait, répliqua-t-elle. C'est à lui que tu devais loyauté.

— Bon Dieu, Laura ! gronda-t-il. Nous avons fait l'amour. Cela ne signifie donc rien pour toi ?

— Je… J'avais peur.

— Tu m'as caché pendant tout ce temps que j'avais un fils, et tout ce que tu trouves à dire maintenant c'est que tu avais peur ?

— Je devais le protéger, protesta-t-elle.

— Eh bien, c'est réussi ! Félicitations !

Il ne lui était plus possible de contenir ses larmes. Elles lui inondèrent de nouveau les joues, ajoutant à son humiliation.

— Vu les circonstances, balbutia-t-elle, j'ai fait ce que j'ai pu.

Nick s'approcha d'elle, le visage crispé.

— C'est-à-dire pas grand-chose, n'est-ce pas ? L'idée ne t'a jamais effleurée que tu pouvais m'appeler à l'aide ?

Une soudaine colère monta en elle, affermissant sa résolution.

— Le passé est le passé ! rétorqua-t-elle d'une voix aussi dure que la sienne. La seule chose qui importe, à présent, est de retrouver Robbie.

— Je le retrouverai, sois-en assurée. Et lorsque ce sera fait, je veillerai à ce que rien de tel ne puisse plus lui arriver.

Hébétée, Laura scruta longuement son regard vert. Son pire cauchemar était en passe de devenir réalité. Non seulement on lui avait enlevé son fils, mais même s'il était retrouvé, il resterait à jamais perdu pour elle. Le portable de Nick se mit à sonner, brisant un lourd silence. Sans la quitter des yeux, il attrapa l'appareil posé sur la table de nuit.

Oubliant tout le reste, il écouta avec attention le rapport de Ian.

— L'albinos est un certain Rodney Clanton, détective privé de profession. Son palmarès est éloquent : enlèvements, agressions avec arme, et j'en passe.

Nick transféra son poids sur sa jambe gauche pour soulager son genou douloureux.

— Un lien quelconque avec les Proctor ?

— Non, pas directement. Mais il travaillait jadis pour un dénommé Brock Redmond, qui dirigeait un cabinet d'enquêtes à Natchez. Et tiens-toi bien, Nick : le même Redmond a disparu il y a deux ans sans laisser de trace. Personne ne l'a jamais revu.

Nick fronça les sourcils.

— Tu as une description ?

— Oh oui ! Et elle colle parfaitement avec celle que t'a donnée Laura de l'homme qui t'a tiré dessus.

— Une connexion avec James Ed ? s'enquit-il avec impatience.

Ian émit un petit rire.

— Et comment ! James Ed faisait régulièrement appel à lui pour obtenir des renseignements sur les possibles recrues de son équipe.

— Peut-on le prouver devant un jury ?

— Je suis en train d'éplucher son dossier.

— Je ne te demande pas comment tu t'es débrouillé pour l'avoir entre les mains.

— Très simplement, ironisa Ian. Il devait deux mois de paie à sa secrétaire lorsqu'il a disparu. Celle-ci a donc confisqué ses dossiers. Je dois dire qu'elle nous a été fort utile.

— Rien d'autre sur Sandra ?

— Rien pour le moment. Mais les éléments à charge contre James Ed sont indéniables. Si Redmond est bien l'homme qui t'a tiré dessus — ce qui semble maintenant avéré — alors ton cher ami le gouverneur est mouillé jusqu'au cou.

— Excellent travail, Ian. Je te rappelle demain matin.

Son interlocuteur hésita sur la ligne.

— Tu as une voix bizarre, Nick. Y a-t-il quelque chose que tu ne me dis pas ?

— Tu sauras tout demain matin, répondit-il, avant de raccrocher.

Il avait un fils.

James Edward Proctor allait apprendre que Nick Foster n'était pas seulement un homme de parole, il était également un homme d'action.

Un rayon de lune filtrait entre les lourds voilages de la fenêtre, traversant l'obscurité de la chambre. Harcelée par ses mauvais rêves, Elsa se tournait et se retournait sous les couvertures.

« Ce n'est pas bien, ce n'est pas bien », lui répétait une petite voix intérieure.

Se réveillant brusquement, elle se redressa dans le lit et écarta de son visage ses cheveux mouillés de transpiration. Le réveil indiquait minuit. Seulement minuit ? Elle soupira. Ses rêves étaient si épuisants… Mais ce n'étaient que des rêves. Demain serait un autre jour.

Le jour.

Celui où la nouvelle famille du petit garçon viendrait le chercher. Elle se passa une main lasse sur le visage, et tenta de se réconcilier avec cette réalité.

« Ce n'est pas bien… »

Sa conscience ne trichait pas, elle.

Elle déglutit.

Ce n'était pas bien, et elle le savait.

Elle devait faire quelque chose.

12.

Un frisson parcourut l'échine de Nick au moment où il coupa le contact de sa voiture, derrière le domicile du gouverneur. Aucune lampe ne brillait à l'étage. Seules quelques fenêtres illuminées témoignaient d'une présence au rez-de-chaussée. Qu'aucun agent de sécurité ne se fût montré était pour le moins suspect. Nick savait par expérience que rien n'échappait à leur vigilance.

— Qu'attendons-nous ?

Il reporta son attention sur la jeune femme à ses côtés. C'était les premiers mots qu'elle prononçait depuis qu'ils avaient quitté Bay Break. Sa colère se réveilla devant son regard hésitant. Elle lui avait menti. Elle lui avait caché l'existence de son fils. Ses doigts se crispèrent sur le volant. Peu importaient ses raisons, et peu importait ce qu'une part de lui-même ressentait, jamais il ne pourrait lui pardonner.

— Quelque chose ne va pas, répondit-il, la voix rauque dans l'obscurité.

— Je m'en fiche. Je dois trouver Robbie.

Il lui agrippa le bras gauche.

— Tu fais exactement ce que je te dis, grogna-t-il. J'y vais seul. Toi tu restes ici.

— Pas question, s'insurgea-t-elle. Je viens avec toi. Tu ne me retiendras pas.

206

Le ton de sa voix, comprit-il, était celui d'une mère prête à tout.

— Très bien, soupira-t-il. Mais tu restes derrière moi et tu ne prends aucune initiative.

Elle acquiesça d'un signe de tête.

Nick descendit de la voiture et, tout en inspectant les alentours, vérifia la position de son Beretta sur sa hanche. Son vieil instinct lui soufflait qu'ils étaient attendus. Il attendit que Laura fût à son tour sortie de voiture, puis ils se dirigèrent vers l'entrée de la façade arrière, sans rencontrer âme qui vive.

Bon sang ! Où était la sécurité ? Nick saisit la main de la jeune femme et la précéda sous la véranda. Inutile de prendre le moindre risque.

Elle s'immobilisa devant les portes à claire-voie, le regard anxieux.

— Promets-moi de ne pas le laisser te bluffer, supplia-t-elle. Quoi qu'il puisse dire, c'est moi que tu dois croire. Il a tenté de me tuer et m'a pris mon enfant.

— Personne ne me bluffera, déclara-t-il avec assurance.

Pas même toi, s'abstint-il d'ajouter. La mâchoire serrée, il tendit le doigt vers la sonnette. Et retint son geste. Etait-il bien avisé d'annoncer leur arrivée ?

Il se tourna vers Laura.

— Reste derrière moi, ordonna-t-il.

Posant doucement la main sur la poignée de cuivre, il ouvrit la porte. Un silence de mauvais augure les accueillit dans le couloir faiblement éclairé. Laura se rapprocha de lui. Personne ne se manifestait. Il se passait quelque chose.

Le long couloir courait de la porte arrière jusqu'au hall de l'entrée principale, bifurquant deux fois en angle droit. Nick s'y engagea d'un pas prudent, examinant chaque pièce devant laquelle ils passaient. Ni gouverneur, ni *first lady*, pas plus que de domestiques ou d'agents de sécurité. Tous ses sens étaient en alerte au moment où ils arrivèrent dans le salon.

Un soupir de soulagement lui échappa. James Ed était assis dans un canapé, la tête penchée sur un album de photos. Plusieurs autres volumes étaient étalés devant lui sur une table basse. Vêtu d'un pyjama et d'une robe de chambre, il semblait totalement absorbé dans la contemplation des photographies.

— Gouverneur ?

James Ed leva les yeux puis ôta ses lunettes.

— Nick ? s'étonna-t-il, les sourcils relevés.

Quelque chose qui ressemblait à du regret marqua son expression lorsqu'il aperçut sa sœur. Il se leva aussitôt.

— Laura ? Tu es là.

Nick s'avança dans la pièce, laissant la jeune femme près de la porte.

— J'ai quelques questions à vous poser, annonça-t-il d'une voix calme.

James Ed garda les yeux fixés sur Laura.

— Tu sembles te porter beaucoup mieux, observa-t-il avec un sourire triste.

Une fois de plus, Nick ne put s'empêcher de s'interroger. L'homme semblait sincèrement préoccupé du sort de sa sœur.

— Où est mon fils ? demanda-t-elle.

Son expression se figea.

— Je ne comprends rien à tout cela.

— Laura a un enfant, déclara Nick d'une voix tendue.

Il lui fallait toute sa volonté pour ne pas sauter à la gorge de son interlocuteur. Celui-ci ne répondit pas.

— Je vais vous donner une dernière chance de vous racheter, James Ed. Pourquoi avez-vous payé quelqu'un pour tuer Laura ? Où se trouve l'enfant ?

— Je ne ferais jamais rien qui puisse te nuire, Laura. Tu dois me croire.

Il se tourna vers Nick, le regard franc.

— J'aime ma sœur.

— Parlez-moi donc de votre ami Brock Redmond.

— Brock Redmond ? Mais je ne lui ai jamais demandé une telle chose !

— Vous admettez donc que vous le connaissiez.

James Ed hésita, comme s'il venait de se souvenir de quelque chose.

— Comment ?

— C'est terminé, James Ed. Nous savons ce que vous avez fait.

Le gouverneur secoua lentement la tête.

— Je... Je ne veux pas parler maintenant. Je ne me sens pas bien. S'il vous plaît, allez-vous-en.

— Redmond est l'homme qui m'a tiré dessus et m'a laissé pour mort, précisa Nick. C'est aussi l'homme qui a tenté de tuer Laura sur la berge du fleuve, la même nuit. Et vous l'avez payé pour cela.

— C'est faux, protesta-t-il d'une voix lasse. Brock Redmond est...

— Etait, corrigea Nick. Il est mort.

James Ed sembla d'un coup se ratatiner.

— Je ne savais pas, murmura-t-il. Je ne savais pas...

Laura commençait à se ronger d'impatience. Il lui fallait trouver Robbie. Profitant de ce que Nick et James Ed étaient plongés dans des explications, elle disparut sans bruit dans le couloir. Ils avaient déjà jeté un œil dans les pièces du rez-de-chaussée. Elle leva les yeux vers l'imposant escalier qui menait à l'étage. Son fils devait être là-haut. Veillé par Sandra, songea-t-elle, les sourcils froncés. Pourquoi cette dernière se serait-elle rendue complice de James Ed ? Jamais elle n'avait manifesté le moindre désir d'avoir un enfant. La position d'épouse d'homme politique semblait lui avoir toujours suffi.

Laissant cette question de côté, elle grimpa quatre à quatre l'interminable escalier à double révolution. Arrivée à l'étage, elle s'immobilisa et tendit l'oreille. Un son ténu, indéfinissable, lui parvint depuis le fond du couloir. Elle s'y engagea à pas furtifs. La chambre d'où provenait le bruit faisait face à celle de James Ed et de son épouse.

A mesure qu'elle s'approchait de la porte, le son se fit plus net, plus reconnaissable.

Une berceuse !

Son sang se figea dans ses veines.

— Robbie, murmura-t-elle.

Elle franchit les derniers mètres en courant et ouvrit la porte à la volée. Une chaude lumière baigna la pièce lorsqu'elle actionna l'interrupteur. Des murs bleus agrémentés de nuages blancs, d'une lune et d'étoiles dorées y apportaient une note tendre et poétique. Un ensemble en merisier composait le mobilier. Près de la double porte restée ouverte trônait un somptueux lit d'enfant, couvert d'un édredon reprenant les motifs du décor mural. Des rideaux bleus assortis flottaient dans l'air nocturne, tandis qu'un mobile suspendu au plafond tournait lentement, égrenant les notes familières d'une berceuse.

La gorge serrée d'émotion, Laura s'approcha telle une somnambule, posa les mains sur le rebord latéral du lit et se pencha.

Il était vide.

Pas de Robbie.

Un cri de douleur et de désespoir se bloqua dans sa gorge.

— Je t'attendais, Laura.

Les joues baignées de larmes, elle se retourna vers la voix désincarnée qui venait de parler.

Sandra.

— Pourquoi ? demanda-t-elle d'une voix brisée.

Comment pouvait-elle faire cela ? Elle lui avait accordé sa confiance. Son amour, même. Comment était-ce possible ?

Sandra éclata de rire, avant d'agiter d'un mouvement évasif le revolver qu'elle tenait à la main.

— Pourquoi pas ?

— Où est mon fils ?

— Un peu de patience ! Je n'en ai pas terminé avec ta première question. Au début, c'était simplement pour l'argent…

Elle toisa Laura d'un regard mauvais, avant de préciser :

— Il aurait dû me revenir, de toute façon. Si ton grand-père ne s'était pas mêlé de ce qui ne le regardait pas, ma mère aurait eu la vie qu'elle méritait. *J'aurais* eu la vie que je méritais, c'est-à-dire la tienne !

Laura secoua la tête, abasourdie.

— Mais de quoi parles-tu ?

— Oh, j'oubliais, répondit-elle en souriant. Tu ne pouvais pas savoir.

Elle s'approcha d'un pas, l'arme pointée sur la poitrine de sa belle-sœur.

— Ton cher papa était jadis amoureux de ma mère. Mais celle-ci n'était pas assez bien pour le digne héritier qu'il était. Le vieux a donc décidé de prendre les choses en main et ton père a été envoyé à Harvard, où il a fait la connaissance de ta mère. Issue du même milieu huppé, cela va sans dire.

— Qu'est-ce que tout ceci a à voir avec mon fils ?

— Tout, ma chère. Tout.

Appuyant le canon sur sa joue, elle la força à la regarder.

— Vois-tu, ma jolie, après que ton père eut abandonné ma mère, celle-ci s'est mariée avec un propre à rien d'alcoolique, qui nous battait pour un oui ou pour un non.

Laura secoua la tête, partagée entre peur et pitié.

— J'en suis navrée, murmura-t-elle, mais je ne vois toujours pas où est le rapport avec mon fils.

— J'y viens, coupa Sandra, les yeux brillant de haine. Pas un jour ne s'est écoulé sans que ma mère n'ait évoqué ce dont nous avions été privées : l'argent, la position, le pouvoir, alors que nous vivions dans la misère. Maman a finalement dû être hospitalisée, et j'ai été prise en charge par les services sociaux.

Malgré l'ignominie de ce que Sandra avait fait, le cœur de Laura se serra. A l'inverse de James Ed, qui n'agissait que par cupidité, sa méchanceté résultait d'une enfance sordide et malheureuse.

— Mais tes parents adoptifs ont été bons avec toi, lui rappela-t-elle. C'est toi-même qui me l'as dit.

— Nul ne peut changer le passé, Laura. Ce qui est fait est fait. Et d'une manière ou d'une autre, j'ai bien l'intention d'obtenir ce qui m'appartient légitimement.

Elle esquissa un sourire lugubre.

— Bien sûr, j'aurais très bien pu ne jamais naître, si ma mère n'avait pas épousé cette épave qui l'a engrossée. Mais au bout du compte, le destin m'a souri : vos parents sont morts dans un accident de voiture, laissant James Ed seul avec une petite sœur à élever.

Elle soupira de satisfaction.

— J'étais alors sortie de l'adolescence, je portais un autre nom et vivais dans une famille respectable.

Tout en lui prêtant une oreille attentive, Laura chercha un moyen de lui fausser compagnie. Il lui fallait rejoindre Nick, lui parler de cette chambre d'enfant — elle la survola

212

du regard avec émotion — et de cette histoire démente que Sandra venait de lui servir. Cette femme était dérangée.

— Tu aimes la chambre de mon bébé ?

Laura cligna des yeux.

— Ton bébé ? Mais tu ne peux pas avoir d'enfants !

Un éclair de férocité brilla aussitôt dans les yeux de Sandra.

— C'est vrai. Mais cette vieille toupie de Mme Leeton a fait ce qu'il fallait pour cela.

— Quoi ?

A l'étonnement de Laura s'ajoutait à présent la plus extrême confusion. Quel lien existait-il entre le passé de Sandra et Mme Leeton ? Pour autant qu'elle s'en souvînt, la vieille dame avait toujours travaillé chez le Dr Holland.

— Je voulais être sûre d'amener James Ed exactement là où je le désirais, poursuivit Sandra. Je me suis donc arrangée pour tomber enceinte. Malheureusement, ce crétin ne voulait pas d'un enfant. Il prétendait avoir sa carrière politique à gérer, et, de toute manière, préférait attendre que tu aies grandi avant d'élever sa propre progéniture.

Un sourire méprisant se dessina sur ses lèvres.

Il m'a donc fallu régler cette question… Mais il y a eu un pépin. Et cette stupide infirmière qui me répétait : « Ce n'est pas ma faute, j'ai fait tout ce que j'ai pu ! »

Elle fronça les sourcils, avant d'ajouter d'un ton froid :

— J'aurais pu la tuer. Mais je me suis dit que je pouvais un jour avoir besoin d'elle. Il semble que j'aie eu raison, n'est-ce pas ?

— Où est Robbie ? répéta Laura, sa colère annihilant tout autre sentiment.

— Pourquoi tiens-tu tellement à le savoir ? s'enquit-elle d'un ton dédaigneux. Tu étais dans un hôpital ces dix-huit derniers mois. Et tu n'as aucune preuve de son existence, j'y ai veillé. Qui te croira ?

— Nick me croit.

Sandra haussa les épaules.

— La belle affaire ! Nick, je m'en charge. Je pensais m'être débarrassée de lui, ce jour-là, mais Redmond a bâclé le travail. Cela dit, il ne l'a pas emporté au paradis, n'est-ce pas ?

Une désagréable sensation de vide crispa l'estomac de Laura.

— C'est... c'est toi qui l'avais envoyé ?

— Evidemment ! Tu crois que James Ed aurait eu assez de cran pour cela ?

Laura secoua la tête.

— Je n'ai rien à voir avec ce qui s'est passé pour ta mère. Comment peux-tu me haïr à ce point ?

— Je te l'ai déjà dit. Tu vis *ma* vie. Maintenant je veux tout. Tout ce qui aurait dû être à moi depuis longtemps. Le nom, l'argent, tout.

— Où est mon fils ?

Tout en parlant, Laura s'était peu à peu rapprochée de Sandra. Le canon du revolver enfoncé dans son ventre lui fit très vite comprendre qui menait le jeu.

— Tu n'es pas morte dans le fleuve, cette nuit-là, je l'ai vite su. J'ai donc envoyé l'associé de Redmond à ta recherche. Il lui a fallu près d'un an pour te retrouver, mais il y est parvenu. Et, surprise ! Voilà qu'il m'apprend que tu as un enfant.

— Où est mon fils ?

— Avec mes cheveux noirs et mes yeux noisette, il était parfait, continua-t-elle, ignorant sa question. Mais bien sûr, vu la notoriété de James Ed, il était important d'agir dans la légalité. Ce n'a pas été bien difficile. Avec les années, j'en étais venue à bien connaître l'un des administrateurs du Serenity Sanitarium. Très bien, même... Ce fut donc chose aisée. Clanton, lui, aurait fait n'importe quoi pour de l'argent. Et tout ce qu'il avait à faire était de te trouver.

Elle marqua une pause, puis lâcha un soupir.

— Lorsque tu as refait surface à Bay Break, ce fut comme un cadeau du ciel. Le Dr Holland n'avait aucune idée du service que me devait son ancienne infirmière. Dès l'instant où tu t'es présentée chez elle, celle-ci m'a contactée.

La rage bouillonnait dans les veines de Laura.

— Et tu as fait tuer le médecin.

— C'était malheureusement indispensable. Mais il avait joui d'une existence longue et prospère, où était le mal ?

— Je veux mon fils, insista-t-elle.

En cet instant précis, elle était prête à la tuer à mains nues si nécessaire.

— Ça suffit ! coupa Sandra, avant de désigner les portes à claire-voie d'un geste de la main. Nous allons sur le balcon. Je ne voudrais pas salir la nouvelle chambre de mon bébé.

Voyant Laura hésiter, elle la poussa du canon du revolver.

— Allons, dépêche-toi !

Après un dernier regard au petit lit, Laura sortit sur le balcon, s'approcha de la balustrade et jeta un regard circulaire autour d'elle. Aucune issue possible.

— Maintenant, saute.

Elle fit aussitôt volte-face, incrédule.

— Quoi ?

Sandra s'avança d'un pas.

— J'ai dit : saute. Je ne veux rien laisser au hasard… Pauvre Laura, si instable ! Elle s'est jetée du balcon après avoir tué son amant et tenté de faire de même avec son frère. Sans mentionner ce bon vieux Dr Holland.

Nick. Oh, mon Dieu ! Le plus urgent était de gagner du temps.

— Qu'est-ce qui te fait penser que James Ed sera d'accord pour tuer Nick ?

— James Ed fera exactement ce que je lui dirai, répliqua-t-elle. Ou il lui arrivera également un accident. A présent, saute.

Se souvenant de l'épisode de la grange, Laura leva les yeux vers les portes en feignant la surprise. Sandra suivit son regard. Aussitôt, elle lui expédia un coup de pied à l'avant-bras, projetant l'arme vers le ciel. Le coup de feu partit, assourdissant. Profitant de son avantage, elle lui envoya un deuxième coup de pied dans le tibia, tout en lui assénant une violente manchette sur le poignet. Le revolver tomba au sol et glissa hors de sa portée.

— Maudite peste ! siffla Sandra en s'élançant, les mains vers sa gorge.

Laura tituba en arrière sous l'impact, puis tenta de s'arracher aux serres qui lui coupaient la respiration. Pivotant sur elle-même, elle secoua de toutes ses forces la forcenée pour lui faire lâcher prise, mais perdit l'équilibre. Son dos heurta la rampe de la balustrade. Penchée sur elle, Sandra serra de plus belle.

— Meurs donc ! cria-t-elle d'une voix aiguë.

Avec l'énergie du désespoir, Laura se cambra et, d'un mouvement sec, souleva littéralement son assaillante, qui bascula par-dessus la balustrade, l'entraînant dans sa chute.

La sourde déflagration arracha Nick à sa vaine discussion avec James Ed. Il se tourna vers la porte. Laura avait disparu. Nom de Dieu ! Il bondit vers le couloir.

— Laura !

Grimper jusqu'à l'étage ne lui prit que quelques secondes. De la lumière brillait derrière une porte ouverte. Il s'y précipita. La pièce était vide. Voyant qu'il se trouvait dans une chambre d'enfant, il fronça les sourcils. Mais il n'eut pas le temps de s'interroger : un cri venait de lui parvenir depuis le balcon. Il s'y rua par la double porte, à l'instant précis où Sandra et Laura franchissaient la balustrade, accrochées l'une à l'autre.

En proie à une terreur panique, il bondit jusqu'à l'endroit où elles venaient de disparaître et se pencha. Sandra était allongée sur le passage cimenté plusieurs mètres plus bas. Laura, quant à elle, était parvenue à s'accrocher à l'un des barreaux ouvragés du garde-fou. Le cœur cognant avec violence dans sa poitrine, il tendit la main.

— Accroche-toi, Laura !

Le visage crispé par l'effort, elle approcha une main tremblante de la sienne. Nick s'en empara aussitôt, puis, consolidant sa prise en lui saisissant le poignet, remonta lentement la jeune femme jusqu'à la rambarde, avant de la basculer avec douceur sur le balcon.

— Sandra… C'est elle. Elle m'a volé mon bébé !

— Chhh, tout va bien, assura-t-il. Tu es en sécurité, maintenant.

— Elle a renvoyé la sécurité, fit la voix de James Ed, derrière eux.

Nick se tourna vers lui, percevant un curieux changement dans sa voix. Le gouverneur tenait le revolver… Il le considéra un instant, puis leva les yeux sur le couple. Sa main se referma sur la crosse de l'arme.

— Je suppose que c'était pour le mieux, ajouta-t-il.

— Baissez cette arme, James Ed, dit Nick d'une voix ferme.

Il fit passer Laura derrière lui, mais ne toucha pas à son Beretta. Si James Ed prenait peur, il risquait de commettre une bêtise. Le pauvre homme venait de voir tout son univers s'écrouler. Il était manifestement en état de choc.

— Tout ceci est ma faute, reprit-il d'une voix mécanique. Je me suis aveuglé, et je n'ai pas voulu voir la vérité.

Nick sentit Laura se raidir.

La mine abattue, James Ed secoua la tête.

— Je croyais tout ce qu'elle me disait. Je lui accordais toute ma confiance, et plus encore.

Laura commençait à montrer des signes d'impatience. D'un regard jeté par-dessus son épaule, Nick lui intima de se taire. Puis, d'un pas prudent, il s'avança vers James Ed. Celui-ci leva les yeux vers sa sœur.

— Tu me crois, Laura, n'est-ce pas ? Je… je ne savais pas. Tu étais si sauvage, tu avais l'air si malheureuse ! C'est pour cela que j'ai voulu te faire épouser Rafe. Je croyais qu'il parviendrait à te rendre ta joie de vivre. J'avais déjà tant de responsabilités. Je ne pouvais te donner ce dont tu avais besoin.

Nick fit un nouveau pas vers lui.

— Donc, vous ignoriez tout des projets de Sandra ?

Une expression de remords traversa son visage.

— J'ai quasiment perdu la tête lorsque Laura a disparu. J'étais à mille lieues d'imaginer que Sandra ferait appel à Redmond à mon insu.

Il haussa les épaules d'un mouvement las.

— Je croyais réellement que Laura souffrait de troubles mentaux. Sandra m'en avait convaincu. Puis elle a disparu et je l'ai cru morte. Je n'ai commencé à puiser dans sa part de l'héritage que lorsque j'ai acquis la certitude qu'elle ne reviendrait plus. L'idée me déplaisait, mais Sandra m'y a incité. Laura l'aurait certainement souhaité, disait-elle.

— Mais elle n'était pas convaincue de sa disparition, suggéra Nick, tout en s'approchant peu à peu. Elle la faisait rechercher.

James Ed hocha la tête.

— Apparemment. Jusqu'à ce soir, j'ignorais tout de ses agissements.

Il adressa à Nick un regard désolé, avant de baisser la tête.

— Cet homme, reprit-il, l'associé de Redmond, est venu ici il y a quelques heures informer Sandra de ce qui s'était passé. J'ai tout entendu. Je ne parvenais pas à en croire mes oreilles.

Un sanglot se brisa dans sa gorge.

— Comment ai-je pu être aveugle à ce point ? Je pensais vraiment que Laura imaginait toutes ces histoires, qu'elle avait vraiment l'esprit perturbé. Je... J'aimais Sandra. J'avais confiance en elle.

— Donnez-moi cette arme, James Ed.

Le gouverneur contempla quelques instants le revolver, comme si l'arme renfermait la réponse à tous ses tourments.

— Je ne mérite pas de vivre après ce que j'ai laissé se produire.

Au moment précis où il levait l'arme, Nick lui agrippa le poignet et la lui ôta de la main.

— Ce problème est secondaire pour le moment, déclarat-il, avant de soupirer profondément. Nous devons retrouver le fils de Laura.

James Ed tourna vers sa sœur un regard éploré.

— Pourras-tu jamais me pardonner, Laura ? Je donnerais tout pour que cette histoire ne soit jamais arrivée.

La jeune femme se tenait à présent auprès de Nick, le menton levé et le regard glacial.

— Où est mon fils ? demanda-t-elle.

Il secoua lentement la tête.

— Je donnerais ma vie pour pouvoir te le dire. Mais je te le jure, je ne sais pas où il est, Laura. Nous…

Il s'interrompit, tourna les yeux vers le balcon et frissonna.

— Nous étions sur le point d'adopter un enfant. Sandra s'était occupée de tous les arrangements, nous devions amener le petit demain à la maison.

— Le petit ? Quel petit ? s'enquit Nick.

— Un petit garçon d'un peu plus d'un an.

— Où est-il ? le pressa Laura.

— Dans un orphelinat, en Louisiane. Sandra y a vécu quelque temps étant enfant. Elle a pensé que ce n'était que justice…

— Allons-y ! s'écria Laura en tirant Nick par la manche.

— Il nous faut d'abord avertir la police de ce qui s'est passé ici.

Il jeta un coup d'œil du côté de James Ed. Celui-ci venait de se laisser tomber sur une chaise, l'air totalement égaré.

— Et nous ne pouvons pas laisser ton frère dans cet état.

— Je n'attendrai pas, dit Laura.

Nick l'agrippa par le bras, l'empêchant *in extremis* de quitter la pièce.

— Tu attendras !

— Je dois retrouver mon fils ! supplia-t-elle, les yeux noyés de larmes.

Devant la douleur et l'angoisse qui déformaient son beau visage, Nick serra les dents.

— Je te rappelle qu'il est aussi le mien.

13.

Réveillée en sursaut, Laura consulta l'horloge du tableau de bord. 8 heures. Le jour était levé. De chaque côté de la rue, les piétons longeaient les magasins et boutiques d'un pas pressé. C'était l'heure de pointe, et les véhicules se déplaçaient avec une lenteur d'escargot.

Elle se redressa sur son siège et se frotta la nuque. Etaient-ils arrivés à Careytown ? A côté d'elle, le visage mal rasé de Nick semblait ciselé dans la pierre, son pansement formant une tache blanche sur ses cheveux noirs et sa peau sombre. Il n'avait pas prononcé un mot depuis qu'ils avaient quitté la maison de son frère. Lorsque les policiers les avaient autorisés à s'en aller, il était 4 heures du matin.

Un calicot suspendu entre deux feux de signalisation annonçait « 5ème Festival annuel de *Thanksgiving* de Careytown ». Le cœur de Laura s'emballa. Elle y était presque. Dans quelques minutes, elle pourrait de nouveau serrer son enfant contre son sein.

Les yeux fermés, elle tenta de se souvenir de sa douce odeur de bébé. Ses bras lui faisaient mal tant était fort son désir de le prendre. Mais quel genre de bataille juridique l'attendait ? Elle rouvrit les yeux et reporta son regard sur la dureté minérale du visage de Nick. Il ne lui pardonnerait jamais d'avoir tenu secrète l'existence de Robbie. A ses yeux, c'est auprès de lui qu'elle aurait dû chercher de l'aide, dès le début. Mais elle ne pouvait alors prendre le risque qu'il la ramène chez son frère.

James Ed.

De lourds remords alourdissaient sa conscience. Elle lui avait attribué toute la responsabilité des tristes événements, alors que depuis le début, l'unique coupable était Sandra. Pourtant, il lui était toujours difficile d'imaginer toute la haine que cette dernière avait nourri à son encontre. Au point de la vouloir morte, et de lui voler son enfant.

Elle balaya aussitôt cette sinistre pensée de son esprit. Sandra ne pourrait plus faire de tort à personne. Clanton était toujours en liberté, mais la police ne tarderait pas à l'arrêter. Ce n'était qu'une question d'heures. Quant à James Ed, elle finirait par se réconcilier avec lui. Après tout, il était son frère. La seule chose qui importait désormais était de récupérer son enfant. Le moment venu, il lui faudrait parlementer avec le père de ce dernier, songea-t-elle en jetant un bref coup d'œil du côté du chauffeur. Certes, aucun juge sain d'esprit n'aurait l'idée de la séparer de son fils. Mais Nick était quelqu'un de bien…

« Garde partagée. »

Ce terme lui déchirait le cœur. Comment pourrait-elle vivre des journées, voire des semaines loin de son fils ? Même si elle le savait en sécurité entre les mains de Nick. Et si celui-ci venait à se marier ? L'angoisse et la douleur la saisirent avec une telle intensité qu'elle en eut la nausée. Peut-être même avait-il déjà quelqu'un dans sa vie. Nick était un homme très séduisant.

Mais ils avaient fait l'amour la nuit précédente, se rappela-t-elle, la gorge nouée. Il n'était pas rare que deux personnes trouvent refuge dans la tendresse mutuelle dans des situations extrêmes, lors d'une confrontation avec la mort par exemple.

222

Cela leur était arrivé deux ans auparavant. Leurs étreintes de la veille n'avaient sans doute pas obéi à d'autres mobiles. Les moments passés entre les bras de Nick n'avaient pas eu, semblait-il, le même sens pour lui que pour elle. Elle l'aimait de toute son âme, et ne rêvait que de former une famille avec lui. Les larmes lui montèrent aux yeux. Elle serra aussitôt les paupières. Non, elle ne pleurerait pas. Elle était sur le point de revoir enfin son fils, et si des larmes devaient couler aujourd'hui, ce seraient des larmes de joie.

— Nous y sommes, dit Nick.

Laura sursauta. Il gara la voiture dans le petit parking d'un immeuble à un étage d'aspect ancien, mais bien entretenu. Laura aperçut, à l'arrière, un terrain de jeux pourvu d'installations aux couleurs vives, ainsi que de nombreux arbres, dénudés en cette saison. Bien que relativement sombre, l'extérieur de la bâtisse était propre et net. Si le personnel prenait autant de soin de la propriété, il était permis de penser que les petits pensionnaires y étaient tout aussi bien traités.

Elle ne se rendit compte qu'ils étaient arrêtés que lorsque Nick lui ouvrit la portière. Secouant la tête pour se rappeler à la réalité, elle sortit dans le froid mordant de cette matinée de novembre.

Dans un instant…, se dit-elle. Pour la première fois depuis ce qui lui semblait être des siècles, un sourire spontané lui vint aux lèvres. « Merci, mon Dieu. » prononça-t-elle en silence, les bras croisés sur la poitrine. Son fils était là, à quelques mètres d'elle, et elle allait le retrouver.

— Comment te sens-tu ? s'inquiéta Nick.

Plongeant son regard dans le sien, elle se morigéna pour son erreur. Oui, elle aurait dû lui dire la vérité. Dès le premier jour, elle aurait dû lui demander son aide. Il était le père de l'enfant. Il était bon. Elle aurait dû lui accorder sa confiance.

Mais elle ne l'avait pas fait. Et maintenant elle aurait à le payer très cher.

Elle avait perdu sa confiance. Pour toujours. Jamais il ne pourrait l'aimer comme elle l'aimait.

— Bien, parvint-elle à répondre, le cœur lourd.

C'était un mensonge. Elle avait envie de hurler. Jamais plus elle ne serait heureuse.

— Alors allons chercher notre fils.

« Notre fils. » Ses mots résonnèrent étrangement dans son cœur.

La main de Nick se posa sur son coude tandis qu'elle s'avançait sur la longue allée de gravier blanc qui menait à l'entrée du « Foyer d'Enfants de Careytown ». Galamment, il lui ouvrit la porte et pénétra à sa suite dans un long couloir carrelé. Le secrétariat était la première pièce sur la gauche.

— Bonjour, que puis-je pour vous ? demanda l'agréable vieille dame en T-shirt qui les accueillit.

— Je suis Nick Foster, et voici Laura Proctor, répondit Nick. On a dû vous prévenir de notre arrivée.

Le sourire de la femme s'effaça aussitôt.

— Certainement, dit-elle en se levant. Notre directrice a reçu un coup de téléphone il y a deux heures. Veuillez me suivre, s'il vous plaît.

Quelque chose n'était pas normal, songea Laura, saisie d'un mauvais pressentiment. Non, ils n'allaient pas échouer si près du but ! Tandis que la secrétaire les faisait entrer dans la pièce voisine, elle s'humecta les lèvres et se redressa. Robbie était ici, sain et sauf. Et lorsqu'elle partirait, ce serait avec son bébé dans les bras.

Une femme d'une quarantaine d'années les attendait dans le petit bureau directorial. Ses cheveux étaient tirés sur la nuque en un chignon serré, révélant un visage fin au regard doux. Mais pour l'instant, ce visage reflétait surtout un profond malaise.

— Mademoiselle Proctor. Monsieur Foster, dit-elle en leur serrant alternativement la main. Je suis Mary Flannigan, la directrice de cet établissement. Asseyez-vous, je vous prie.

— Je suis sûr que vous comprendrez que nous sommes plutôt pressés, déclara Nick d'un ton candide.

— Bien sûr, répondit-elle avec un sourire maladroit.

Sans plus attendre, elle sortit un dossier du tiroir de son bureau, le retourna et l'ouvrit devant eux.

— Mais avant d'aller plus loin, je dois vous demander d'identifier l'enfant.

Laura se pencha sur les dizaines de petites photos rangées sous chemises plastifiées. Elle reconnut instantanément son fils. Robbie souriait au photographe, ses malicieux yeux verts rayonnant de bonheur.

— C'est lui, soupira-t-elle d'une voix presque inaudible, tout en caressant la photo de l'index. C'est mon bébé...

Sa voix se brisa, et une larme glissa sur sa joue.

Examinant à son tour la photo, Nick ressentit un curieux pincement au cœur, tandis qu'un tourbillon d'émotions brutes le submergeait.

— Il est beau, n'est-ce pas ? dit doucement Laura.

Il opina de la tête. Laura comprenait qu'en cet instant il fût incapable de prononcer la moindre parole. Il voyait son fils pour la première fois. Un fils dont il n'aurait pu, en aucun cas, nier la paternité, tant il lui ressemblait.

Laura relâcha l'air qu'elle avait jusqu'alors retenu dans ses poumons, puis leva les yeux vers Mme Flannigan. La nervosité de celle-ci était peut-être à mettre sur le compte de la méprise : un enfant volé était entré en procédure d'adoption, et elle en portait la responsabilité.

— J'aimerais voir mon fils maintenant, dit Laura aussi calmement qu'il lui était possible.

Mme Flannigan la regarda un instant, puis se tourna vers Nick, à qui elle choisit finalement de s'adresser.

— Je suis tellement navrée de ce qui s'est passé, déclarat-elle en secouant la tête. Je dirige cette institution depuis dix ans, et c'est la première fois qu'une telle chose se produit. Nous avons contrôlé tout le personnel.

— Venons-en au fait, Mme Flannigan, la pressa Nick. Où est Robbie ?

— Je ne sais pas.

Le cœur de Laura s'arrêta de battre.

— Quoi ?

— En arrivant ce matin, j'ai trouvé l'infirmière de nuit dans tous ses états. Votre enfant… Votre enfant manquait. Lors de la ronde de minuit il était toujours là, mais à 7 heures, son lit était vide.

— Vide ? s'insurgea Nick. Vous n'avez donc pas de sécurité, ici ?

— Nous disposons d'une excellente sécurité, M. Foster. En dehors des heures de service, personne n'entre ni ne sort sans une clé. Malheureusement, il semble que cet acte soit le fait d'un des membres du personnel.

— Non, murmura Laura, incrédule.

C'était impossible. Robbie ne pouvait pas avoir encore disparu ! Pas au moment où elle croyait le cauchemar enfin terminé ! Non, c'était impossible…

— Vous nous disiez avoir contrôlé le personnel, dit Nick.

— C'est exact. Elsa Benning est une employée modèle. J'avoue que les raisons de son geste m'échappent. Elle est chez nous depuis plus de vingt ans. Je ne comprends pas…

— Comment savez-vous que c'est elle ?

Mme Flannigan se lissa les cheveux du plat de la main.

— Elle n'a pas repris son service, ce matin. Or, en vingt ans, elle n'a pas manqué une seule journée. En outre, elle est la seule employée détentrice d'une clé, portée absente aujourd'hui.

— Non, répéta Laura, égarée. C'est impossible.

— Je suis affreusement navrée. La police de Louisiane a déjà lancé un avis de recherche.

— Laura, fit Nick en s'approchant d'elle.

— Non ! s'écria-t-elle avec véhémence. Il doit être ici !

— Mademoiselle Proctor, soupira la directrice, si cela peut vous consoler, je connais bien Elsa. C'est une excellente personne. Je doute qu'elle fasse le moindre mal à votre bébé.

Nick installa Laura sur le siège passager dans un état proche de la catatonie. Passant la main devant elle il boucla sa ceinture de sécurité. Il avait pris soin au préalable de contacter Ian pour lui demander d'accélérer la procédure de recherche en cours. Après avoir claqué la portière, il ferma les yeux quelques instants, les bras appuyés sur le toit du véhicule de location, et repensa à son fils. Les cheveux noirs, les yeux verts, les joues comme des pommes… La mâchoire crispée, il ravala la rage destructrice qui montait en lui.

« Très bien, se dit-il. Calme-toi, reprends tes esprits. Ne perds pas les pédales maintenant. Pas ici. Pas devant Laura. »

Qu'elle fût le témoin impuissant de sa douleur et de sa défaite le blessait au plus profond de lui-même. Il se redressa et leva la tête. Il trouverait son fils, nom de nom ! S'il voulait son enfant de toutes ses forces, il voulait plus encore le restituer à sa mère. Il ne pouvait tolérer une minute de plus de la voir souffrir autant. Contournant la voiture, il s'installa derrière le volant.

Laura en avait assez vu.

Robbie en avait assez vu.

Quelqu'un allait payer.

Nick cogna du poing sur le volant, de plus en plus fort, jusqu'à ce que la douleur lui fasse oublier la colère et la frustration qui le consumaient. Trop choquée pour réagir, Laura se contentait de le regarder.

La sonnerie du portable retentit dans sa poche. Nick laissa échapper un lourd soupir. Il sortit l'appareil et prit la communication. Ce devait être Ian.

— Nick ? C'est Ray.

Il fronça les sourcils. Pourquoi l'appelait-il ? L'enquête criminelle. Bon sang ! Il n'avait pas envie d'y penser maintenant.

— Ouais, Ray. Que se passe-t-il ?

— J'ai appelé chez James Ed, et un policier m'a dit de t'appeler sur ce numéro.

Le détective se passa une main impatiente dans les cheveux.

— Qu'est-ce que je peux faire pour toi ?

— Je ne sais trop. Mais tu m'avais dit que le bébé de Laura avait disparu. Ce n'est peut-être rien du tout, mais une femme s'est présentée ici, tôt ce matin, avec un petit garçon du même âge et de la même couleur de cheveux. Elle prétendait qu'il s'agissait d'un enfant volé, ou je ne sais quoi. Nous sommes en train de vérifier son identité sur le fichier.

Un flot d'adrénaline envahit brutalement les veines de Nick.

— Comment s'appelle-t-elle ?

— Elsa Benning.

— Nous arrivons tout de suite. Oh, Ray !

— Oui ?

— Rends-moi un service, tu veux ?

228

— Tout ce que tu voudras.

— Ne quitte pas cette femme et ce bébé une seule seconde des yeux.

Les pneus crissèrent sur la chaussée, Nick tourna sèchement le volant et arrêta la voiture dans le parking du poste de police. Ils avaient couvert la route jusque Natchez en un temps record. Laura sauta alors hors du véhicule immédiatement derrière Nick. Son fils l'attendait.

Au moment de pénétrer dans l'immeuble, elle précédait le détective.

— L'inspecteur Ingle ? demanda Nick à un homme en uniforme.

— Au fond du couloir. Cinquième porte à gauche.

Laura était partie avant même qu'il n'ait eu le temps de remercier le policier. Le cœur prêt à exploser, les nerfs à vif, elle se rua dans la pièce indiquée, occupée par une demi-douzaine de bureaux. Elle les examina l'un après l'autre, jusqu'à ce que son regard fût accroché par une femme aux cheveux gris assise devant l'un d'eux. Un homme de haute stature se tenait de l'autre côté, fouillant dans des dossiers. Ignorant tout le reste, Laura se précipita vers la femme.

C'est alors qu'elle le vit. Assis sur ses cuisses, il jouait avec les boutons dorés de sa veste de tailleur. Un soulagement immense l'envahit, un soulagement tel qu'elle crut que son cœur allait lâcher. Se laissant tomber à genoux à côté de l'inconnue, elle tendit les bras vers le petit être innocent.

— Comment va mon bébé ? murmura-t-elle d'une voix douce.

La réaction de Robbie fut immédiate. Agitant ses petits bras, il gigota avec frénésie sur les cuisses de la femme. Un

sourire attendri sur les lèvres, celle-ci tendit aussitôt l'enfant
à sa mère.

Laura le serra contre son sein, puis huma son frais parfum
de bébé.

— Oh, mon petit, mon tout petit ! gémit-elle, le nez dans
ses cheveux.

Le flux d'émotions était tellement brutal que toutes ses
idées s'embrouillèrent. Les larmes roulaient compulsivement
sur ses joues.

La femme hocha la tête d'un air bienveillant.

— J'étais sûre que ce n'était pas un enfant abandonné,
expliqua-t-elle, parvenant enfin à capter son attention. Ils
allaient le remettre aujourd'hui à des parents adoptifs. Je
savais que ce n'était pas bien. C'est la raison pour laquelle
je l'ai amené ici, au poste de police de la ville où il avait
prétendument été trouvé.

— Merci, merci beaucoup, bredouilla Laura.

Robbie lui tirait les cheveux, gazouillant comme si rien
ne s'était jamais passé.

— Je sais que vous avez bien pris soin de lui.

— Vous pouvez le dire ! confirma Elsa. Je suis puéricultrice
depuis plus de quarante ans.

Laura gratifia la femme d'un sourire, puis se releva tant bien
que mal, avant de se tourner vers le policier ami de Nick.

— Merci, inspecteur Ingle.

— Je n'ai fait que mon travail, madame, répondit-il avec
un sourire chaleureux.

Prenant une profonde inspiration, elle se tourna alors vers
le père de son enfant, un sourire ému sur les lèvres.

— Nick, je te présente ton fils, Robbie.

Le visage du détective se métamorphosa instantanément.
Il avança la main et toucha celle de l'enfant. D'un geste
instinctif, celui-ci referma ses petits doigts sur son index.

230

Devant le visage rayonnant de Nick, Laura sentit ses genoux faiblir. Elle voulait lui offrir la possibilité de prendre son fils dans ses bras, mais s'en séparer lui était pour l'instant impossible.

— Espèce de gros cachottier !

Nick ne répondit pas au sourire de son ami Ray, incapable de s'arracher à la contemplation de son fils.

— Clanton court toujours, ajouta l'inspecteur.

Laura se tourna vers ce dernier, puis regarda Nick.

— Mauvaise nouvelle, fit celui-ci sans quitter son enfant des yeux. Tant qu'il sera en liberté, Laura et Robbie ne seront pas en sécurité.

Les bras de Laura se refermèrent sur son bébé.

— Qu'allons-nous faire ?

— Connaissez-vous un endroit sûr où vous réfugier, le temps que nous l'ayons arrêté ? demanda Ray.

Elle secoua la tête.

— Retourner chez mon frère est hors de question, quant à Bay Break…

De toute façon, en attendant que les dispositions légales soient prises, elle n'avait pas d'argent. Pendant une courte seconde, un sursaut d'angoisse lui étreignit le cœur. Elle appuya la tête de son bébé sur son sein. Rien de tout cela n'avait d'importance.

Elle avait Robbie, désormais.

— Laura, commença Nick. Tu pourrais venir…

— Je doute que ce soit une bonne idée pour le moment, coupa-t-elle.

— Madame, intervint Ray. Vous et l'enfant seriez les bien-venus à la maison. Ma femme et moi sommes en mesure de vous accueillir jusqu'à ce que cette question soit réglée.

Elle baisa du bout des lèvres le front de Robbie.

— Oh, je déteste m'imposer. Je suis sûre que nous trouverons quelque chose.

— Voyez-vous, insista le policier, vous nous rendriez service d'une certaine manière. Nous attendons notre premier enfant, et ma femme n'a aucune expérience en matière de soins aux nouveau-nés. Votre présence chez nous lui serait précieuse...

Il se mit à rougir jusqu'à la racine des cheveux.

— Si vous acceptez, bien sûr.

Les réticences de Laura firent place à un profond soulagement.

— Merci, inspecteur. Je serai ravie de venir.

— J'appelle tout de suite mon épouse.

— Prenez bien soin de ce petit ange, dit une voix tranquille à côté d'elle.

Laura reporta son attention sur celle qui avait amené Robbie au poste de police.

— Merci. Je ferai de mon mieux, répondit-elle avant de se tourner vers Ingle. Mme Benning risque-t-elle des ennuis avec la justice ?

— Ne vous inquiétez pas pour moi, protesta Elsa.

Ray adressa un sourire à la femme, avant de se retourner vers Laura :

— Elle n'a fait qu'écouter la voix de son cœur. A priori, elle ne devrait pas être poursuivie. Et elle ne perdra pas son travail. Mais elle sera mise à l'épreuve pendant un certain temps chez Mme Flannigan.

— Peuh ! ironisa la puéricultrice. Mme Flannigan sera trop heureuse de me voir revenir !

— J'en suis persuadée, dit Laura en souriant.

Consciente de ne pouvoir différer davantage l'inévitable, elle s'arma de courage et se tourna vers Nick. Le visage fermé, il était impossible de deviner ce qu'il pensait en cet instant.

— Pendant deux ans j'ai dû fuir, Nick. Changer de domicile, me grimer, me cacher, sans jamais me sentir en sécurité. Tant d'événements se sont produits…

Elle serra Robbie sur son cœur.

— J'ai maintenant besoin d'un peu de temps pour me retrouver, avant que tu n'engages une procédure de garde partagée.

Le voyant hésiter, elle ajouta rapidement :

— Je ne te demande pas l'éternité. Juste quelques semaines pour réorganiser ma vie.

Nick planta longuement son regard dans le sien, avant de répondre :

— Très bien. J'attendrai. A condition que tu me tiennes toujours informé de l'endroit où tu te trouves, et que tu me donnes régulièrement des nouvelles de mon fils.

Laura acquiesça d'un vif hochement de tête.

C'était terminé.

Elle avait retrouvé Robbie sain et sauf.

Elle était hors de danger.

Mais elle avait perdu l'homme qu'elle aimait.

14.

Deux semaines s'étaient écoulées. Nick s'était efforcé de ne pas chercher à voir son fils, ni d'entamer de procédure.

Laura n'ignorait pas combien cela lui était difficile. Il téléphonait tous les jours. Chaque fois, il posait la même question : comment va-t-il ? Et seulement après : comment vas-tu ? Pensait-il seulement à elle autant qu'elle pensait à lui ? C'était peu probable. Mais elle ne pouvait lui en vouloir, et moins encore s'attendre à ce qu'il supporte longtemps encore d'être séparé de son enfant. Chaque appel trahissait une impatience de plus en plus vive.

Laura regarda la salade dans son assiette d'un air triste. Bien qu'elle se sentît plus reposée qu'elle ne l'avait été pendant des années, elle n'avait guère d'appétit. Assis dans la haute chaise d'enfant toute neuve des Ingle, Robbie jouait avec sa nourriture, insouciant et heureux. A en juger par les babils incessants et les sourires qu'il prodiguait à son entourage, lui aussi était reposé. Laura tourna son regard vers son hôtesse et son énorme ventre. Joy Ingle couvait le bébé d'un œil émerveillé.

Ray avait eu raison. Ce temps passé avec Robbie faisait énormément de bien à son épouse, tout en la rassurant sur ce qui l'attendait. Laura se félicitait d'être venue. Si seulement elle pouvait trouver cette sorte de bonheur dans sa propre vie.

Le carillon de la porte d'entrée tinta.

Joy fronça les sourcils.

— Qui cela peut-il être ? Il est trop tôt pour que ce soit Ray, ajouta-t-elle en levant les yeux vers l'horloge murale.

— J'y vais, dit Laura en se levant. J'ai fini, de toute façon.

— Merci, répondit Joy avec un sourire. Je vais surveiller les pitreries de ton fils.

Laura lui rendit son sourire, avant de se diriger vers la porte d'entrée. Ray et Joy étaient profondément amoureux l'un de l'autre, songea-t-elle avec un soupir.

Lorsque leur enfant viendrait, il ne manquerait sûrement de rien, côté affection. Ni de rien, du reste. Si seulement Robbie pouvait grandir dans un tel foyer, entouré de l'amour de sa mère et de son père ! Seigneur, comment allaient-ils s'organiser pour le partage des gardes ? Et si Nick se mariait avec une autre femme ?

Chassant ces pensées de son esprit, elle s'arrêta devant la porte et regarda par le judas. Elle ne reconnut pas l'homme qui venait de sonner : grand, brun, élégant, vêtu d'un costume sombre impeccable.

Sans ôter la chaîne de sécurité, elle entrebâilla la porte d'un centimètre.

— Que puis-je pour vous ?

— Vous êtes Laura Proctor ?

Elle l'étudia quelques instants.

— Oui.

— Je m'appelle Ian Michaels. Je suis l'un des collègues de Nick à l'Agence Colby.

Elle le connaissait de nom, pour avoir entendu plusieurs fois Nick lui parler au téléphone. Mais elle ne l'avait encore jamais vu. Associée à son accent britannique, sa séduction virile lui rappelait le Sean Connery des premiers James Bond.

— Avez-vous une pièce d'identité à me montrer ? demanda-t-elle.

— Certainement, répondit-il, avant de lui présenter de bonne grâce sa carte professionnelle. J'ai quelques nouvelles concernant votre affaire.

Laura se rembrunit soudain.

— Pourquoi Nick n'est-il pas venu ?

— Il a pensé que me laisser gérer les derniers détails vous mettrait sans doute plus à l'aise.

Elle serra les lèvres, vaguement contrariée. Nick ne voulait pas venir. Il ne voulait plus la voir. Mais pouvait-elle l'en blâmer ?

Ces deux dernières semaines lui avaient donné le temps de beaucoup réfléchir. Elle avait fait une grave erreur en lui refusant sa confiance. Le tenir dans l'ignorance de l'existence de son fils était une faute grave. Il lui fallait à présent en subir les conséquences.

Elle ôta la chaîne et ouvrit la porte.

— Entrez, M. Michaels.

— Appelez-moi donc Ian, dit-il en souriant.

Laura hocha la tête et referma derrière lui. Le précédant dans le salon, elle lui désigna un confortable fauteuil tandis qu'elle-même s'installait sur le sofa.

— Laura, est-ce que tout va bien ?

Joy venait d'apparaître dans l'encadrement de la porte, un pli soucieux sur le front.

— Oui, assura-t-elle. C'est un ami de Nick, Ian Michaels.

— Ravi de vous rencontrer, madame Ingle, dit-il en se levant.

236

...inquiétude disparaître du regard de son hôtesse, ...une lueur appréciative. Hm-hm ! James

M. Michaels.   ...la cuisine. ...elle. Enchantée,

Ian lui répondit d'un petit signe de tête, avant de se rass...
et de se tourner de nouveau vers Laura.

— Clanton a été arrêté, annonça-t-il d'un ton calme. Il est
retenu par les autorités de Georgie, en attendant son transfert
vers le Mississippi, où il doit faire face à une accusation de
meurtre sur la personne du Dr Holland.

La jeune femme se sentit immensément soulagée.

— Bien. Je dormirai beaucoup mieux, de le savoir derrière
les barreaux.

Clanton était le dernier obstacle au retour à une vie
normale.

— Nick a pris la liberté d'améliorer la sécurité de votre
maison familiale de Bay Break. Vous pouvez y retourner dès
que vous vous sentirez prête. Il vous suggère en outre d'acheter
un chien. Un grand, ajouta-t-il avec un léger sourire.

Laura ne put s'empêcher de le lui rendre.

— Robbie adorera.

— Parfait, soupira-t-il, visiblement soulagé. Parce que Nick
a également déjà pris cette liberté-là. Un certain M. Rutherford
s'occupe de l'animal en attendant votre retour.

Le sourire de Laura s'élargit. Cela faisait si longtemps
qu'elle n'avait pas vu le vieux gardien. Le jour où celui-ci
avait rendu à Nick une petite visite, elle était endormie. Le
moment était peut-être venu de rentrer à la maison, songea-
t-elle avec émotion. Bien sûr, rien ne serait plus comme avant.
Le médecin n'était plus là. Et elle n'était toujours pas certaine
de pouvoir pardonner à James Ed.

A deux reprises, il avait ap̶̶̶̶ ̶ ̶son métier
son état. Avec ce qui s'ét̶̶ ̶
son poste de gouver̶̶ ̶in à annoncé que James Ed avait été
de juriste.

— L'in̶ ̶soupçon.

lav̶

— C'est exact, confirma Ian.

— J'espère que nous parviendrons un jour à nous rappro-
cher.

Pour la première fois de sa vie, elle se sentait vraiment
seule. Non, elle n'était pas seule. Elle avait Robbie. Elle n'avait
besoin de personne d'autre. L'image de Nick s'imposa aussitôt
à son esprit. Menteuse...

— Mme Leeton a été retrouvée, elle aussi, poursuivit Ray.
Elle a avoué la part qu'elle avait prise dans l'enlèvement de
votre enfant.

— Très bien, fit Laura, les larmes aux yeux.

Comment une personne qu'elle avait toujours connue, en qui
elle avait toujours eu confiance, avait-elle pu agir ainsi ?

— Quant à votre héritage, il semble que James Ed et Sandra
ne l'aient pas épuisé. Il en reste une partie.

— Je croyais qu'ils avaient tout dépensé, s'étonna-t-elle.

— Presque tout, précisa Ian. Mais votre frère s'est engagé
à faire le maximum pour reconstituer votre capital. En fait, il
envisage même de vendre sa résidence privée à cette fin.

— Je suis heureuse d'apprendre qu'il reste une partie de
l'argent, répondit-elle. Il me faut songer à l'avenir de Robbie.
Mais je ne veux pas qu'il vende sa propriété pour moi.
Transmettez-lui le message, voulez-vous ?

— Certainement.

Le détective marqua une pause, avant de reprendre, hésitant :

238

— Laura, ce qui se passe entre vous et Nick ne me regarde pas. Mais je pense que vous commettez tous les deux une grave erreur.

Levant le menton, Laura scruta le regard de cet homme séduisant qui lisait trop bien en elle.

— Je ne vois pas ce que je pourrais faire d'autre, répliqua-t-elle. Jusqu'à présent, Nick n'a affiché aucune volonté d'arranger les choses. Il a beau m'appeler chaque jour pour avoir des nouvelles de Robbie, jamais il ne s'inquiète de savoir quels sont mes éventuels projets. Je n'ai aucune idée de ce qu'il veut. Et, franchement, je suis fatiguée de me tracasser à ce sujet.

Ian garda quelques instants le silence, avant de reprendre :

— Nick souffre, lui aussi. Il veut agir pour le mieux, dans l'intérêt de son fils. Mais s'il parvient à se convaincre de l'impossibilité d'une relation entre vous, il refuse de vous blesser en se lançant dans une procédure juridique pour la garde de l'enfant.

Laura se figea.

— C'est lui qui vous l'a dit ?

— Pas de cette manière. Mais je le connais bien : il ne pourra jamais se résoudre à vous infliger cela. Cependant, chaque jour qu'il passe sans son fils le détruit un peu plus.

Elle bondit aussitôt du sofa.

— Merci beaucoup, M. Michaels, de m'attribuer le mauvais rôle !

En proie à une soudaine nervosité, elle se mit à marcher de long en large dans la pièce. Ian se leva à son tour.

— Ce n'était pas mon intention. Je voulais juste que vous sachiez que Nick…

— Ecoutez-moi bien, coupa-t-elle, les mains sur les hanches. Je reconnais avoir commis une erreur, d'accord ? Mais le passé est le passé. Ce qui est fait ne peut être défait. Si Nick n'est pas capable de dépasser cela, que puis-je y faire ?

— Lui dire ce que vous venez de me dire, pour commencer. S'agissant de vous et Robbie, il ne veut prendre aucun risque. En fait, il attend que vous fassiez le premier pas. Il est très attaché à vous, Laura.

— Et si vous vous trompiez ?

Ian lui offrit un sourire d'acteur hollywoodien, mélange d'assurance et de virilité.

— Je me trompe rarement.

Quelque chose en elle lui disait que c'était vrai.

Refermant la porte derrière lui, elle s'appuya un instant contre l'encadrement et soupira.

Le premier pas.

Ses lèvres se retroussèrent en un sourire. Elle avait appris à ses dépens qu'en matière de confiance, prudence était mère de sûreté. Qu'à cela ne tienne. Elle ferait un geste.

Et elle verrait alors comment Nick déciderait de réagir.

Nick jeta les dossiers dûment complétés dans le panier sur son bureau, et laissa un instant libre cours aux images qui le hantaient. Il était tard, et il était fatigué. Il pouvait bien se laisser aller. Le souvenir de ses étreintes avec Laura le rattrapait toujours trop vite. Ses poings se serrèrent. Le contact de son corps souple sous le sien, son goût, son parfum…

Comment pourrait-il vivre le reste de ses jours sans cela ? Etait-il simplement capable de se passer d'elle ?

Lentement mais sûrement, il avait fini par comprendre ses motivations. Elle n'avait fait que protéger son bébé. La peur l'avait empêchée de venir à lui. Qu'elle lui eût refusé sa confiance restait un pénible souvenir, mais il devait se rappeler qu'elle n'était alors qu'une jeune fille de vingt-deux ans. Trop jeune pour prendre les bonnes décisions. Certes, à trente-quatre ans, lui même n'était pas exempt de reproches… Le meilleur exemple en était sa conduite dans leurs relations.

Le visage rieur et les joues rebondies de Robbie lui revenaient sans cesse à l'esprit. Son fils. Un fils qui ne connaîtrait jamais son père si les choses continuaient ainsi. Il devait faire quelque chose. Mais quoi ?

Laura n'avait manifestement aucune intention de lui faire part de ses projets personnels. Et ce n'était pas faute de lui en avoir laissé l'opportunité : ne lui demandait-il pas comment elle allait à chacun de ses coups de téléphone ? Qu'était-il censé faire ? S'il se rendait chez un juge pour entamer une action légale quant à la garde de Robbie, la situation ne ferait qu'empirer. Pouvait-il enlever l'enfant à sa mère et l'emmener passer plusieurs semaines avec lui à Chicago ? Non, une telle épreuve serait trop pénible à supporter pour Laura.

La solution devait pourtant exister.

Elle devait forcément exister, se répéta-t-il, comme si la réponse pouvait surgir de sa seule détermination.

Mais cette solution avait probablement été gommée par son intransigeance.

Des coups légers furent frappés à sa porte. Levant la tête, il aperçut le sujet de sa rêverie debout dans le couloir. Il se leva aussitôt, stupéfait.

— Laura !

Sa première pensée fut qu'il y avait un problème.

— Bonjour, Nick. Pouvons-nous entrer ?

Un sourire désarmant sur les lèvres, elle fit passer Robbie sur son autre hanche.

Apparemment, le petit garçon avait beaucoup grandi en quinze jours. Seigneur, comment pouvait-il vivre une journée de plus sans son fils ?

Au point où il en était, il était prêt à se mettre à genoux devant Laura. Mais il ne voulait rien lui imposer. Sa décision, quelle qu'elle fût, lui appartenait. Toute sa vie elle n'avait rencontré que des hommes qui l'avaient manipulée, qui lui avaient dit ce qu'elle devait faire. Jamais il ne se comporterait ainsi avec elle.

— Bien sûr. Je t'en prie, entre.

Il contourna son bureau pour les accueillir, l'œil fixé sur le petit être qui gigotait dans les bras de sa mère. Entre le sac à layette accroché à son épaule, l'énorme anorak et le bébé, celle-ci était à peine visible.

— Assieds-toi donc, proposa-t-il.

— Non, je te remercie, dit Laura en secouant la tête. Je dois te parler tout de suite, pendant que j'en ai encore le courage.

Nick plongea son regard dans le sien avec perplexité. Elle avait fait toute cette route pour le voir sans même le prévenir.

— Quelque chose ne va pas ?

Laura leva le menton sans ciller.

— J'ai beaucoup réfléchi, Nick. Et tu as raison. J'ai commis une erreur en te dissimulant l'existence de Robbie. J'aurais dû te faire confiance. J'ai eu tort.

Elle détourna un instant les yeux.

— Mais le mal est fait. Je ne peux plus revenir en arrière.

— Laura, je…

Elle l'interrompit d'une main levée.

— Laisse-moi finir, s'il te plaît.

Nick acquiesça d'un hochement de tête, le cœur soudain serré.

Etait-il possible qu'elle veuille essayer de nouveau ? Allait-elle lui offrir une autre chance de lui prouver qu'il l'aimait ?

Car il l'aimait. De toute son âme. De la même manière qu'il aimait son fils.

— J'ai décidé qu'il était temps que Robbie connaisse son père. Trop de temps a déjà été gâché.

Ses yeux cillèrent. Elle hésitait. S'avançant vers lui, elle laissa tomber le sac à layette à ses pieds. Puis elle lui tendit Robbie.

Surpris par son geste, Nick accueillit son fils dans ses bras avec la même indécision que celle qu'il avait lue dans les yeux de Laura. Mais lorsque le petit garçon accrocha ses petits poings à sa chemise, plus rien n'eut d'importance. Une sensation nouvelle lui étreignit le cœur. Jamais auparavant il n'avait éprouvé un sentiment de cette nature.

Robbie. Son enfant.

— Par conséquent, reprit Laura devant son air stupéfait, je te le confie.

Les paupières battantes, elle recula vers la porte.

— Toutes les instructions sont dans le sac : ce qu'il aime manger, ce qu'il a le droit de boire. Je suis à l'hôtel Sheraton. Appelle-moi si tu as besoin de quoi que ce soit. Sinon, je viens le reprendre lundi matin.

L'œil humide, elle pivota sur ses talons et se dirigea vers le couloir.

Elle partait !

Nick fut pris de panique. Elle ne pouvait pas faire cela. Il ignorait tout des soins à apporter à un bébé. Et puis il ne voulait pas qu'elle s'en aille.

— Laura ! s'écria-t-il, tandis qu'elle franchissait la porte. Ne pars pas !

Robbie s'agita dans ses bras, comme pour lui signifier son approbation.

Elle s'immobilisa sur le seuil, puis se retourna lentement. Les larmes ruisselaient sur ses joues.

— Tout ce qu'il lui faut est dans le sac, déclara-t-elle d'une voix brisée. Tu n'as pas besoin de moi.

Nick déglutit avec grande difficulté. Ses bras se resserrèrent sur le petit bonhomme accroché à sa chemise.

— Si, j'ai besoin de toi. Lui aussi. J'ai eu tort. Tu avais peur. Tu as fait ce qui te semblait juste. Je… je n'ai aucun droit de te le reprocher.

Laura croisa les bras sur sa poitrine et essuya ses larmes.

— Peu m'importe tout cela. Je ne me préoccupe plus désormais que de son bien.

— Moi aussi, dit-il en faisant un pas vers elle. Et dans la mesure où un seul but nous guide tous deux, pourquoi ne pas faire le chemin ensemble ?

Laura haussa les sourcils, et une lueur d'espoir brilla dans ses yeux.

— Tu le veux vraiment ?

Il la gratifia d'un large sourire.

— Je croyais avoir été clair sur ce point lorsque nous étions à Bay Break.

D'une main tremblante, elle replaça une mèche de cheveux blonds derrière l'oreille.

— Je craignais que tu n'y attaches pas d'importance… du moins, pas autant que moi. Comment pouvais-je me douter que tu ressentais la même chose ?

Il tendit la main et lui caressa la joue.

— Tu es tout pour moi, répondit-il. Tu l'as toujours été…

Le pli d'émotion qu'il vit apparaître sur son front lui serra le cœur.

— Cela ne m'a pas été facile, de te donner le temps et la tranquillité que tu me demandais, reprit-il. Mais je devais respecter ta décision.

244

Le ton de Laura se fit soudain solennel.

— Je t'aime, Nick.

— C'est vrai ? Crois-tu pouvoir me supporter jusqu'à la fin de tes jours ?

Laura écarquilla les yeux.

— Est-ce une demande en mariage ?

— Absolument.

Il se pencha sur elle et déposa un tendre baiser sur ses lèvres. Les bras de Laura se fermèrent aussitôt autour de lui, et elle lui rendit son baiser.

— Est-ce un oui ? murmura-t-il quand il se décida enfin à écarter ses lèvres des siennes.

— C'en est un, soupira-t-elle.

Robbie émit un commentaire inintelligible qui les fit tous deux éclater de rire. Nick lui taquina la joue du pouce, avant d'attirer sa maman contre lui, une main sur sa nuque.

— Je t'aime tellement, Laura ! avoua-t-il d'une voix très douce. Je n'ai pas cessé de t'aimer depuis l'instant de notre première rencontre.

Robbie gesticula de plus belle.

— Et j'adore notre fils.

Il baissa des yeux pleins d'amour sur son enfant, puis, reportant son regard sur la femme de sa vie, fronça les sourcils.

— Tu n'avais pas vraiment l'intention de me laisser Robbie sur les bras sans même me donner le mode d'emploi, n'est-ce pas ?

— Tu plaisantes ? Si tu ne m'avais pas arrêtée au moment où je sortais, j'aurais immédiatement fait demi-tour pour te demander de m'épouser.

— Je suppose qu'il est temps que tu fasses de moi un honnête homme. Un père de famille… et un époux.

— Pour mon plus grand plaisir, roucoula-t-elle, avant de le gratifier d'un baiser sonore, puis d'une tendre étreinte.

Nick serra alors l'enfant et la femme qu'il aimait sur son cœur, ainsi qu'il avait l'intention de le faire jusqu'à la fin de ses jours.

Le Clan des MacGregor

Orgueil et Loyauté, Richesse et Passion

❧

**Tournez vite la page,
et découvrez en avant-première,
un extrait du premier épisode
de la nouvelle saga de Nora Roberts :**

La fierté des MacGregor

❧

*Dans son style efficace et sensible, Nora Roberts
nous fait cadeau d'une nouvelle saga : celle des
MacGregor, et nous fait pénétrer dans le clan très
fermé de cette famille richissime.*

A paraître le 1er octobre

Extrait de
La fierté des MacGregor
de Nora Roberts

La lune était encore haute dans le ciel et poudrait la mer
d'argent. Accoudée au bastingage, Serena se gorgeait d'air pur
tout en regardant danser l'écume lumineuse.

Il était 2 heures du matin passées et personne ne s'attardait
plus sur les ponts extérieurs. C'était le moment de la nuit qu'elle
préférait, lorsque les passagers étaient déjà couchés et que l'équi-
page dormait encore. Seule avec les éléments, elle retrouvait
le plaisir d'être en mer. Le visage offert au vent, elle goûtait la
sauvage beauté de la nuit et se recentrait sur elle-même après
avoir été immergée dans la foule toute la soirée.

Juste avant le lever du jour, ils atteindraient Nassau pour une
première escale. Et le casino resterait fermé tant qu'ils seraient
à quai. Ce qui lui laisserait une journée entière de liberté. Et le
temps de savourer sans arrière-pensée ce moment de détente
avant le coucher.

Très vite, les pensées de Serena dérivèrent vers l'homme qui
était venu jouer à sa table quelques heures auparavant. Avec
son physique et son allure, il devait attirer bien des femmes.
Pourtant, on devinait en lui un solitaire. Elle était prête à parier,
d'ailleurs, qu'il s'était embarqué seul pour cette croisière.

La fascination qu'il exerçait sur elle allait de pair avec un
indiscutable sentiment de danger. Mais quoi d'étonnant à cela
puisqu'elle avait toujours eu le goût du risque ? Les risques
pouvaient être calculés, cela dit. Il y avait moyen d'établir des
statistiques, d'aligner des probabilités. Mais quelque chose lui
disait que cet homme balayerait d'un geste de la main toute
considération platement mathématique.

— Savez-vous que la nuit est votre élément, Serena ?

Les doigts de Serena se crispèrent sur le bastingage. Même si elle n'avait jamais entendu le son de sa voix, elle *savait* que c'était lui. Et qu'il se tenait à quelque distance derrière elle. D'autant plus inquiétant que son ombre devait à peine se détacher sur le tissu obscur de la nuit.

Elle dut faire un effort considérable sur elle-même pour ne pas pousser un cri. Le cœur battant, elle se força à se retourner lentement puis à faire face. Laissant à sa voix le temps de se raffermir, elle attendit qu'il soit venu s'accouder à côté d'elle pour s'adresser à lui avec une désinvolture calculée.

— Alors ? Vous avez continué à avoir la main heureuse, ce soir ?

— A l'évidence, oui, dit-il en la regardant fixement. Puisque je vous retrouve.

Elle tenta — sans succès — de deviner d'où il était originaire. Tout accent particulier avait été gommé de sa voix profonde.

— Vous êtes un excellent joueur, dit-elle, sans relever sa dernière remarque. Nous n'avons que très rarement affaire à des professionnels, au casino.

Elle crut voir une étincelle d'humour danser dans ses yeux verts tandis qu'il sortait un de ses fins cigares de la poche de son veston. L'odeur riche, onctueuse de la fumée chatouilla les narines de Serena avant de se dissiper dans l'immensité de la nuit.

Décontenancée par son silence, elle demanda poliment :

— Vous êtes content de votre croisière, jusqu'à présent ?

— Plus que je ne l'avais prévu, oui… Et vous ?

Elle sourit.

— Je travaille sur ce bateau.

Il se retourna pour s'adosser au bastingage et laissa reposer sa main juste à côté de la sienne.

— Ce n'est pas une réponse, Serena.

Qu'il connaisse son prénom n'avait rien de surprenant. Elle le portait bien en évidence sur le revers de sa veste de smoking. Mais de là à ce qu'il s'autorise à en faire usage…

— Oui, j'aime mon travail, *monsieur*… ?

— Blade… Justin Blade, répondit-il en traçant d'un doigt léger le contour de sa mâchoire. Surtout, n'oubliez pas mon nom, voulez-vous ?

N'eût été son orgueil, Serena se serait rejetée en arrière, tant elle réagit violemment à son contact.

— Rassurez-vous. J'ai une excellente mémoire.

Pour la seconde fois, ce soir-là, il la gratifia d'une ébauche de sourire.

— C'est une qualité essentielle pour un croupier. Vous excellez dans votre métier, d'ailleurs. Il y a longtemps que vous êtes dans la profession ?

— Un an.

— Compte tenu de votre maîtrise du jeu et de la façon dont vous manipulez les cartes, j'aurais pensé que vous aviez plus d'expérience que cela.

Justin saisit la main qui reposait sur le bastingage et en examina avec soin le dos comme la paume. Il s'étonna de la trouver si ferme en dépit de sa délicatesse.

— Que faisiez-vous dans la vie avant d'être croupière ?

Même si la raison voulait qu'elle retire sa main, Serena la lui laissa. Par plaisir autant que par défi.

— J'étudiais, répondit-elle.

— Quoi ?

— Tout ce qui m'intéresse… Et vous ? Que faites-vous ?

— Tout ce qui m'intéresse.

Le son rauque, sensuel du rire de Serena court sur la peau de Justin comme si elle l'avait touché physiquement.

— J'ai l'impression que votre réponse est à prendre au pied de la lettre, monsieur Blade.

— Bien sûr qu'elle est à prendre au pied de la lettre… Mais oubliez le « monsieur », voulez-vous ?

Le regard de Justin glissa sur le pont désert, s'attarda sur les eaux sereines.

— On ne peut que se dispenser de formalités dans un contexte comme celui-ci.

Le bon sens commandait à Serena de battre en retraite ; sa nature passionnée, elle, la poussait à affronter le danger sans reculer.

— Le personnel de ce navire est soumis à un certain nombre de règles concernant ses rapports avec les passagers, monsieur Blade, rétorqua-t-elle froidement. Vous voulez bien me rendre ma main, s'il vous plaît ?

Il sourit alors et la lumière de la lune dansa dans ses yeux verts. Plus que jamais, il lui faisait penser à un grand chat sauvage. Au lieu de lui rendre sa main prisonnière, il la porta à son visage et posa les lèvres au creux de sa paume. Serena sentit ce baiser léger vibrer en elle, comme si la série des ondes de choc devait ne plus jamais cesser.

— Votre main me fascine, Serena. Je crois que je ne suis pas encore tout à fait prêt à vous la restituer. Et dans la vie, j'ai toujours eu la méchante habitude de prendre ce que je convoite, murmura-t-il en lui caressant les doigts un à un.

Dans le grand silence de la nuit tropicale, Serena n'entendit plus, soudain, que le son précipité de sa propre respiration. Les traits de Justin Blade étaient à peine visibles ; il n'était rien de plus qu'une ombre dans la nuit, une voix qui chuchotait à ses oreilles, une paire d'yeux aux qualités dangereusement hypnotiques.

Et quels yeux…

Sentant son corps indocile répondre de son propre mouvement à leur injonction muette, elle tenta de briser le sortilège par un sursaut de colère :

— Désolée pour vous, monsieur Blade. Mais il est tard, je descends me coucher.

Non seulement Justin garda sa main prisonnière, mais il poussa l'audace jusqu'à retirer les épingles dans sa nuque. Lorsque ses cheveux libérés tombèrent sur ses épaules, il sourit avec un air de discret triomphe, et jeta les épingles à la mer.

Poussée par la brise, la chevelure de Serena se déploya au-dessus des eaux noires. Sous la pâle lumière de la lune, sa peau avait la pureté du marbre. Fasciné, Justin se remplit les yeux de sa beauté fragile, presque irréelle. Une chose était certaine : il ne la laisserait pas repartir. Il y mettrait le temps et la patience qu'il faudrait. Mais il trouverait le moyen de la séduire avant la fin de cette croisière. Et le plus tôt serait le mieux.

— Il est tard, oui, mais la nuit est votre élément, Serena. Ça a été ma première certitude vous concernant.

— Ma première certitude *vous* concernant, c'est que vous étiez parfaitement infréquentable. Et j'ai toujours été très intuitive…

Le nouveau visage de la collection Or

◆

AMOURS D'AUJOURD'HUI

Afin de mieux exprimer sa modernité et de vous séduire encore davantage, votre collection Or a changé de couverture et de nom depuis le 1er mars 1995.

Rassurez-vous, les romans, eux, ne changent pas, et vous pourrez retrouver dans la collection **Amours d'Aujourd'hui** tous vos auteurs préférés.

Comme chaque mois, en effet, vous y attendent des héros d'aujourd'hui, aux prises avec des passions fortes et des situations difficiles...

COLLECTION
AMOURS D'AUJOURD'HUI :
Quand l'amour guérit des blessures de la vie...

Chère lectrice,

Vous nous êtes fidèle depuis longtemps?
Vous venez de faire notre connaissance?

C'est pour votre plaisir que nous avons
imaginé un rendez-vous chaque mois
avec vos auteurs préférés, vos
AUTEURS VEDETTE dans les
collections Azur et Horizon.

Les AUTEURS VEDETTE vous
donneront rendez-vous pour de
nouveaux livres vedette.

Pour les reconnaître, cherchez
l'étoile... Elle vous guidera!

Éditions Harlequin

AUT-R-R

LE FORUM DES LECTEURS ET LECTRICES

CHERS(ES) LECTEURS ET LECTRICES,

VOUS NOUS ETES FIDÈLES DEPUIS LONGTEMPS?

VOUS VENEZ DE FAIRE NOTRE CONNAISSANCE?

SI VOUS AVEZ DES COMMENTAIRES, DES CRITIQUES À
FORMULER, DES SUGGESTIONS À OFFRIR, N'HÉSITEZ
PAS... ÉCRIVEZ-NOUS À:
      LES ENTERPRISES HARLEQUIN LTÉE.
      498 RUE ODILE
      FABREVILLE, LAVAL, QUÉBEC.
      H7R 5X1

C'EST AVEC VOS PRÉCIEUX COMMENTAIRES QUE NOUS
ALLONS POUVOIR MIEUX VOUS SERVIR.

DE PLUS, SI VOUS DÉSIREZ RECEVOIR UNE OU
PLUSIEURS DE VOS SÉRIES HARLEQUIN PRÉFÉRÉE(S)
À VOTRE DOMICILE, NE TARDEZ PAS À CONTACTER LE
SERVICE D'ABONNEMENT; EN APPELANT AU
(514) 875-4444 (RÉGION DE MONTRÉAL) OU 1-800-667-4444
(EXTÉRIEUR DE MONTRÉAL) OU TÉLÉCOPIEUR
(514) 523-4444 OU COURRIER ELECTRONIQUE:
AQCOURRIER@ABONNEMENT.QC.CA OU EN ÉCRIVANT À:
      ABONNEMENT QUÉBEC
      525 RUE LOUIS-PASTEUR
      BOUCHERVILLE, QUÉBEC
      J4B 8E7

MERCI, À L'AVANCE, DE VOTRE COOPÉRATION.

BONNE LECTURE.

HARLEQUIN.

VOTRE PASSEPORT POUR LE MONDE DE L'AMOUR.

69 L'ASTROLOGIE EN DIRECT
TOUT AU LONG
DE L'ANNÉE.

(France métropolitaine uniquement)
Par téléphone 08.92.68.41.01
0,34 € la minute (Serveur SCESI).

Composé et édité par les
éditions Harlequin
Achevé d'imprimer en septembre 2004

BUSSIÈRE

GROUPE CPI

à Saint-Amand-Montrond (Cher)
Dépôt légal : octobre 2004
N° d'imprimeur : 44216 — N° d'éditeur : 10849

Imprimé en France